冯骥才 著

冯骥才散文新编

关于艺术家

人民文学出版社

图书在版编目(CIP)数据

关于艺术家/冯骥才著.—北京：人民文学出版社,2016
(冯骥才散文新编)
ISBN 978-7-02-012036-9

Ⅰ.①关… Ⅱ.①冯… Ⅲ.①散文集—中国—当代 Ⅳ.①I267

中国版本图书馆CIP数据核字(2016)第227607号

责任编辑　杜　丽
责任校对　李　雪
装帧设计　刘　静
责任印制　王景林

出版发行　人民文学出版社
社　　址　北京市朝内大街166号
邮政编码　100705
网　　址　http://www.rw-cn.com

印　　刷　三河市鑫金马印装有限公司
经　　销　全国新华书店等

字　　数　198千字
开　　本　880毫米×1230毫米　1/32
印　　张　9.125　插页3
印　　数　1—6000
版　　次　2018年2月北京第1版
印　　次　2018年2月第1次印刷

书　　号　978-7-02-012036-9
定　　价　35.00元

如有印装质量问题,请与本社图书销售中心调换。电话:010-65233595

总序：我的散文书架

冯骥才

我将这"散文新编"的选题称之为一种"散文书架"，然后放上我为此精选的五本散文小书。

在我的文字生涯中，小说写作之外，便是散文。其实这也很自然，我们日常随手写下的文字：随感、随笔、笔记、日记、手札，不都是散文吗？小说是虚构出来的，是无中生有，要是说得"伟大"一些，是一种艺术创造；散文则是有感而发，信手拈来，要是说得"高贵"一些，是一种心灵实录。小说看重文本，它表现作家的本领；散文则更重人本，它直接显示作家本人的气质。这么一说，散文更难了吗？

要说难，还是难在散文的历史上。中国是散文的大国。唐宋时期的小说还处在故事传奇阶段，散文已是大师巨匠如巨峰林立，名篇杰作似满天星斗。这可能与那时候崇文有关。那时连选取官员都要看文章写得优劣。不像近现代，没什么文化也能做官，甚至还可以做大官。从文学史的另一方面说，诗歌的成熟又在散文的前边，散文辄必受诗歌的影响，讲究方块字的使用，甚至追求一点诗性了。这么一说，在中国写散文就更不易了。中国人太懂得散文,一读就知道文笔如何。我不知深浅,即兴操笔,涂抹为快,一路下来竟写了这么多散文,数一数,长长短短总有几百篇,幸好人文社这套书要求的字数不多,可以尽量去粗取精。

编撰这种散文集在分类上有两种方式:一是由体裁分,一是从题材分。我采用后一种,这是因为我的体裁太杂,样式迥异,长短随性,由题材划分便易于理出头绪,因成抒情(《花脸》)、人物(《四君子图》)、游记(《散漫的天性》)、艺术(《关于艺术家》)、田野(《南乡三十六村》)五卷。抒情卷多是感物时伤,人物卷为怀念故人,游记卷是异域情怀,艺术卷乃艺术感悟,田野卷是我这些年来文化抢救时,在大地深处的文化见识以及种种忧思。编选之时尽力"矬子中拔将军",将心中尚觉有点味道的东西奉献给读者,同时也是将自己小说外的写作,做一次总结与筛选吧。是为序焉。

2016.7.4

目 录

水墨文字 …………………………………………… 1
绘画是文学的梦 …………………………………… 11
文人画说 …………………………………………… 19
文人画问答 ………………………………………… 22
绘事自述 …………………………………………… 58
文人的书法 ………………………………………… 62
我的书法生活 ……………………………………… 65
诗笺 ………………………………………………… 67
片简 ………………………………………………… 70
丹青小品 …………………………………………… 73
我非画家 …………………………………………… 75
遵从生命 …………………………………………… 77
表白的快意 ………………………………………… 80
行间笔墨 …………………………………………… 82
《心中十二月》题记 ……………………………… 85
我与《清明上河图》的故事 ……………………… 86
砚农自语 …………………………………………… 92
我与故宫,深远的情缘 …………………………… 97

作画	102
灵感忽至	104
画枝条说	107
画飞瀑记	110
《老夫老妻》记	112
吻	116
树后边是太阳	118
往事	121
雪地上的阳光	122
沉醉于星空的断想	124
重光西斯廷	133
艺术永无定评	137
短命的天才	144
双重的博物馆	147
冬宫里的达·芬奇	152
俄罗斯的现代绘画	155
站在悬崖上的艺术家们	160
在大阪市立美术馆内的断想	165
吉美博物馆里的西域神女	172
搬回敦煌	175
艺术：上帝做过的事	179
关于艺术家	183

永恒的震撼 …………………………………… 185
神笔天书 ……………………………………… 190
说说平凹的画 ………………………………… 195
莫言书法说 …………………………………… 198

天一阁观画记 ………………………………… 202
台北故宫看画小记 …………………………… 206
丝绸之路上的敦煌 …………………………… 209
敦煌的艺术样式 ……………………………… 216
中国雕塑史四题 ……………………………… 227
民间审美 ……………………………………… 239
以假当真 ……………………………………… 242
女扮男装和男扮女装 ………………………… 248
飞来的火种？ ………………………………… 251
傲徕峰的启示 ………………………………… 258
小说的眼睛 …………………………………… 266
细节，绘画的眼睛 …………………………… 275
艺术在哪里？ ………………………………… 279

水墨文字

一

兀自飞行的鸟儿常常会令我感动。

在绵绵细雨中的峨眉山谷,我看见过一只黑色的孤鸟。它用力扇动着又湿又沉的翅膀,拨开浓重的雨雾和叠积的烟霭,艰难却直线地飞行着。我想,它这样飞,一定有着非同寻常的目的。它是一只迟归的鸟儿?迷途的鸟儿?它为了保护巢中的雏鸟还是寻觅丢失的伙伴?它扇动的翅膀,缓慢、有力、富于节奏,好像慢镜头里的飞鸟。它身体疲惫而内心顽强。它像一个昂扬而闪亮的音符在低调的旋律中穿行。

我心里忽然涌出一些片段的感觉,一种类似的感觉;那种身体劳顿不堪而内心的火犹然熊熊不息的感觉。

后来我把这只鸟,画在我的一幅画中。

所以我说,绘画是借用最自然的事物来表达最人为的内涵。这也正是文人画的首要的本性。

二

画又是画家作画时的心电图。画中的线全是一种心迹。因为,惟有线条才是直抒胸臆的。

心有柔情,线则缠绵;心有怒气,线也发狂。心境如水时,一条线从笔尖轻轻吐出,如蚕吐丝,又如一串清幽的音色流出短笛。可是你有情勃发,似风骤至,不用你去想怎样运腕操笔,一时间,线条里的情感、力度,乃至速度全发生了变化。

为此,我最爱画树画枝。

在画家眼里树枝全是线条;在文人眼里,树枝无不带着情感。

树枝千姿万态,皆能依情而变。树枝可仰,可俯,可疏,可繁,可争,可倚;惟此,它或轩昂,或忧郁,或激奋,或适然,或坚韧,或依恋……我画一大片木叶凋零而倾倒于泥泞中的树木时,竟然落下泪来。而每一笔斜拖而下的长长的线,都是这种伤感的一次宣泄与加深,以致我竟不知最初缘何动笔?

至于画中的树,我常常把它们当作一个个人物。它们或是一大片肃然站在那里,庄重而阴沉,气势逼人;或是七零八落,有姿有态,各不相同,带着各自不同的心情。有一次,我从画面的森林中发现一棵婆婆而轻盈的小白桦树。它娇小,宁静,含蓄;那叶子稀少的树冠是薄薄的衣衫。作画时我并没有着意地刻画它。但此时,它仿佛从森林中走出来了。我忽然很想把一直藏在心里的一个少女写出来。

《偏向寂寞寻清幽》

三

绘画如同文学一样,作品完成后往往与最初的想象全然不同。作品只是创作过程的结果。而这个过程却充满快感,其乐无穷。这快感包括抒发、宣泄、发现、深化与升华。

绘画比起文学有更多的变数。因为,吸水性极强的宣纸与含着或浓或淡水墨的毛笔接触时,充满了意外与偶然。它在控制之中显露光彩,在控制之外却会现出神奇。在笔锋扫过之地方,本应该浮现出一片沉睡在晨雾中的远滩,可是感觉上却像阳光下摇曳的亮闪闪的荻花,或是一抹在空中散步的闲云?有时笔中的水墨过多过浓,天下的云向下流散,压向大地山川,慢慢地将山顶峰尖黑压压地吞没。它叫我感受到,这是天空对大地惊人的爱!但在动笔之前,并无如此的想象。到底是什么,把我们曾经有过的感受唤起与激发?

是绘画的偶然性。

然而,绘画的偶然必须与我们的心灵碰撞才会转化为一种独特的画面。

绘画过程中总是充满了不断的偶然,忽而出现,忽而消失。就像我们写作中那些想象的明灭,都是一种偶然。感受这种偶然是我们的心灵。将这种偶然变为必然的,是我们敏感又敏锐的心灵。

因为我们是写作人。我们有着过于敏感的内心。我们的心还积攒着庞杂无穷的人生感受。我们无意中的记忆远远多于有意的记忆;我们深藏心中人生的积累永远大于写在稿纸上的有限的素材。但这些记忆无形地拥满心中,日积月累,重重叠叠,谁知道哪一片意外形态的水墨,会勾出一串曾经牵肠挂肚的昨天?

然而,一旦我们捕捉到一个千载难逢的偶然。绘画的工作就是抓住它不放,将它定格,然后去确定它、加强它、深化它。一句话:

艺术就是将瞬间化为永恒。

四

纯画家的作画对象是他人;文人(也就是写作人)作画对象主要是自己。面对自己和满足自己。写作人作画首先是一种自言自语、自我陶醉和自我感动。

因此,写作人的绘画追求精神与情感的感染力;纯画家的绘画崇尚视觉与审美的冲击力。

纯画家追求技术效果和形式感,写作人则把绘画作为一种心灵工具。

五

一阵急雨沙沙有声落在纸上。那是我洒落在纸上的水墨。江中的小舟很快就被这阵蒙蒙雨雾所遮翳,只有桅杆似隐似现。不能叫这雨过密过紧,吞没一切。于是,一支蘸足清水的羊毫大笔挥去,如一阵风,掀起雨幕的一角,将另一只扁舟清晰地显露出来,连那个头顶竹笠、伫立船头的艄公也看得分外真切。一种混沌中片刻的清明,昏沉里瞬息的清醒。可是,跟着我又将一阵急雨似淋漓的水墨洒落纸上,将这扁舟的船尾遮蔽起来,只留下这瞬息显现的船头与艄公。

我作画的过程就像我上边文字所叙述的过程。我追求这个过程的一切最终全都保留在画面上,并在画面上能够体验到,这就是可叙述性。

写作的叙述是线性的,过程性的,一字一句,不断加入细节,逐步深化。

这里,我的《树后边是太阳》正是这样:大雪后的山野一片洁白,绝无人迹。如果没有阳光,一定寒冽又寂寥。然而,太阳并没有隐遁,它就在树林的后边。虽然看不见它灿烂夺目的本身,但它无比强烈的光芒却穿过树干与枝桠,照射过来,巨大的树影无际无涯地展开,一下子铺满了辽阔的雪原。

于是,一种文学性质需要说明白,就是我这里所说的叙述性。它不属于诗,而属于散文。那么绘画的可叙述也就是绘画的散文化。

六

最能寄情寓意的是大自然的事物。

比如前边所说树枝的线条可以直接抒发情绪。

再比如,这种种情绪还可以注入流水。无论它激扬、倾泻、奔流,还是流淌、潺缓、波澜不惊,全是一时的心绪。一泻万里如同浩荡的胸襟;骤然的狂波好似突变的心境;细碎的涟漪中夹杂着多少放不下的愁思?

至于光,它能使一切事物变得充满生命感,哪怕是逆光中的炊烟,一切逆光的树叶都胜于艳丽的花。这原因,恐怕还是因为一切生命都受惠于太阳,生命的一切物质含着阳光的因子。比如我们迎着太阳闭上眼,便会发现被太阳照透的眼皮里那种血色,通红透明,其美无比。

还有秋天的事物。一年四季里,惟有秋天是写不尽也画不尽的。春之萌动与锐气,夏之蓬勃与繁华,冬之萧瑟与寂寥,其实也都包括在秋天里。秋天的前一半衔接着夏天,后一半融入冬天。它本身又是大自然最丰饶的成熟期。故此,秋的本质是矛盾又斑斓,无望与超逸,繁华而短促,伤感而自足。

写作人的心境总是百感交集的。比起单纯的情境,他们一定更喜欢惟秋天才有的萧疏的静寂,温柔的激荡,甜蜜的忧伤,以及放达又优美的苦涩。

能够把一切人生的苦楚都化为一种美的只有艺术。

在秋天里,我喜欢芦花。这种在荒滩野水中开放的花,是大自然开得最迟的野花。它银白色的花有如人老了的白发,它象征着大自然一轮生命的衰老吗?如果没有染发剂,人间一定处处皆芦花。它生在细细的苇秆的上端,在日渐寒冽的风里不停地摇曳。然而,从来没有一根芦苇荻花是被寒风吹倒吹落的!还有,在漫长的夏天里,它从不开花,任凭人们漠视它,把它只当作大自然的芸芸众生,当作水边普普通通的野草。它却不在乎人们怎么看它,一直要等到百木凋零的深秋,才喷放出那穗样的毛茸茸的花来。没有任何花朵与它争艳。不,本来它的天性就是与世无争的。它无限的轻柔,也无限的洒脱。虽然它不停在风中摇动,但每一个姿态都自在,随意,绝不矫情,也不搔首弄姿。尤其在阳光的照耀下,它那么夺目和圣洁!我敢说,没有一种花能比它更飘洒、自由、多情,以及这般极致的美!也没有一种花比它更坚韧与顽强。它从不取悦于人,也从不凋谢摧折。直到河水封冻,它依然挺立在荒野上。它最终是被寒风一点点撕碎的。

在这永无定态的花穗与飘逸自由的茎叶中,我能获得多少人生的启示与人生的共鸣?

七

绘画的语言是可视的。

绘画的语言有两种。一是形式的,一种技术的。中国人叫作笔墨;现代人叫作水墨。

我更看重笔墨这种语言。

笔作用于纸,无论轻重缓急;墨作用于纸,无论浓淡湿枯——都是心情使然。

笔的老辣是心灵的枯涩,墨的溶化是情感的舒展;笔的轻淡是一种怀想,墨的浓重是一种撞击。故此,再好的肌理美如果不能碰响心里事物,我也会将它拒之于画外。

文学表达含混的事物,需要准确与清晰的语言;绘画表达含混的事物,却需要同样含混的笔墨。含混是一种视觉美,也是我们常在的一种心境。它暧昧、未明、无尽、嗫嚅、富于想象。如果写作人作画,便一定会醉心般地身陷其中。

八

我习惯写散文时,放一些与文章同种气质的音乐做背景。

那天,我在写一只搁浅于湖边的弃船在苦苦期待着潮汐。

忽然,耳边听到潮汐之声骤起。当然这是音乐之声,是拉赫玛尼诺夫的音乐吧!我看到一排排长长的深色的潮水迎面而来。它们卷着雪白的浪花,来自天边,其速何疾!一排涌过,又一排上来,向着搁浅的小船愈来愈近。雨点般的水点溅在干枯的船板上,扬起的浪头像伸过来的透明而急切的手。音乐的旋律一层层如潮地拍打我的心。我紧张地捏着笔杆,心里激动不已,却不知该怎么写。

突然,我一推书桌,去到画室。我知道现在绘画已经是我最好的方式了。

我把白宣纸像月光一样铺在画案上,满满地刷上清水。然后,用一枝水墨大笔来回几笔,墨色神奇地洇开,顿时乌云满纸。跟着大笔落入水盂,笔中的余墨在盂中的清水里像烟一样地散开。我将一笔极淡的花青又窄又长地抹上去,让阴云之间留下一隙天空。随即另操起一支兼毫的长锋,重墨枯笔,捻动笔管,在乌云压迫下画出一排排翻滚而来的潮汐……笔中的水墨不时飞溅到桌上手背上;笔杆碰在盆子碟子上叮当有声。我已经进入绘画之中了。

待我画完这幅《久待》,面对画面,尚觉满意,但总觉还有什么东西深藏画中。沉默的图画是无法把这东西"说"出来的。我着意地去想,不觉拿起钢笔,顺手把一句话写在稿纸上:

"人生的大部分时间就像钓者那样守着一种美丽的空望。"

跟着,我就写了下去:

"期望没有句号。"

"美好的人生是始终坚守着最初的理想。"

"真正的爱情是始终恪守着最初的誓言。"

"爱比被爱幸福。"

于是,我又返回到文学中来。

我经常往返在文学与绘画之间,然而这是一种甜蜜的往返。

2002.5.6 天津

绘画是文学的梦

我曾经使用这个题目做过一次演讲,是在美国旧金山我的画展期间。我相信那一次大多数人没有弄懂我这个题目里边非常特殊的内涵。因为多数听众只是单纯对我的绘画有兴趣,抑或是我的文学读者。只有极少的人是专业人士。

我这个话题的题目听起来美,但内容却很专业,范围又很褊狭。它置身在绘画与文学两个专业之间,既非绘画的中心,又非文学的腹地。我身在两个巨大高原中间一个深邃的峡谷里。站在高原上的人无法理解我独有的感受。但我偏偏时常在这个空间里自由自在地游弋;我很孤独,也满足。现在,我就来挖掘这个空间中深藏的意义。

我之所以说"绘画是文学的梦",却不说"文学是绘画的梦",正表示我是站在文学的立场上来谈绘画的。一句话,我是表达一个写作人(古代称文人)的绘画观。

一

文人在写作时,使用单的黑墨水,没有色彩。色彩都包含在字里行间;而且,他们是通过抽象的文字符号来表达心中的想象与形象。这时,文字的使命是千方百计唤起读者形象的联想,唤起读者的画面感,设法叫读者"看见"作家所描述的一切,也就是契诃夫所说的"文学就是要立即生出形象"。但是这是件很难的事。怎么才能唤起读者心中的画面?这是一个大题目,我会另写一篇大文章,来描述不同作家文字的可视性。而此时此刻,另一种艺术一定令写作人十分地向往和崇尚——这就是绘画。

所以我说,人为了看见自己的内心才画画。

我相信古代文人大都为此才拿起画笔的。

但是,一旦拿起笔来,西方与东方却大不相同。

对于西方人来说,绘画与写作的工具从来不是一种。他们用钢笔和墨水写作,用油画颜料与棕毛笔作画。如果西方的写作人想画画,他起码先要学会把握工具性能的技术和方法。尽管普希金、歌德、萨克雷、雨果等都画得一手好画,但毕竟是凤毛麟角。在西方人眼中,他们属于跨专业的全才。

可是在古代东方,绘画与写作使用的同样是纸笔墨砚。对于一个东方的写作人,只要桌有块纸,砚中余墨,便可乘兴涂抹一番。自从宋代的苏轼、米芾、文同等几位大文人挥手作画之后,文人们的亦诗亦画成了一种文化时尚。乃至元代,文人们在画坛集体登场,幡然一改唐宋数百年来院体派和纯画家的面貌,展现出前所未有的文人画风光奇妙的全新景观。

我对明人董其昌、莫是龙、孙继儒等关于文人画和"南北宗"的理论没有兴趣,我最关心的是究竟文人画给绘画带来什么?如果从表面看,可能是令人耳目一新的笔墨情趣,技术效果,还有在院体派画家笔下绝对看不到的将文字大片大片写到画面上的形式感。但文人画的意义决不止于这些!进而再看,可能是文学手段的使用。比如象征、比喻、夸张、拟人。应该说,正是由于从文学那里借用了这些手段,才确立了中国画高超的追求"神似"的造型原则。但文人画的意义也不止于此!

文人画的意义主要是两个方面:

一是意境的追求。意境这两个字非常值得琢磨。依我看,境就是绘画所创造的可视的空间,意就是深刻的意味,也就是文学性。意境——就是把深邃的文学的意味,放到可视的空间中去。意境二字,正是对绘画与文学相融合的高度概括。应该说,正是由于学养渊深的文人进入绘画,才为绘画带进去千般意味和万种情怀。

二是心灵的再现。由于写作人介入绘画,自然会对笔墨有了与文字一样的要求,就是自我的表现。所谓"喜气与兰,怒气与竹","逸笔草草,不求形似,聊发胸中之逸气耳",都表明了写作人要用绘画直接表达他们主观的情感、心绪与性灵。于是个性化和心灵化便成了文人画的本质。

绘画的功能就穿过了视觉享受的层面,而进入丰富与敏感的心灵世界。

如果我们将马远、夏圭、范宽、许道宁、郭熙、刘松年这些院体派画家们放在一起,再把徐渭、梅清、倪瓒、金农、朱耷、石涛这些文人画家放在一起,相互对照和比较,就会对文人画的精神本质一目了然。前者相互的区别是风格,后者相互的区别是个性;前者是文本,后者是人本。

在中国绘画史上,文人画兴起不久,便很快就成为主流。这是西方所没有的。正为此,中国画最终形成了自己独有的艺术体系与文化体系。过去我们常用南北朝谢赫的"六法论"来表述中国画的特征,这其实是很荒谬的。在南北朝时期,中国画尚处在雏形阶段;中国画的真正成熟,是在文人画成为主流之后。

因为,文人画使中国画文人化。

文人化是中国画的本质。

在绘画之中,文人化致使文学与绘画的结合;在绘画之外,则是写作人与画家身份的合二而一。

西方的写作人作画,被看作一种跨专业的全才;中国文人的"琴棋书画,触类旁通",则是理所当然的。因而中国人常把那种技术高而文化浅的画家贬为画匠。

这是中国画一个很重要的传统。

然而,这个传统在近百年却悄悄地瓦解了。其中最重要的原因,是书写工具的西方化。我们用钢笔代替了毛笔。这样一来,写作人就离开了原先的纸笔墨砚;绘画的世界与写作人渐渐脱离,日子一久竟有了天壤之别。当然,从深远的背景上说,西方的解析性思维一点点在代替着东方人包容性的思维。西方人明晰的社会分工方式,逐渐更换了东方人的兼容并蓄与触类旁通。于是,近百年的画坛景观是文人的撤离。不管这样是耶非耶,但这是一种被人忽略的画坛史实。这个史实使得近百年中国画的非文人化。

正因为非文人化的出现,才有近十年来颇为红火的"新文人画"运动。但新文人画并非是写作人重新返回画坛,而是纯画家们对古代文人画的一种形式上的向往。

二

我本人属于一个另类。

我在写作之前画了十五年的画。我的工作是摹制古画,主要是摹制宋代院体派的作品。恰恰不是文人画。

平山郁夫曾一语道出我有过"宋画的磨炼",这说明他很有眼光。我的画里没有黄公望与石涛的基因,只有郭熙与马远的影子。正像我的小说没有昆德拉和赛林格,只有巴尔扎克、屠格涅夫、蒲松龄、冯梦龙、鲁迅,还间接有一点马尔克斯。

我自二十世纪七十年代末与绘画分手,走上文坛,成为第一批"伤痕文学"作家。在八十年代,我几乎把绘画忘掉。那时,我曾经在《文艺报》上发表过一篇文章叫作《命运的驱使》,写我如何受时代责任所迫而从画坛跨入文坛。但当时,人们都关心我的小说,没人关心我的画。我的脑袋里也拥满了那一代人千奇百怪的命运与形象。就这样,我无名指上那个常年被画笔的笔杆磨出的硬茧也不知不觉地消退了。

到了九十年代初期,我重新思考自己下一步的创作道路,陷入苦闷。在又困惑又焦灼的那一段时间里,无意中拿起画笔,只想回到久别的笔墨天地里走一走。忽然我惊呆了。我不是发现了久违的过去,而是发现了从未见过的世界。因为,我发现心灵竟然可以如此逼真并可视地呈现在自己的面前。

但是,现在来认识自己,我并没有什么重大突破和发现,我只不过又回到文人画的传统里罢了。

三

我与古代一般的文人不同的是,我写过大量的小说。每篇小说都有许多人物。小说家总是要进入他笔下每一个人物的心中。

就像演员进入角色,体验不同情境中特定的情感与心境。我相信任何小说家的内心都是巨大的情感仓库。他们对情感的千差万别都有精确入微的感受。比如感伤,还有伤感、忧虑、忧郁、忧愁、愁闷、惆怅等,它们内涵、分量、给人的感觉,都是全然不同的。它们不是全可以化为画面吗?一旦转为画面,相互便会大相径庭。

我现在作画,已经与我二十年前作为一个纯画家作画完全不同了。以前我是站在纯画家的立场上作画;现在我是从写作人的立场出发来作画。

尽管现在,我作画中也有愉悦感,但我不是为自娱而画。绘画对于我,起码是一种情感方式或生命方式。我的感受告诉我,世界上有一些东西是只能写不能画的,还有一些东西是只能画不能写的。比如,我对"三寸金莲"的文化批判,无法以画为之;比如我在《思绪的层次》中对大脑的思辨中那种纵横交错、混沌又清明的无限美妙的状态,只有用画面才能呈现。

尽管我对画面上水墨的感觉,对肌理效果,对色彩关系的要求,也很严格甚至苛刻,但这一切都像我的文字,必须服从我的心灵,而不是为了水墨或肌理的本身。

我之所以这么注重心灵,还是写作人的观念。因为文学最高的职责是挖掘心灵。

四

关于绘画的文学性。我明确地不把诗作为追求目的。

绘画是静止的瞬间,是瞬间的静止与概括;诗用一滴海水来表现整个大海,诗是在"点"上深化与升华。所以诗与画最容易结合。在古人中,最早这样做的是王维。故此苏轼说"味摩诘之诗,诗中有画;观摩诘之画,画中有诗"。诗是中国绘画与文学的结合点与交融点。

但我不是诗人,我写散文。我的散文非常强烈地追求画面感,那么我也希望我的画散文化。尤其是对于现代人,更接近于散文而不是诗。

散文与诗的不同是,散文是一段一段,是线性的。但线性的描述可以一点点地深化情感和深化意境。同时使绘画的意境具有可叙述性。诗的意境是静止的。散文的意境是一个线性的过程。但这不是我创造的,最初给我启发的是林风眠先生,林风眠先生的画就是散文化的,还有东山魁夷的画。

说到这里,我应该承认,我的画不是纯画家的画,我在当今应是一个"另类"。应该说,在写作人基本撤离出画坛的时代,我反方向地返回去,皈依文人画的传统。我愿意接受平山郁夫对我的评价,我是一种"现代文人画"。

五

现在我从梦里醒来,回到很现实的一个问题里。

今年一次在北京参加会议,忽然接到一个电话,声称是我的铁杆读者,心里憋口气,想骂骂我;为此他喝了两大杯酒。酒劲上头,乘兴把电话打来。我便笑道:"你想说什么,尽管说吧。批评也好,骂也无妨,都没关系。"

他被酒扰昏了头,有的话来来回回说了好几遍。我却听明白,他说我亦文亦画,又投入城市文化保护,又搞民间文化遗产抢救工程。他说:"你简直是浪费自己。除去写小说,那些事都不是你干的!不写小说还称得上什么作家!你对读者不负责!"他挺粗的呼吸通过电话线阵阵撞在我的耳膜上。我只支应着,笑着,一再表示接受他的意见。我没作任何表白,因为此时不是交流的时候。

我常常遇到这样的读者,他们对我不满。怎么办?

不久前,我为既是作家又是画家的雨果写了一篇文章,叫作《神奇的左手》。里边有几句话,正是我想对我的读者说的:

"你看到过雨果、歌德、萨克雷等人的绘画吗?只有认真地读他们的书又读他们的画,你才能更整体和深刻地了解他们的心灵。我所说的了解,不是指他们的才能,而是他们的心灵。"

2002.4.26

文人画说

一次画展上,一位年轻的观者问我:"你的画是文人画吗?文人画和中国画有什么不同?"

我笑道:"文人画就是中国画。"

谁料他又把话倒过来,问我:"中国画是文人画吗?"

把话倒过来,往往就换成另一个问题。这年轻人很善于思辨。

我说:"不可以这么说,也可以这么说。"

这话好似绕口令。

他听罢感到不解。我想解释给他,但又不是三言两语说得明白,只能做如是说。

文人画是中国绘画独有的概念。文人是有主见的人,故而自文人画崛起之日,各种艺术主张的旗号便高高擎起;而后历时千年,更是充满着自我的思想思辨和相互的理论争辩。由王维、苏轼、米芾、赵孟頫、倪瓒、吴镇,及至董其昌、郑燮、齐白石等等这些中国艺术史上巨型的精英,全都裹入其中。可以说文人画的历史就是中国绘画艺术的思想史与批评史。

文人画又为中国绘画创造了独特的文化形态。从个性化和心灵化的人本,到诗书画印一体的高雅的文本,使文人画具有纯正的经典的东方气质、东方意蕴和东方美,以致一般西方人把文人画当作中国绘画的本身乃至全部。

然而,文人画自它诞生之日,却一直陷入各种歧见和认识的误区里。从初期被贬斥为消散简陋的隶家画,直到近世又被视作旧文人的笔墨游戏,文人画似与我们相隔甚远,间有重幛,晦涩不明。幸好在今日,那些人为地甚至政治化地涂上去的种种历史污垢正在被拭去,理论界开始重新识别它的面目了。由此我们发现,重新认识文人画,竟是重新认识中国画!

对于上述这些历史的思辨,我尽在书中表达出来。此外,便是我本人的绘画观。我对绘画的思考一直没有离开过对文人画传统的反思。对于传统的文人画,我继承哪些,摒弃哪些;哪些应视为至圣之本之源,哪些被我反其道而用之。在本书中,我都一一从细道来。

我自认为,我的绘画之路是重返文人画传统的路。我所说的传统,决不是历史的、滞固了的形态,而是一种精髓与神髓,一种活着的思维,一种真理性的艺术主张,一种可供神游和再创的博大的空间。

这里之所以用"文人画宣言"作为书名,是因为从苏轼到陈衡恪,文人画一直在"宣言",在自我申辩。至于他们为何这样,我又因何这般,道理尽在书中是也。

是为序。

2007.4

损之又之损玉精神昔耶居士

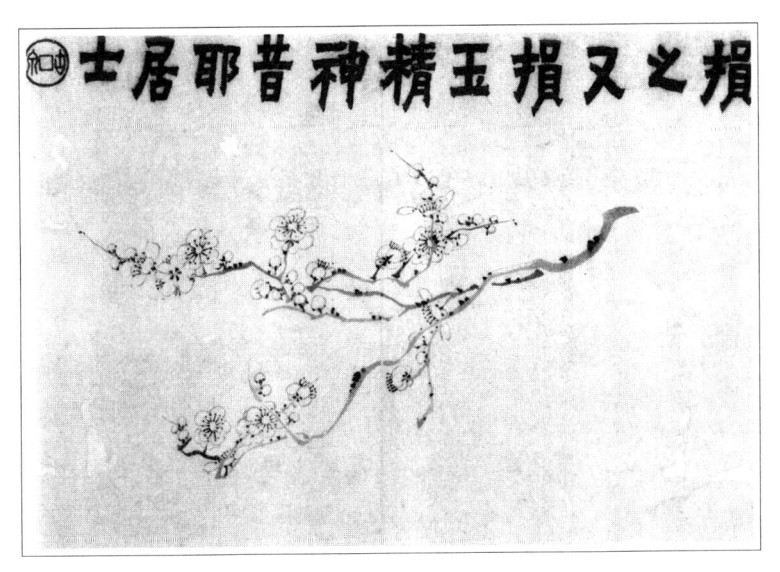

《墨梅图册》

文人画问答

时间:2005年年尾
地点:大树画馆问湖轩(天津大学冯骥才文学艺术研究院四楼)
问话人:安先生是冯骥才的朋友。文中略为"安"
答话人:冯骥才,略为"冯"

一、关于文人画史的思辨

安:开门见山,今天与你谈文人画。现在从美术界到社会都说你的画是"文人画"。我没从任何地方看到你对这个称谓的拒绝,看来你欣然接受了。那么你今天遭遇的第一个问题是——什么人算得上文人,文人是一个历史概念吗?

冯:是的。是特定历史形成的概念。在古代,识字的人很少,一个村庄有一个文人就是宝贝。这些文人为乡亲们代读书信,代写讼状,书写春联,干那些人们不会干、平时也用不着干的事;他们平日的生活不是耕地而是读书,吟诗作画,舞文弄墨;中举人中状元的事只会出在这群人之中,他们内心的东西也与凡人不同。文人是独立在公众之外一群小小的另类。但这种状况到了近代就发生改变。随着近代教育的普及与发展,古代这种特定含义的文人已经不存在了。

安:那你为什么还要重提文人画的概念?是不是一种自我标榜?

冯:文人画不等同于文人的画。文人画又是另一个特定的历史概念,也是一个特定的艺术概念,甚至还是一种特定的审美形态。我提文人画是因为当初文人登入画坛时给绘画带来的那些至关重要的东西在近代绘画中渐渐消退。

安:你认为中国画史和西洋画史一样,也是先有无名的画工,后出现精英型的画家?

冯:准确地说,先是大批无名的画工,继而是有名有姓的画师,然后是精英型画家的出现。从历史看,无名的画工已经是职业化的了。最早见诸记载的画工是在秦汉时期。他们主要是为寺庙画壁画,但是谁也不知道他们的姓名,就和其它工匠(石匠、泥匠、木匠)一样。后来个别的画工技艺高超,有名有姓的人物便冒出头来。开始统称为画工,随后对其中的高手称画手,到后来把最优秀的画手尊称为画师。渐渐的,在史籍中已经偶然可以看到他们的姓名。到了晋唐时代,一些人的画艺不但精妙绝伦,而且形成个人风格。比如"张家样""曹家样""吴家样"或"曹衣出水,吴带当风";个人风格的出现,并不意味着画家的诞生。这个过程在西洋画史也完全一致。从古希腊和罗马的神庙的壁画,一直到达·芬奇和米开朗基罗的出现,也是这样。有一点需要说明——这个阶段的中国画坛上还没有文人的角色。

安:甭说文人,就是声名赫赫的大师比如吴道子和周昉在画面上仍然不题写自己的姓名。

冯:画工们极少在画上写自己的姓名。最早他们画寺庙的壁画时,是为宗教"做工",不能把自己表现出来。后来他们进入皇家画院,又为宫廷"做工",仍然没有出头露面的份儿。像刚刚你说的周昉、吴道子,还有那些"光照千古"的画师阎立本、曹霸、韩干、张萱、边鸾等,也都是画工出身,决不能在画面上明目张胆地写上自己的姓名。这种状况一直到两宋。像范宽、马远这样的大师,也只是把自己的姓名悄悄写在石缝和树隙中,俗称"藏款"。这说明画师在人格上还不独立。他们隶属宫廷画院,为皇家服务,不能表现自己。这种状况到了文人画一出现立即就发生变化。

安:文人画是唐代出现的吗?你认为王维是文人画的鼻祖吗?

冯:在文人登上画坛之前,文学已经进入绘画了。

安:你这观点很新奇。文学性不是文人画最重要的特征吗?王维不是主张"诗是无形画,画是有形诗"吗?你的话是不有点自相矛盾?

冯:文学性是文人画的重要特征——从这点说,王维应被视作文人画的鼻祖。因为他提出的"诗画一体",有力地推动绘画内涵的文学化(诗化)。到了宋代,宫廷画院考聘画师时便以诗句为画题,比如"踏花归去马蹄香"、"万翠丛中一点红"等,这都是大家知道的事情。宫廷画家的作品追求诗的意境,比如宋人小品那些画面,几乎全是可视的诗句。但主宰画坛的并非文人,而是技术型的院体派画家。

安:院体派画家不是文人吗?

冯:有的人文化修养很好,但他们是专职的画师,进了画院靠俸禄吃饭,所画的画儿供皇帝玩赏,不能有个性与心灵的表现。他们把诗放进绘画的情境里,为了使画面更具深层的魅力和欣赏价值。这不是文人画。郭熙便是一个极好的例子。郭熙在《林泉高致集》中说自己遍阅"晋唐古今诗什"。他修养极好,又有理论自觉。但他的画仍不是文人画。

安:为什么?

冯:他深受皇帝赏识,竭力以画事君。这在郭熙儿子郭思的《画记》中有很多记载。他提出的山水要可以"步入、举望、游历、居住",仍是在强调绘画的客观真实性和玩赏性,仍然没有绘画者本人独立的、个性的精神内容。

安:为什么文学比文人先进入绘画?没有文人,文学怎么进入绘画的?

冯:在唐代,中国画正在走向成熟;而文学(诗词散文)已经登峰造极。各种艺术门类之间如同人与人一样,成熟的一定要影响不成熟的,早成熟的一定影响晚成熟的。绘画自然要去追求和再现诗词的境界。文学便顺理成章地进入了绘画。然而我还想重复一句,最早用画笔去描绘诗的不是文人,而是技艺精湛、修养很好的院体派画家。在这里,郭熙仍是一个例子。郭思的《画记》中就开列出许多郭熙所酷爱的唐宋诗句。所以郭熙的画颇有诗意,比如《早春图》。

安:你如此赞扬院体派画家,使我很高兴。我很担心你在褒扬文人画的同时,贬损院体派绘画。

冯:为什么呢?我是学院体画起家的,我深知他们画技的高超。在上千年里,他们从寺庙的壁画到案上的绢画,从民间到宫廷,他们的技术经过千锤百炼,始终一脉相承,到了两宋已臻顶峰。崔白、李迪的花鸟,荆浩、范宽、刘松年、王希孟、郭熙与马远、夏圭的山水,张择端与李嵩的世俗风情,都把画技发挥到了极致。但是这种审美与技术在南宋,似乎走到了尽头。一种特定的审美总是属于一个历史时期的。特别是当这时期一批光照千古的大师把这种院体的审美和技术发挥得淋漓尽致时,这种审美形式便被耗尽了能量与魅力,只剩下套路化的技术程式和伟大而乏味的躯壳,艺术的历史也就该改朝换代了。

安:文人画一出来就改天换地了吧。

冯:是的,但文人画不是为了实现一种新的审美才登上画坛的。刚才我说了,唐宋一些院体画家有很好的文化修养,但他们的画却不是文人画。因为他们没有独立人格,他们的画不是自己心灵的表现。

安:文人画与院体画区分那么清晰吗?

冯:是的,泾渭分明。院体画是供人观赏的,文人画是本人性情直接的抒发;院体画从属于眼睛,文人画从属于心灵;院体画是唯美的,文人画是唯心的;院体画是技术的,文人画是心性的。我现在已经把文人画的本质表述出来。一句话,文人画是文人直抒心臆的艺术。文人画的出现是文人的心灵要求。这种心灵的呼声在苏轼等人那里,已经能十分清楚地听到了。

安:你说得很明白,我同意你的说法。在苏轼许多文章中,都可以看到他对"意"的强调。意即"心""性",这恐怕与宋代理学思想的盛行有关。比如他在《净因院画记》中对"常形"和"常理"的思辨。在《传神记》里说画家"要得其人之天,得其意思所在。"他还在《筼筜谷偃竹记》中说自己画竹"必先成竹于胸中",待到画兴来了"急起从之,振笔直追其所见"。已表明他作画全凭一己的性情。

冯:苏轼的好友米芾在谈苏轼画竹时说,他画竹从地面一直到顶不画节。米芾问他:"何不逐节分?"苏轼答道:"竹生时何尝逐节生?"还说苏轼喜画枯木怪石,其实都是他"胸中盘郁"。文同说:"吾乃者学道未至,意有所不适而无所遣之,故一发于墨竹……"看来他们作画的对象——竹木怪石并不重要,排解心中的郁结胸中的块垒才是最重要的。

安:我读过南宋人郑刚一文论郑虔的画。他说郑虔"酒酣豪放,搜罗万象,驱入毫端,窥造化而见天性。"可惜今天已经无从看到郑虔的画了。

冯:这些文字表明文人画的崛起首先是一种文人的绘画观和艺术思想的形成。他们对当时统治画坛的院体派是有挑战意味的。

安:特别是苏轼那句"论画贵形似,见与儿童邻"。

冯:由这两句诗,这十个字,足以证明苏轼是文人画理论的先驱者。这两句影响太大了。他强调表达心性,反对形似至上,主张传神。传神很重要。对于文人,仅仅是"画中有诗"还不够,画中的诗意也可以是一种对象化的东西,就像院体画中诗的意境。神似却是一种全新的造型理论。

安:你认为神似与形似的思辨始于苏轼吗?

冯:关于形神的思辨来自于宗教,后来成为魏晋清谈玄辩的课题,再往后便被引入美学的造型艺术范畴,文人画之所以竭力强调神似,实际上是力图把自己个性从具象的束缚里解放出来。从苏轼反对"为形所累"到齐白石的"画在似与不似之间",都是为文人画立说,为文人画辩解。在这数百年来不断的辩护中,中国画从客观走向主观,从有限到无限,从束缚到自由。苏轼的神似理论是最明确的,所以说他对中国画史具有颠覆与开创的意义。

安:你刚刚说苏轼在为文人画辩解,这说明当时有很强地反对文人画的声音,是吗?

冯:你的问题总提到"要节"上。从宋到元,士大夫们的文人画一直受到贬损。习惯了院体绘画的人们,看不惯这些笔墨松散、似是而非、过于简略的绘画。在晋唐以来数百年的绘画史中,院体派绘画已经确立一套严谨又严格的审美标准,不论绘画者还是欣赏者都持着这个标准,文人画的审美标准尚未确立起来。艺术形态也没有确定。所以,人们斥责这种新生的、近似于游戏的"墨戏"。斥责文人画不过是一种随意而为之的另类,一种士大夫们"业余"水平的"隶家画"。在这个背景下,我们会更深刻地认识到苏轼思想理论的非凡作用。

安:新冒出来的文人画有没有一种文人独特的审美?

冯:克制"形"的约束而放纵"神"的艺术,一定要抛开院体派那一整套既成的技术系统与程序。反对制作性。制作有明确的目的。所以最早能表现文人画艺术特征的是米芾的"墨戏"。墨戏具有很强的偶然性,是一种十分新鲜的艺术审美。其次它是违反人们审美习惯的,就一定面临攻击,就像西方的印象派。

安:说到墨戏,我想到你说过的一句话,偶然性就是绘画性,必然性是工艺性。

冯:是的。米芾的文人墨戏给中国画带来无限的绘画性。它充满偶然,引发无穷的可能与灵感。它鲜明地表现出文人画的审美特征与艺术特征。此外还有一个值得重视的绘画形态的出现,就是梁楷的泼墨大写意。泼墨对于工整的院体画来说也是一种解放。或者说梁楷也在松动两宋以来院体画的一统天下。

安:谈到这里,就有一个很重要的问题冒出来了。尽管苏轼、文同、米芾几位文人画家带来一股画坛新风,为什么直到宋末还是院体画派称雄,而一进入元代,文人画就成了主流?

冯:实际上文人画进入元代并没有马上进入主流,这期间,一个重要的人物是赵孟頫。

安:赵孟頫精诗词,通音律,善于鉴别古器,书法上真草隶篆无所不能。画技又十分高超,他应该支持文人画。

冯:事实上赵孟頫是个艺术立场模糊不明,思想理论十分混乱的人。他反对南宋院画,但提倡晋唐画师笔下的古意;他贬抑士大夫们无章可寻的墨戏,斥为粗俗与荒率;自己的《秀石疏林图》却明显离开院画,紧贴当时文人画的审美时尚。还创造性地将文人书法融入其中。赵孟頫是院画功底很深、技术高超的画家,在审美上他不可能完全脱离院画;他是一个很地道的文人。但作为宋室后裔,又例外地得到元朝皇廷的赏识,做到一品高官,他不理解失去仕途的文人们借笔墨排遣性情的文人画,所以他是文人画强有力的反对者。更重要的是在中国绘画由院画向文人画的转型期,他是一位中间人物。新旧两种东西都会在身上得到反映,并激烈地冲突着。他发表了关于当时绘画的大量的思辨性的言论,言论愈多,他的局限性就愈表现得清楚。

安:照你这么说,文人画在元代的勃兴还有政治的因素?

冯:你的问题已经包含了答案。元代对于中原是一种异族统治。蒙古族统治者对汉人施加专制性的政治歧视,这便使受压抑的文人开始面对自己的内心。艺术走向私人化。抒发性情的文人画自然就被催生了。

安:还有其它原因吗?

冯:画院撤除,春事都休。院体画师走向社会,走向民间。他们不再有官府撑腰。到了社会上,他们的画虽有高超的技术,但没有新意。一些院画高手如陈琳、王渊,便涉入文人画。一边是院画退潮,一边是文人画涨潮。

安:还有第三个原因吗?

冯:我正要说另一个至关重要的原因,是文人画改用了绘画材料——纸。院体派画家一直使用绢作画,文人画改用纸。绢的表面质地光滑,适于连水带墨长长的线条与笔触,特别是用中锋的长线来勾勒轮廓。同时绢又不渗水,宜于精整地描绘事物。数百年的绘画过程中,院体派形成了一整套适合在绢上作画的技术。这种特定的技术效果已经是一种定型的审美形态了。

安:纸就完全不一样。宣纸渗水,无法画太长的线。浓淡干湿的笔墨反复重叠可以产生非常丰富的效果。水墨相融还能千变万化。它完全是另一种审美。

冯:我想说的,你已经说了。赵希鹄在《洞天清禄集》中谈到米芾作画就不肯"在绢上作一笔",所用的纸"不使胶矾",有意叫它渗水洇墨,甚至有时连笔也不用,以纸筋、蔗滓、莲房为之。这种崭新的、丰富又神奇的水墨效果适于文人丰盈复杂的内心感觉。它是一种全新的文人的语言。它给画坛带来一片前景无限的全新的感性世界。在这里还要再强调一下,赵孟𫖯对文人画也是立了功的。他的"书画同源"之说,大大丰富了笔的情致与文化内涵。书法恰恰又是文人擅长的。这便使文人画一登场就活力无限和魅力十足,就像巴洛克艺术点燃了天主教一样,文人画一下子成了画坛主流。"元四家"中的王吴倪黄全是文人画家。

安:这四家哪个最重要?

冯:倪瓒。

安:为什么?

冯：他提出"仆之所谓画者，不过逸笔草草，不求形似，聊以自娱"和"聊以写胸中逸气耳"，这句话应是历史上文人画第一次"宣言"。他这话一说出，就与院体派界线划清，他说出文人画的本质、宗旨与定义，也是对苏轼以来文人画观的总结与升华。倪瓒有理论，有很自觉的文人画的理论。只有执这种理论的人物才是旗帜性人物。他的理论今天还有用，具体的理由我后边再说。再有，他本人学养极深，个性孤高。他的画便最具有极鲜明的文人气质和个性精神。他的画宁静、寂寞、怵索、抑郁；绝少色彩，都是黑白，这些都是他内心与性格的写照。他的画是他理论的一个范本。

安：你对吴镇有何看法？

冯：吴镇也是明确地沿着苏轼、米芾开创的文人画的道路走下来。他说："墨戏之作，盖士大夫之词翰之余，适一时之兴趣。"这表明他走文人画的路非常自觉。他这句话是给当时的文人画定了性。但也表明，文人画最初不是职业的，而是文人的一种生活文化。最初的文人画也是最本质的文人画。初衷最能体现本意；本意往往就是本质。

安：你这句话有意思——元代文人画不是职业的。依然是隶家画，业余的吗？

冯：元代的文人画由业余走向专业。文人已成画坛的主宰者。

安：这倒让我想到，西洋绘画一直没有文人画。其实达·芬奇也有很好的文学修养。为什么他的画是纯客观的、技术型的，不是属于自己心灵的，而主观主义的西洋绘画直到后期印象主义才出现。

冯：在西方，关于艺术表现心灵的话题，出自古希腊的哲学家苏格拉底与大雕塑家克莱尔的一次谈话。在克莱尔说出"美"基于数与量的比例之后,苏格拉底便道出那句名言:"艺术的任务恐怕还是表现心灵吧!"可是苏格拉底这句话被后世画工高超的画技掩盖了。

安:为什么?

冯:一方面由于西方没有中国式的士与仕、文人与士大夫这个十分明晰的社会阶层。另一方面与工具有关。在西方,自古作画与写作是完全不同的两种工具——钢笔(写作)和画笔(绘画),相互性能迥异,绘画与写作无关,能文善画者寥如寒星,绘画水准最高的作家如歌德、莱蒙托夫、雨果、安徒生、马雅科夫斯基、萨克雷等,在专业画家眼里还是业余的。在中国,作画与写作用的是同一种工具,都是纸笔墨砚,文人对工具性能十分熟悉。他们用毛笔和宣纸写文章,也写书法,又作画,不分彼此,诗文书画很容易成为一体;相互作用,相互丰富,相互融合。所以既有"诗画一体"之说,也有"书画同源"的说法。古来文人就讲究琴棋书画,触类旁通。因此说,文人画最能表现中国文化的特征。

人类历史的规律是,随着社会生活的发展,人的审美必然不断地变化;人类的艺术不会总在一种观念与形态下原封不动。但西方绘画从纯客观、技术性的绘画观里走出来较晚,直到工业革命时期,人追求个性张扬和自我表现,主观主义的绘画才露出面孔,这就是你刚才说的后期印象主义时期。塞尚、梵·高、莫迪里阿尼等。

安:我把话题扯远了。现在必须又回到文人画上来。宋以后院体派衰落的原因是由于文人画的兴起和取代吗?

冯:一方面是院体派走到尽头。就像宋人写诗怎么也写不过唐人,这样宋词就蹦出来了。

安：人们看院体画的时间太长了，早已经审美疲劳了。

冯：另一个原因是文人画给绘画带来无限空间与可能。也给自己带来无限可能。文人在极其私人化的状况下作画，个性随心所欲地发挥。一下子，绘画变得千差万别。这使文人画充满魅力。元代文人画的崛起，非常像法国印象派那样，给人以改天换地的感觉。

安：元代文人画还有一个新面貌，是诗文与印章登上画面，这应该是文人画对中国绘画的一大贡献。

冯：我赞成你的说法。诗文被写在画上，朱红的印章也盖在画面上，一种焕然一新的文人画面貌被完成了。当然，这些做法始于宋代苏轼、米芾那几位。他们已经随手在画面上写字写诗盖印章了。我说随手，是因为这都是文人擅长的、惯用的，是一种文房特有的美。对于文人来说，与写作最近的是书法；写作之外，最先成熟的艺术品种也是书法，所以把诗文写在画上很自然。印章也是书法中常用的。特别是元四家的画大多是水墨的，黑白相间的画面上盖两三方朱红小印，十分优美和优雅。当诗文、书法、绘画、印章这四种艺术——诗文（文字）美、书法美、绘画美、印章美这四种艺术美合为一体，不仅成倍地增加绘画的文化含量和艺术含量，一种中国文人独有的美的形态被创造出来。

安：元代的"画上诗"和宋代的"画中诗"有什么区别？

冯：画中诗属于内容的，与画境融为一体的，可视的；画上诗一方面是内容的，但需要欣赏者用联想去体会二者相补相生的关系；另一方面画上诗又是形式的，画面与书写的文字相互搭配，构成一种惟文人画才有的形式美与意韵。

安：有人说，当代人对中国画形态的基本印象与认知来自文人画,你同意这种说法吗?你认为文人画超过了院体派绘画了吗?

冯:当代人——无论中国人还是外国人对中国画的印象都是元以后文人画的形态。这由于院体派距今较远,内容古老,当文人画登上画坛,这种写实能力很强的院体画一直没有发展,最后僵死,与今天的绘画失去联系。再有,文人画的形式更为中国所独有。当代人——特别是外国人便误以为文人画为中国画的全部。我再回答你后半个问题,我不认为文人画超过院体绘画,也无法超越院体画。艺术之间无法超越,只能区别。对于整个中国绘画来说,文人画应是拓展了中国绘画内在的容量与表现力,文人画深入到本性与心灵的层面。

安:这样一来,写实的绘画是否就受到压抑?

冯:你这话很尖锐。元以后文人画的一统天下,大大削弱了中国画的写实与反映现实的能力。连写实技巧也没有发展。人物画由此衰落。再也看不见《簪花仕女图》和《清明上河图》那样的作品了。这是文人画潮流带来的巨大的负面。

安:元代文人画是中国绘画史的高峰吗?

冯:是的。中国画史有三个高峰。一是宋代的院体画,二是元代的文人画,三是清代的大写意画。

安:从文人画开始,画家开始在画上公开署名。照你刚才说的,这是独立人格的一种表现吧。

冯:是的。这是个了不起的事。文人署名,表示自己不再隶属于任何人。他们以笔墨敞开心扉,还用长长短短的诗文,表达思想,直抒情怀。比起院体派,文人是自由的艺术。这也是元代以来,文人画漫溢开来的根由。

安:文人画除去把绘画从"文本艺术"变为"人本艺术",并且融合文房各种美的元素之外,还带来什么东西?

冯:文化。文人的气质,品格,素养,底蕴。这也是文人画特有的精神内涵与文化内涵。

安:文人画有没有负面的东西?

冯:文人的逃避现实。不入仕途的文人大多抱着避世态度。淡泊名利,不问现实,移情山水,寄兴花草,所以文人画在题材上基本上是山水花鸟——文人画也正是在这方面成就卓著。但人物画成了中国画的软肋。文人画这个致命的弊端在元代已经表现出来了。

安:到了明代应该就是文人画的天下了吧。

冯:明代的画坛非常复杂,很难一言以蔽之。明代的前期、中期和后期分别被三个画派所称雄。前期唱主角的是浙派。浙派的根据地是杭州。杭州曾经是南宋画院马远、夏圭的所在地,院体画风一统天下。在明代,从明太祖那时就恢复了宋代宫廷画院的体制,还设立了待诏、副使、锦衣镇抚、供事内庭等十几个职位。院体画风重现盛世。一个院体风格的画派——浙派应运而生,还有一些非常高手如吴伟、李在、王谔、戴进、朱端、吕纪等支撑大局。这很投合明代初期驱走异族统治而带来的一种社会上的"山河重光"的怀旧情感。

安:文人画消匿一时了吗?

冯:没有,只能说没有浙派势头大。然而至迟到了成化年内,一个文人画派就生机勃勃成了气候。

安:应该是吴门画派吧。文(征明)沈(周)仇(英)唐(寅)四大家。他们的出现与江南经济繁荣和城市兴起有关。后来,董其昌的松江画派的出现也明显有着社会经济的背景。经济繁荣促使城市形成。城市里必然集结一批富人和文人。

冯：是呵。可是刚才我就说了，明代的情况很复杂。文人里有在朝的士大夫，也有在野的文人墨客。有的文人与宫廷关系密切，画风上受院体派影响。比方文人聚集的吴门画派虽然以"明四家"为领袖，但是这四个人中间只有两个是纯文人画家——沈周和文征明；唐寅和仇英的画风是标准院体派的。如果把仇英放进画院，也是一位不容置疑的领袖式人物。

安：你怎么看唐寅？在一般人眼里，唐寅是"江南第一风流才子"，诗书画无所不能。他的画按说理所当然是文人画了。

冯：其实他的画是标准的院体画。他爱用绢作画，师法宋代的李唐和刘松年。他山水的皴法是地道的斧劈加钉头鼠尾。造型具象，构图严谨，许多画面都像是从宋画里搬来的。人们对唐寅的印象受世俗的演义所歪曲。好像他风流倜傥，十分浪漫，其实在年轻时就患上肺痨，54岁便死去。他是文人，但他的画不是文人画。对于深具文人画影响的吴门画派，发挥主要作用的应是沈周和文征明。沈周自年轻就淡泊仕途，喜好诗画与书法，终日浸淫其中。他的画平和、清雅、含蓄和意味深远。这对当时在野的文人画家们具有"导向"的作用。明代是文人画推广的时代，由于沈周和文征明的影响，大批文人参与到绘画中来，并把绘画作为他们生活的一部分。同时也接受了自倪瓒以来"写胸中逸气"的绘画观。

安：对明代文人画有广泛影响的另一个人，应是董其昌了吧。

冯：我想你一定提到他。我年轻时读绘画史，董其昌一直被当作保守主义的代表。因为他主张复古。我很少注意董其昌的画。我看画的原则是：看复古的画不如直接去看古人的画。后来，我在美国的一些大学去讲我的小说《三寸金莲》时，在中部的密苏里的博物馆居然看到大批董其昌的画，气势高雅又高贵，美极了。那个博物馆还展出一个夏圭的长卷,好像是《四景山水图卷》,反而不觉得很美。我惊讶美国人怎么会收藏如此之多董其昌的精品。美国著名的汉学家葛浩文说,美国有些人专门研究董其昌,他送我两本大画册,都是美国人写董其昌的论文。他们把董其昌当作中国画的代表。

安:你从此改变了对董其昌的看法?

冯:不那么简单。我刚才说明代的画坛复杂,就与董其昌有关。首先他把中国画分为南北两大派,并依照佛教的顿悟和渐悟,称之为南宗和北宗。尽管他划分为南宗和北宗的标准与被划分为南宗或北宗的画家不相吻合。但他的理论目的十分明确——他反对以技能取胜的北宗,推崇追求神韵的南宗。他褒南宗抑北宗;弘扬南宗,排斥北宗。所谓南宗就是文人画。被他划入南宗的画家从唐代的王维、宋代的苏轼、元代的四家直到同时代的沈周与文征明。他对绘画本质的阐述十分符合文人画,比如"画之道,所谓宇宙在乎手者,眼前无非生机","以画为寄","寄乐于画"等等,这些话都在他那部画论《画禅室随笔》里边。他官至尚书,身居高位,周围聚集着一大批著名的士大夫和文人画家,如顾正谊、赵左、莫是龙、陈继儒等。这样他的理论与言论就非同一般,对文人画的发展以巨大的推动。

安:我很想听一听你怎么看他的另一面。

冯:他的南北宗理论——也就是褒南抑北之说,大大贬低院体派的历史成就,致使文人们自命清高的同时,偏激地把院体画斥为出自工匠手中皮相笔墨。由此降低了中国画的造型能力和对现实的关切,把中国画引入单一化的文人画的死胡同里。更尤其,他一往情深地提倡复古,他的"师古人"比赵孟頫倡导的"古意"影响大得多,也糟糕得多。赵孟頫推崇的不过是"古意",他顶礼膜拜的却是"古人"。自此,中国画的款识上最常见的是"仿×××笔意","傚×××笔法"。以古人为至上,以模仿和酷似古人为荣。到了清代,文人画一统中华,院体派几无身影。尤其到清代娄东派和虞山派(四王)的笔下,画面彼此相像,毫无生命气息。这些应与董其昌有关。

安:看来你认为董其昌过大于功?

冯:客观说——是的。董其昌要不说那些话就好了。他一方面推动了文人画,一方面又使文人画患上重病。他本人的画很好,书法也十分好,他却把整个文人画运动推进复古主义的泥淖中。

安:明代画坛就没有一个没患病的文人画家吗?

冯:有,"一个南腔北调人"——徐渭。中国社会有个规律,每到一个朝代的衰落期,统治者束缚乏力,就会有一些极具个性的人物出现。再有便是八大。八大是中国文人画的高峰。他哭之笑之,全付诸笔墨。每一见他的画,如听到一声雷声。他的画直诉心灵。他与倪瓒、苏轼以及后来的郑板桥连成一条线,就是文人画的主线。

安:你这么推崇八大?

冯:想想看。如果从董其昌直接蹦到四王那里,没有八大石涛,没有扬州八怪,中国画不全成了复制品了吗?中国画最大的问题是彼此相像——至今如此!八大的价值是个性的直接呈现。石涛的价值是"师造化"和"搜尽奇峰打草稿"。

安:你说中国有个性的文人大都出于衰世或乱世。扬州八怪为什么出自乾隆盛世?

冯:经济高度发展的时候或地区,也会为专制社会松绑。当时扬州太发达了,书画市场很活跃,一些有名气的画家靠卖画活得挺舒服。这里需要指出,清代画坛已是清一色的文人画。文人不再是"词翰之余,适一时之兴趣",而是为温饱和财富而作画。一旦他们进入市场,成为职业画家就开始变质,他们一定要受市场的束缚。个性便被世俗的爱好所左右。像黄慎、闵贞、李方膺都多少带点卖相了。但有的画家不错,坚持一己的个性。八怪的"怪"便由此而生。

安:可是"怪"也能成为卖点。

冯:这话说到家了。我也曾怀疑扬州八怪的称呼是市场制造的一种诱惑性的说法。

安:扬州八怪中你最喜欢哪个文人画家?

冯:最具文人特点的画家郑板桥,最具文人气质的画家是金农。读一读郑板桥的题画诗文,就能领会他的"家事国事天下事"俱在画中。他那幅"一枝一叶总关情",应是中国文人画的经典。

安:四王不是文人画家吗?

冯:我大胆说一句,清代绝大多数的"文人画",只是"文人的画",不是"文人画"。特别是当文人画职业化了之后,文人画的形式和方法也被程式化和套路化。这种相互因袭、日趋陈腐的气息从王原祁和王时敏直抵民国年间的湖社。文人画面临绝境。幸亏有几位大画家走到画坛的中央。

安:我知道你指谁而言,因为你以前说过。不过我想问你,为什么你说齐白石和傅抱石是文人画家,而李可染不是?

冯:李可染是技术型的。他的画很好,但内涵有限。他的画中没有自己,也没有文人的气息。傅抱石和齐白石都有,有文化内涵和气息,也有他们的喜怒哀乐。他们的画宣泄自己的情感。画意深远,意味无穷,画中的境界都是他们自己心灵的创造。

安:民国画坛还有什么值得重视的现象?

冯：民国画坛比明代画坛还复杂。一是外来艺术冲入中国,中西文化强烈的冲突,中国人封闭太久,所以每次遇到社会的转型,都喜欢时髦,喜欢过激。大批年轻人跑到西方学习西画,就像追求新思想一样。也正是这个时期"中国画"的名称才出现。古代没有"中国画"一说,因为古代中国人没见过西洋画,没有比较,也就没有"中国画"的概念。

安：这个问题过去我还没想过。

冯：民国期间,中国画需要面对西方画反观自己,但中国的画家仍在一往情深、日复一日地唱着文人画的老调,很少反思。另一方面是近代城市的高速发展致使绘画作品市场化速度加快。这使得作画速度较快的大写意画客观上得到发展。比如海派。但海派的画大都具有卖相,是一种商业画,一种在上海滩上热销的商品画,市井气很浓。这使得徐渭、八大以来的大写意画世俗化。

安：你竟如此看待海派。他们的画风是文人画的。

冯：只能说形式是文人画。但内涵空泛,实际上是商业画。

安：你好像愈说愈有点悲观。

冯：这因为文人已经渐渐撤离画坛了。自从废除科举,文人们不为仕途念书。传统的文人向近代的知识分子转化,五四以来,看重的是社会的进步与思想。同时改用钢笔写作,渐与笔墨无关。就像西方人那样绘画与写作分道扬镳。文人开始撤离画坛,只把一种古代的文人画的传统留在画坛上。等到1921年陈师曾出来,捧出一篇《文人画的价值》。给文人画下定义,明确指出文人画要表达独立精神、个人思想与情感,以及个性之美。因为他已经痛感"文人画终流于工匠之一途,而文人画特质扫地矣"。应该说,这是古往今来把文人画说得最明白的一篇文章。从文人画的性质、特征、规律、追求到理想,一直到文人画家应具的精神品质,都说得清清楚楚。倘若这篇文章发表在明代,哪怕清初,也会发挥巨大的良性作用。可惜,在二十世纪二十年代,传统文人已到了最后一代。文人画从宋代士大夫的业余画(隶家画)到元代在野文人的专业画,再到明清职业画家的商业画,已经走到末路。文人画不可能回到倪瓒和苏轼的时空里去。本来陈师曾把他的文章当作一篇"文人画宣言",但实际上已是一曲文人画的挽歌与哀曲。

安:既然文人已经撤离,历史无法挽回,你为什么今天还要提文人画呢?

冯:我想,我所提的文人画是一种为心灵而画的精神,一种非商业的艺术行为,一种文学的气质与韵味。因为,它至今仍是中国画的一种缺失。这些我会在明天"我的绘画观"里仔细道来。今天我们从绘画史来思辨文人画,明天从我的言论来思辨我的绘画观。可好?

安:和你谈话很有趣,有启发。你对文人画的历史看法很有主见。不过有的问题我还要再想一想,说不定要反驳你。

冯:只有遇到反驳才会进一步思考。我害怕你只是点头同意。你只点头,等于终结我的思考。

二、关于个人的绘画

1. 个人绘画观

安:你为什么画画?内心处在什么状态时最想用绘画表达出来?

冯:关于为什么画画,我写过一句话"人为了看见自己的内心才画画"。也就是当心里的东西转化为一种可视的画面时,我便渴望把它呈现眼前。此时我的心理很急,希望瞬息间就完成。我写过一个对联"万般思绪,百挥不去;一呼即来,十足精神。"

安:你写作时,比如写一篇小说或散文时,也这么急吗?

冯:不,我要一点点挖掘。有时一篇小说要反反复复写很多遍,散文也是一样。所以高尔基说文章是"改"出来的。画不能改,尤其是中国画,一笔上去,或成或败,立竿见影。

安:咱们还说急,你为什么作画时这么急?

冯:我说"人为了看见自己的内心才画画"。这是一种心情和情感。感情中间没有理智。

安:这就是说,你的文学的动机比较理性,绘画的动机完全来自情感。

冯:可以这么说。更准确的说法,是来自内心。

安:内心包括什么?

冯:内心是心灵。心灵是一个世界。它包括想往、追求、爱与梦、隐秘、万般心绪、各种情感和感受。

安:这些都是很私人化的东西。

冯:内心当然是私人的。私人是最真实的个人。个人是艺术的出发点和立脚点。

安:你的绘画是纯艺术吗?文学呢?

冯:我的绘画是纯艺术的。文学多半不是,我的文学很少私人化的,包括散文。我有的散文有私人性,但没有绝对的私人化。我对自己已做过分工。我说:"艺术,对于社会人生是一种责任方式,对于自身是一种深刻的生命方式。我为文,更多追求前者;我作画,更多尽其后者。"

安:你对自己把握得似乎很清晰。

冯:在理论上还算清晰,但一进入具体创作就会"跟着感觉走"了。

安:现在我们把问题拉回到绘画来。你怎样把一种内心状态转化为一种可视的画面?有意的,人为的,还是听凭自然?

冯:这种转化不是人为的,是一种自动转化。往往激情来了,眼前立即会出现奔涌的大潮,狂风中的森林,一泻千里的长河。作画的冲动随之而来。当然,多半是这些发自内心东西转化为一个独特的画面时,也就是升华为艺术时,我才开始作画。

安:你这种激情来自生活实感,还是一种莫名的激情?

冯:问得好,两种都有。

安:你刚才说必须内心的东西升华为艺术时,你才动笔。你为什么用了"升华"两个字?

冯:因为艺术是一种高级的创造性的审美表现。

安:怎么叫审美的表现,我是不是有点刨根问底?

冯:不,你应当往下刨。就是说你心中的画面必须具有独特的审美价值和绘画价值。

安:你的绘画价值指什么?

冯:职业画家们看得最重的那些东西。属于绘画本身的那些东西。形式的、技术的、艺术感觉的、表现能力的。

安:你认为这些不重要吗?

冯:这个话题是不是可以放在后边说。

安:可以。你有没有不是来自性情,而是先想出一个很美的画面而作画的?

冯：有。但它不同于职业画家那种纯视觉的想象。它是一种精神理想。比如我的那张《山居梦》。我在画上题写到"吾之山居应在此"。我不会为一种视觉美、一种肌理效果、一种新奇的构图而作画，我的想象多半是一种人生理想。

安：你好像在回答刚刚那个问题。

冯：是你换个方式仍旧问刚才那个问题。

安：你的画面总是有很强的文学气息。你的内心是不是已经文学化了？比如诗化了？

冯：作家一切精神活动最终都是文学化了的。

安：画家一切精神活动最终都是绘画化了的。

冯：我是两栖的。所以我想象出来的画面和境界一定又是文学的画面和境界。

安：你把我要问的问题的答案先说了出来。我换个问题问你——你的画被誉为"现代文人画"的代表，好像日本绘画大师平山郁夫先生也称你的画融合了"作家的创造力"，是一种风格独异的"现代文人画"，你认为这种评价贴切吗？

冯：我的画迥然不同于任何专业画家的画，不仅是风格不同，更重要的从作画的原始动力到最终目的，从内涵到追求，都完全不同。依照习惯，人们总要用一个词来称呼我这种有别于他人的画。比较现成的词汇是"文人画"。一方面是因为我是作家，文化人，文人；一方面是我的画中有文学意境和文学气息。同时，我又与古代文人画大不相同，便冠之以"现代"，叫作"现代文人画"。如果从这个意义上说我是"现代文人画"，我不反对。反正比文学界一些批评家称我的《神鞭》和《三寸金莲》是民俗小说或津味小说强。人们总不会为我的画专门发明一个名词。然而，我要做的是，必须从理论上说明白我的"现代文人画"是什么,以免误解。或者误以为我还是像古人那样"翰墨之余,聊以自娱"。因为每一个现成词汇里都有一种既定的文化内涵。

安:你既然不是"翰墨之余,聊以自娱",你和传统文人画有何关系?换句话说,你和传统文人画是什么关系?

冯:传统文人画和文人画传统是两个不同概念。传统的文人画是属于历史的,它是一种既定的形态,是过去时的、静态的、不变的;文人画传统是一种特定的、动态的、可以不断创造的。前者是死的;后者是活的。我和文人画的关系,主要是和后者——活的传统的关系。

安:什么是文人画传统?

冯:文人立场,独立品格,个性为本,直抒心臆。

安:什么叫文人立场?

冯:一是独立的精神,一是文人的修养。这是文人的根本。

安:你反对作画"自娱"吗?

冯:作画本身具有自娱成分。但我作画不只是为了自娱。

安:你和传统文人画的区别在哪里?

冯:表面看,我的画与古代文人画一点也不一样。现在一些所谓的"新文人画",是在模仿古人,装高雅,我称之为做"古人秀"或"文人秀"。

安:为什么?

冯:古人不用手机、不上网、不开会、不出访、不看《人民日报》和"新闻联播",怎么可能一样?我们用手机、上网、开会、出访、看《人民日报》和"新闻联播",然后再去画那些残山剩水、抚琴齐舟、养菊养鹤、把酒唱诗,那不是做"古人秀"吗?每个时代的文人都有自己独有的精神,如果没有自己的精神,那也只能作秀。

安:关于你的画一切具体的问题下边再谈。先谈谈,你认为画家需要理论吗?

冯:自古以来重要的画家差不多都有理论。比如郭熙、苏轼、倪瓒、董其昌、石涛、郑板桥等,举不胜举。但艺术家的理论与理论家的理论是不同的。艺术家的理论是他对自己所从事的艺术一种理性的思考。他们不像理论家那么系统,但充满灵性的发现,言之有物,不会隔靴搔痒。没有一个好的艺术家不思考艺术本身的。不过,有的艺术家能够用理论性的文字把这种思考梳理出来,有的没有写出来。但这不妨碍他是非常优秀的画家。比如八大。这因为,尽管艺术家需要用大脑思考,更需要很好的艺术感觉。或者说,对于艺术家——思考是大脑,感觉才是生命。

安:你好像很有理论能力。

冯:应该说,我有理论的兴趣。我在文学和历史文化保护方面都写过大量理论性的文字。我喜欢把丰繁的感觉梳理得清晰有序,喜欢反复思辨和层层深入。我曾经感觉到在理性思维时,大脑的空间里各种思维的轨迹穿插有序,层次分明,境界异常优美,为此我画过一幅画,叫作《思绪的层次》。

安:我接下来的一个问题是,如果有的艺术家连理性思考也没有,可以很杰出吗?

冯:如果是今天的艺术家,那就不可能很杰出。在当代社会中,艺术高度发展,信息传播太快,相互影响和相互排斥,艺术家必须找到自己的独特价值,对外部世界保持清醒,对自己的把握十分自觉。我说过,艺术家在相同的道路上一同毁灭,在不同的道路各自成功。

安：你有意与别人保持不同吗？

冯：如果我找不到个人的艺术道路，与别人走到同一条路上去，我就会失去自己。从这个意义上说，任何人对于我都是陷阱。但是这个"不同"不是强求的、刻意的、硬造的，更不是在形式和技术效果上寻奇作怪。我们和别人的不同实际上在自己的身上。

安：你认为关键是主体。找到自己的个性，也就找到与别人的不同。

冯：对。文人画的价值正在这里。文人是抒写自己的心性。可惜文人画这个本质叫董其昌掀起的复古大潮破坏了。

安：农民画也需要理论吗？

冯：民间艺术家凭天性来画画。他们本人不需要理论，他们的艺术却需要理论的总结。

安：是的，这方面的事你也正在做。现在该谈谈你的画了。

冯：好呵，请先饮这茶——宁波望海茶，用水沏了，碧绿一片，茶片全立在水里，叶尖放香，无论形态还是味道，都非常独特。

安：你已经开始谈你的画了。

2. 个人的画

安：你在从事文学之前专业作画和现在作画有什么本质区别吗？

冯：以前我是职业画家，现在是"文人画"。以前我必须天天画，现在我心里想画才画；以前的画都是依照绘画的规律想出来，讲究笔墨功力与构图，追求视觉效果；现在完全是信由心性。

安：信由心性是一种什么感觉？

冯：放开心灵，抒发情怀，每一笔像是心里抒发出来的，画画时的感觉很美。有时还像写文章——边写边深化自己。

安:你的一二十年作家生涯是否改变了你?

冯:是的。主要是一进一出两个方式。进的方式是感受生活的方式,出的方式是表达内心的方式。画家感受世界是用眼睛,作家感受世界用心灵;画家的表达方式是呈现,作家的表达方式是叙述。我不知不觉运用了作家的方式。

安:叙述?这是一种文字的方式。你怎样用笔墨来叙述?

冯:比如我那幅《忧伤》,借用晚秋的山水叙述心中一种莫名的伤感。先是在浓重的泥岸上生出一片凋零和衰落的秋树,它们无力地低垂着稀疏的枝条;然后是阴冷的天气里,隔岸迷茫的景物,都在加重此刻的寂寞和无奈。这一切,似乎被两只失群而漂泊的鸟儿感受到了,它们沉重地扇动着疲乏的翅膀飞着……你听我这么说是不是在叙述?上述的形象细节是一个个加上去的。如同散文的语言一句句逐步深化。

安:这确是很像散文。

冯:所以我说我的画有"可叙述性",应是一种散文性。

安:古代文人画的文学性是指诗性,或诗意。

冯:我不排斥诗意。诗与画的结合是古代文人画的重要特征。诗的意境往往集中在一个静止的点上,作画时便围绕着这个"点"状的诗意来营造。但散文的意境不同,它是线性的,它要靠一个个细节动态地加深,就像写文章一样。

安:这很有意思,绘画过程本来就是线性的。

冯:在欣赏过程也是线性的。

安:为什么你要强调散文性?

冯:因为散文更接近我们这个时代的方式。

安:这就是你"现代文人画"中的"现代"吗?还有谁也是这样?

冯:它是我区别古人的主要一点,当然还有别的——我放在后边说。具有叙述性的绘画有两位画家,一是林风眠,一是日本的东山魁夷。

安:林风眠好像没写过散文。

冯:和他写不写散文没关系。我是说他的画具有叙述性,可以像散文那样一句一句叙述出来。林风眠还有一种伤感气质。画面的主调低沉又深沉,我很喜欢。谈到林风眠,还有一点我很注意。他有一段话这么说的"中国现代艺术因构成之方法不发达,结果不能自由表现情绪之希求,因此当极力输入西方之所长,而期形式上之发达,调和吾人内部情绪之需求"。我们称赞林风眠在中西艺术上结合的成功。他这段话却道明这个成功的关键,即为了"自由表达情绪"。这正是文人画的本质。

安:你的话可以证实到你身上隐约有点林风眠的影子——这是我早已感到的。有时有,有时没有。请你谈谈,还有哪些画家影响了你?

冯:还有东山魁夷,他也是散文家。

安:我读过他的散文,确实非常美,十分宁静,和他的画一样。有喜多郎的音乐那种空灵感。你们的气质有些相像。

冯:能在气质上影响我的不多。凡是在气质上影响我的,都和我的某些气质接近。

安:你这个人很达观,喜欢朋友,爱说笑话,平常公开的场合里几乎看不到你有伤感的气质,也看不到你会沉溺于宁静。但你的画确实有一种或浓或淡的伤感,为此你最喜欢借用秋天的事物,有些画还近于苍凉,比如《秋之苦》《往事》《心中的风雪》等。你的画大多是十分宁静的。你的画为什么和你这个人不一致。

冯:还是一致的。你刚才用了一个词很重要,就是"平常公开场合"。很多人对我的印象是从各种公开场合中得出的。但我的画所表达是我心灵更深层、更本色的部分。

安:我承认你的画的气质魅力往往就在这一面上。你为什么把自己这一面刻意埋藏起来?你是不是有两重人格?

冯:这已经超越我绘画的问题了。

安:好,现在回到别人对你的影响方面。有哪些画家你很喜欢,但对你没影响,为什么?

冯:八大和齐白石都是我至尊至爱的画家,但对我毫无影响。主要是我的气质与他们截然不同。此外,在艺术上我不需要像他们那样提炼笔墨。我从不炫耀笔墨和技巧。

安:你也认为"笔墨等于零"吗?

冯:对于一个画家,如果拥有并自信自己笔墨的能力和审美价值,便可以这么说。如果他的笔墨的能力有限,在审美上又立不住,还要说"笔墨等于零"——那就"见与儿童邻"了。

安:笔墨作为一种语言之外,有没有独立价值?

冯:当然有。包括线的功夫,肌理美、皴法美、水墨的变幻美;笔墨的独立审美价值还因人而异。比如线条,吴昌硕的线,金农的线、齐白石的线,各有各的美,各有各的意味与神韵,互相不能代替。

安:你追求这种笔墨的美吗?

冯:追求,但不是我的第一追求。我追求心性之表达。笔墨于我,首先是一种语言。它要支持我的第一追求。同时笔墨的美也要表现出来,但不能游离在外,只表现它自己。比如《春风又吹绿枝条》中那些游丝般的长线,首先是抒写春风一般的柔情,而线条自身的美与功力也会自然地流露出来。

安:你对自己的笔墨似乎很自信?

冯:笔墨是基础。这一关早过了。但这些基本功还远不够用,笔墨的能力还要根据自己的需要不断开拓。

安:学中国画都是从套路化的笔墨学起的,你早年苦练过很长时间院体派的笔墨技巧,这些东西今天对你的作用是正面的,还是负面的?

冯:正反面全有。在艺术上,一切既有的都是自己的障碍。这包括既定的技法、风格、审美方式。尤其是我初学画时那一套院体派的画法太完整了,它往往会把人异化。一出手就是这样,很难从中走出来。至今我的画还会流露出一些这种遥远的基因。

安:你不嫌自己的画比较具象吗?

冯:关键这具象是不是一种纯客观的绘画对象。如果是一种纯客观的对象,我会没有心情画下去。我的具象全都是心中向往的,寄寓着我的性情,呈现着我的想象。

安:这种具象会不会是对一般观者的一种迁就。一般观众总是比较容易接受具象?

冯:你想问我是否媚俗?

安:说媚俗就是一种否定了。我挺喜欢你一些很具象的画,比如《树后边是太阳》《期待》等。我是说你作画时是不是因为想到了多数观者的接受习惯而选择了具象。

冯:没有。我作画只遵从自己的感受。我不是选择了具象,而是习惯了具象。

安：这习惯是否还是院体派绘画对你影响造成的？

冯：你真厉害！是的，院体派、古典主义的画都是具象的，我的具象思维源自古典。你是否像时髦评论家那样认为抽象比具象高明？

安：那就看你的具象是否高明了。具象是否高明，只能与具象相比；抽象是否高明，只能与抽象相比。

冯：就像鱼儿不能和鸟儿相比一样。

安：这里边的道理我们已经讨论得很充分，现在该谈谈你与古代文人画的关系了。关于你与古代文人画的相同之处，你谈了不少。最关键的是抒发心性。但从形式上看你与古代文人画却大相径庭。比如你很少题跋，为什么？

冯：多数时候是因为自己的意思已经在画里边了，没必要多此一举。再有我的画面不宜题字，题字反而破坏画境。

安：你的画很满，似乎也没有地方可以题字。为什么你很少留空白呢？

冯：空白最高深的意义是"此时无声胜有声"。空白不是"无物"，而是"有物"。可是明清以来的绘画里，空白的精髓被抽去，没有想象，成了白纸，使得画中的形象与景物摆在白纸上很虚假。我想用画境把纸融化掉。但是《树后边是太阳》中的雪地，还有许多画中的光线，我用的都是"白纸"。我喜欢这样创造性的用"空白"，赋予白纸以特定的生命。

安：你虽然不在画上题字，却很注意画名。有时很像一篇散文的题目，它很重要吗？

冯：是的。你说得对，它们就是散文的题目。我的画本来就是一篇篇散文。这些题目很重要，可以帮助别人理解我的画。比如

《往事》这个题目,不是让你更能体会那一片秋风里飘泊着的荻花中的意味?

安:你像作家对待篇名一样重视画名。

冯:经你一说,我才发现这真的是一种作家的思维与方式。

安:树的枝条,流水,还有你刚说的芦苇荻花为什么总出现在你的画里?

冯:流水和风中的树枝都是动的,适于表达我作画时变化的心绪。对于我,树的线条是一种心迹;水的急缓动静是我的各种不同的心境。芦苇里有一种很特别既温情又忧郁的感觉,很宜于描述我经常出现的心情。

安:鸟和船也常常可以在你的画中找到,它们的意义何在?

冯:它们在画中的位置也是我在画中的位置。是我的代替物。

安:为什么你的鸟往往只是一个黑影?这在别人的画中很少见到,为什么呢?

冯:鸟画具体了,容易给人印象是花鸟画。其实我们在大自然中看到的鸟,就是一个灵动的跳来跳去的影子。尤其逆光的时候,鸟的影子很黑,极美,像生命的精灵。

安:说到光,似乎你对光有特别的情感。

冯:情感两个字说得很准。我醉心于光。阳光给万物以生命,万物在光线中最有生气也最美丽。

安:为此,你画了一张《照透生命》。

冯:是的。

安:你明显地偏爱逆光和夕照。为什么?

冯:逆光中,事物的一多半变得模糊,光影重重,有种生命的神秘美。在各种光线的照射中,只有逆光有这种美,它使万物顷刻里变得超凡脱俗。至于夕照,我很迷恋。我刚写过一篇散文叫《夕阳透入书房》,请你有时间看看。

安:古人很少描写光。

冯:东晋顾恺之的《画云台上记》开始第一句就是"山有面则背向有影,可令庆云西而吐于东方。清天中,凡天及水色,尽用空青,竟素上下以映日。"表明那时已注重光影的表现。但在唐宋绘画中却找不到描写光的画面。中国画最多只表现四季和日月晨昏,没有更具体的时间性,从来不注重光的表现,也没有表现光的技法。我见过金农的一幅立轴《月华图》,画上当空一月,周围的月光只是些淡墨的四射的线条,很笨拙。

安:你怎么表现光?

冯:利用白纸,这我刚才说了。就是运用中国画"空白"的原理,把白纸作为光线。

安:这是一种很新的手法。

冯:我用白纸表现光,主要是两个地方。一是在树的缝隙里留出空白,以表现林中的光明,使其有空间感。一是直接用白纸作为阳光。

安:在《照透生命》中,这种用白纸来表现光线的效果很强烈,刚才你也说到在《树后边是太阳》中,那布满长长的树影的大片雪地,也是利用纸的白,这是你的一个创造。

冯:只能说明中国画的笔墨有巨大潜质有待我们去发掘。

安:谈到笔墨,我想问你,为什么你坚持以墨为主色,你如何处理墨与色彩的关系?

冯:墨在中国画中不只是黑色,是一种语言。就像黑白照片,一样能够表现色彩缤纷的世界。如果失去墨,就没有中国画。在水墨唱主调的中国画中,色彩运用的原理是看它能不能与墨产生关系——无论是与墨谐调,还是与墨对比。只要能够与水墨有机地成为一个整体,便都能入画。古代画家的浅绛山水,就是拿花青和赭石与墨谐调,为此还把赭石与墨调和为赭墨,把花青与墨调合为螺青,设法使色彩与墨融为一体。

安:你拒绝哪种颜色?

冯:金色和银色。

安:现在我们从你的画面跳出来,谈几个作画过程中的一些话题。听说你的一些画与音乐有关。比如《小溪的谐奏》《古诺小夜曲》《F调旋律》《船歌》等。是音乐诱使你生发出这些画面,还是你作画时一直伴随着这些音乐?

冯:我作画时多半是听着音乐。我写散文时也如此。我要找一些与写作或画画情境相近的音乐,一边听,一边或写或画。我让音乐帮我确定这种心境。因为在创作过程中常常会发生一些微妙的变化,使初衷走调或迷失。此外,我确实也有一些画面是被音乐唤起的。比如《小溪的协奏》,是克莱德曼的一支钢琴曲使我感觉像一条清溪由远到近冰凉地从心上流过。

安:你受摄影影响吗?

冯:我非常爱摄影。最近一个出版社约我编一本摄影集。

安:你喜欢听哪些音乐,古典的、现代的、中国民族的、流行的?

冯:最常听的是西方古典的,经典的。

安:那天那位意大利的文化参赞说,看你的画能感受你很浪漫,你是否很浪漫?

冯:所有艺术家的精神都是越矩的、浪漫的。但这种浪漫不是人为的,而是一种天性。

安：如果你作画时心中先有一个幻象，落笔后想象的画面发生变化怎么办？

冯：下笔前的幻想只是一种感觉，并不具体，朦朦胧胧，飘忽不定，一旦落在画面上，就会发觉它是另一个样子，这种情况常有。再说，作画过程中还要不断地变化，不断地出现意外。但是不管画面怎么变，只要心性还在就可以了。这个道理郑板桥也讲过。当他说到作画时常常感到"胸中之竹不是眼中之竹，手中之竹又不是胸中之竹"。这时，他提出两个关键词即"意在笔先"和"法外化机"。只要"意在"，即心性在，完全可以随机而变，随意挥洒。这正是文人画的特征。

安：有没有胸无成竹而落笔成趣的时候。

冯：有。有时，有了画兴却没有幻象，只有一种情绪在心中鼓荡。这是一种很美的感觉。因为桌案上的白纸充满灿烂的希望与可能。这时一落笔，形象就诞生了。

安：如果画成之后并不满意怎么办？也就是画坏了怎么办？

冯：画不一定全画成。享受了过程就是享受了作画的全部。我最近还写了一篇《作画》，也请你有时间读一下。作画的过程，由绘画欲望的萌生到骤至，从第一笔落到纸到它的全过程，其美其妙，无以伦比。尤其是宣纸和水墨碰在一起，充满偶然，也唤起无限新的灵感与想象。作画的成果属于别人，作画的过程属于自己。没人能够和你共享这个充满变数的过程。

安：最后一个问题还是关于你的画。你说过你的画不重复。为什么？是有意不重复吗？

冯：不是有意不重复，而是无法重复。因为大多数画都是在一时的特定的心绪和情境中产生的。这种心绪是自然而然的，无法重来;心中的画面也是随之生发,也不是刻意营造的。曾经两次应人要求,按照画幅重复画一遍。结果画了一半就画不下去了。因为我没有作画的情绪。就像写文章,怎么可能写一样的文章,连一样主题的文章也不可能重复地再写一篇,甚至自己写过的话也不会重复再写一遍。文学是不准抄袭别人,也不准抄袭自己。

安:你是骨子里的文人画,因为你凭着作家的思维来作画。再问你一个十分关键的问题,你认为你是职业画家吗?

冯:我今后永远不会做职业画家。

安:为什么?

冯:宋元的文人画,就是被明清以来的职业化毁掉的。画家若要职业化,就会付出艺术最渴望的东西——自由。

安:好了。你已经把自己表达得很充分了。

注:本文安先生为虚构的问话人

绘事自述

我天性喜画,画在文先。上世纪七十年代末一系列伤痕小说发表之前,已有十五年丹青生涯。由于世人知我多缘自文学,故以为我先文后画。这里执意加以说明,是因为我后来的写作常常运用画家特有的视觉思维。

自我操弄笔墨,至今五十年。虽有时全心写作,有时倾心于文化遗产保护;然丹青之恋,犹然未已,时断时续,不曾放弃。我曾在旧金山举办画展时,做过一个演讲,题目叫作"绘画是文学的梦",以表达我对这种可视的缤纷的创造之向往。由于大多数听众是文学爱好者,很少有人听懂我所言之深意。

数十年来,我的绘画可分作前后两个阶段。

前一阶段始于上世纪六十年代初。那时以摹制宋代北宗诸大家画作为生,得以钻研古人的画理画技,其中偏爱范宽、郭熙、刘松年、马远、夏圭和张择端。于是侧锋的斧劈皴斫和中锋的长线勾勒深刻地记忆在我的笔管里。同时,注重师法造化,常常肩背画夹,外出写生,近及京西蓟北,远赴岱宗太行,这一阶段绘画追求时代山水与传统审美的融合。可惜画作多毁于"文革"与地震,残剩寥寥。

"文革"间,艺术几近灭绝,个人偶动画笔,发于兴趣而已。

1978年新时期崛起,心中拥塞欲吐之言,跨入文坛,即卷进新时期文学激流中。一时笔锋如火山口,炽烈迸发喷涌,十年中写作数百万字,自然与画疏离,且渐行渐远。这段岁月,应是我个人画史的一段非常的空白。

后一阶段始于1990年。由于时代变迁,放慢写作,静心于书斋中定神苦思,总结以往,忽有画兴,来之甚猛。这迅猛之势源于情感,发于心也。谁料心中的丹青竟不可遏止,阔别的水墨更是焕然一新。那时,忙于在京、津、沪、渝、鲁、甬等地,继而到美国、奥地利、新加坡和日本等国举办画展;日后反省,才明白原来多年来作家抒写心灵的思维方式,使我不自觉地进入了真正的文人画范畴。如果说,我的前一阶段是画家画,后一阶段则是文人画。当然,我的画不是古来已成定式的文人画。这便招来对我的画风其说不一。正像当年《神鞭》问世,有称传奇小说,有称津味小说,或称武侠小说、荒诞小说、文化小说等,众说纷纭,莫衷一是。那时的报章有称我的画为"作家画",有称为当时画坛盛行的"新文人画",却又嫌在画风上相去甚远,一时难下定论。我在日本东京举办画展时,平山郁夫先生撰文称我的画为"现代文人画"。我觉甚好,在接受他的概念的同时,也引起我的思考:何谓"现代"的文化人画?我的自我总结,是我的画不像古人那样崇尚诗性,而是追求散文性。诗是在点状的凝聚,散文是线性的叙述。我追求绘画的内涵与意境能够像散文那样可以叙述。而散文更接近现代人。

中西绘画最大的区别不是形式,而是精神内涵的不同。中国画讲文学性。中国画家所说的意境简而述之:意就是文学的意味,境就是可视的空间境像;二者相合即为意境。可以说,意境二字是对文学与绘画融为一体的高度升华与提炼。

然而，在我将"现代文人画"明确作为绘画目标时，全球化和现代化对城市历史文化遗存的冲击，牵动我心。我于1994年开始举行的一系列大规模城市遗产拯救行动；自2002年又发起全国性的民族民间文化遗产的紧急普查与抢救。由于许多行动属于民间性质，必须倾注全力，故我在文章中的呐喊来自我写作的笔，我的经费来自我的绘画。我在一篇文章《为周庄卖画》中，写下这种伴随我近二十年的卖画行为的缘起。

尽管绘画的成果多化为文化保护的支撑，绘画的过程却贯穿我的艺术的思考与追求。文人画及其当代性已是我致力的方向，一己性情始终是作画的驱动力，审美的发现常常是一种灵感，自我寻找是我终极的追求。既不能向古代的文人画既定的笔墨中寻找感觉，又要保持惟中国文人才有的精神方式，这中间的道路只留给具有个性魅力的人去开掘。我不知道能否做到，却知道应该怎样去做。

在这后一阶段（1900至2010）中，惟一的变化是，二十世纪九十年代的画幅较大，二十一世纪前十年的画幅都较小。这大概是我把较多的时间都支付给巨大而无边的文化遗产保护的事业，同时也说明绘画是我终生不能放弃的了。因为我说过，文学（包括文化）于我是一种责任方式，绘画于我是一种生命方式。绘画不能像文字那样具体地记录生命的内容，却能直观的逼真的保存下生命的形态。

这恐怕是我对文人画最本质的理解了。

本画集是我五十年绘画的一种总结。虽然图版皆是后一阶段的"现代文人画"。然而，我将前一阶段经历"文革"、损毁殆尽的

"劫后残余"的些许资料,尽可能地作为历史依据附在集中。为使内涵充分,还收录了几位中外学者评述我的文章和绘画观方面的自我表述,以及个人的大事记等等。应该说,我尽量使这部画集具有一定的档案性。

我绘画的道路还长,凡长途远行者,走上一段总要回过头来看一看,鼓励自己,亦校正自己,以利前行是也。

2010.6

文人的书法

文人书法的历史要比文人画的历史长。

文人用毛笔、墨和宣纸写文章,很容易就对书写的审美有了兴趣。书法的艺术便蕴寓其中。

文人以文章抒发心志,其书法天生具有挥洒情感、一任心灵的性质,故此文人书法是以个性为其特征。文人性格彼此迥异,有一千个擅长书法的文人,就有一千个相去千里的书法面貌。故此文人书法风格都不是刻意追求的。

但是,在篆隶时代,字体规范严格,限制了个性的发挥,文人书法未能形成。到了行草时代,字体走向自由,张扬个性的文人书法便应运而生。此后文人书家所写的篆隶,也就融进了个人的意蕴与性情了。

文人的书法,向例是不拘法矩。情之所至,笔墨奋发。文字原本是表达与宣泄心灵的工具。工具缘何反过来要限制心灵?故此文人进入书法,天地突然豁朗;一无牵绊,万境俱开。

同时,文人不屑于书写别人的话语。言必己出,乃是书法之根本。每每心有难捺之语,或有灵性之句,捉笔展纸,书写出来。笔笔自然都是发自性灵的心迹,字字都是情感乃至情绪的形态。这样的书法,才是有魂的艺术。

《丁亥生日诗》

历史地看,文人涉入书法,乃是文化的注入。于是,翰墨的世界,不仅奇花异卉争相开放,书法的底蕴更是走向雄厚深邃。但如今,文人著书立说的工具已经改成钢笔和圆珠笔,很多文人撤离书坛,亦文亦书者毕竟不多,文人书法该向何处去。我以为,文人书法已然历史地落到书家身上。

然而今之书家,是否亦有这般所思所想?

2003.4

我的书法生活

我有两间工作室。一间书房,一间画室,屋门对开。写作间偶有妙思,或是佳句,旋即出书房,入画室,展白宣,运长锋,一挥而就,书法生矣!

笔墨是我的心灵器具。我不为书法而写,只为心灵而书。我的书法亦我的写作。还有一半是对笔墨美的崇尚。

故而,我从不临帖,但我读帖。我把古人当作崇高的朋友。我在与他们的神交之中,细品他们的品格、气质与精神。我不会照猫画虎地去"克隆"他们的一招一式。我以被人看出我师从何处为羞。我的书法只听命于我的精神情感。

倘有朋友约我书法,我不会提笔就写,立等就取。心无美文,情无所至,不会动笔。故而只是记住此事,慢慢等待内心的潮汐。倘若潮水忽来,笔墨随之卷入,辄必有一幅得意的书法赠予友人。

我把书法作为一己的心灵生活。故而,不喜欢别人的逼迫与勉强,不喜书写那种无关痛痒的名人留言;更不喜欢当众挥毫表演,似有江湖卖艺的感觉。

我不会天天不停地写,甚至一连写上三幅就会感到厌倦。我喜欢与书法的关系是一种不期而遇的邂逅。那一瞬,我们彼此都会惊奇,充满新鲜与兴奋。笔与墨,一边让我熟悉,一边给我意外。

只有此时,我才会感到笔墨也是有生命的。笔墨的性格是一半顺从,一半逆反;一半清醒,一半烂醉。我们的艺术创造,不是一半来自于笔墨的自我发挥吗?

甲子之年,我写了一首诗,实际上是写了我的艺术观:

> 笔墨伴我一甲子,谁言劳心又劳神,
> 墨自含情也含爱,笔乃有骨亦有魂,
> 如烟岁月笔下挽,似水时光墨中存,
> 我书我画我文章,笔墨处处皆我人。

此诗写过,欲言尽之。

2003.4

诗　笺

我非诗人,也常写诗,何也?

其缘故是中国诗的传统太久太深,诗的经典太多,名诗妙句深记在心;诗的节拍和韵律也就潜入了血液。因之,中国的文人的天性里都有诗性。每每有感而发,不觉之间便会以诗唱出心声;且不说唐人皆诗,比方1976年天安门事件,千千万万人以诗表达共同的心灵狂飙,也只有中国了。在这样的文化背景下,人在书斋之中,一时心性使然,冒出几句诗,遂从案头的文镇下取一页笺纸,信手题写下来。这么做再自然不过,也再美不过。

这种美,一半在作诗上,一半在题(书写)诗上。

中国人作诗最讲究炼字。从诗的角度说,每一个方块字都有丰富的内涵,用在不同地方,意味决不一样。字是死的,用好就活。一个看似平平常常的字用好了、用准了、用妙了——用绝了,这种感觉自然极美;若将这样的感觉题写在纸上,还会再添一种美感——书写之美感。

文人是很少抄写别人诗文的。自己有了好的诗句,便会引起自我书写的兴致。书写自己的诗,不是用手写,而是用心写。笔一落纸,内心的诗情便自然转为手上的笔墨;诗的节律自然化为行笔的节奏;一撇一捺一勾一点,全是内心的表情。而这种在小小的笺纸上的书写与大幅书法不同,大幅书法毕竟要悬在厅堂,供人观赏;这种诗笺都是信笔由来,为己而书,一切缘自兴致,没有半点拘泥。我喜欢使昔时的笺纸,或者各类小卡纸;这两种纸都是成品,制作精美,形状各异,写罢钤一方小印,两三闲章,各色笺纸,墨字朱印,诗文翰墨,十分风雅。每每赏玩过后,便习惯地放在案边一只竹制的提盒中。偶有友人来,看了好玩,便会讨去一件,拿回去装在素雅的镜框里,挂在房中,分享我书斋中的一点意蕴与墨香。近来翻出这些诗笺短简,发觉这里边有不少往日的故事、友情、人生细节、一时的情怀与佳句,值得自珍,便不再赠予他人,孤芳自赏地存藏起来。

我常写诗还有另一缘故,是我的诗近半为题画诗。题画是文人作画的方式,画不尽意,诗文相辅。古今的题画诗,我之最爱为二人:古人是郑板桥,近人是齐白石,画面上所题文字,或诗或文,长跋千字,意犹未绝;三两短句,点到为止,绝无定式,却又是必不可少的,一概是由画里生发出来的性情文字;有的与画相生,有的补画不足。这些诗文离开画面,常常可以独立成篇,却又与画面血肉一体。《郑板桥集》和《齐白石诗文集》中不少诗文,都是先出现在画上,然后收录于诗集之中。然而我的题画诗抄录下来的只是少数,多数随画而去,不知今在何处。

诗如文人随口歌,好听只是吟唱时,歌儿有翼自飞去,去后空空无人知。那么这些无意间书录在笺纸上的诗文,便是一种幸存,一种诗文自身的命运,也是一种真实的书斋生活,现在印出来是为了给知己清赏而已。

2014.5.22

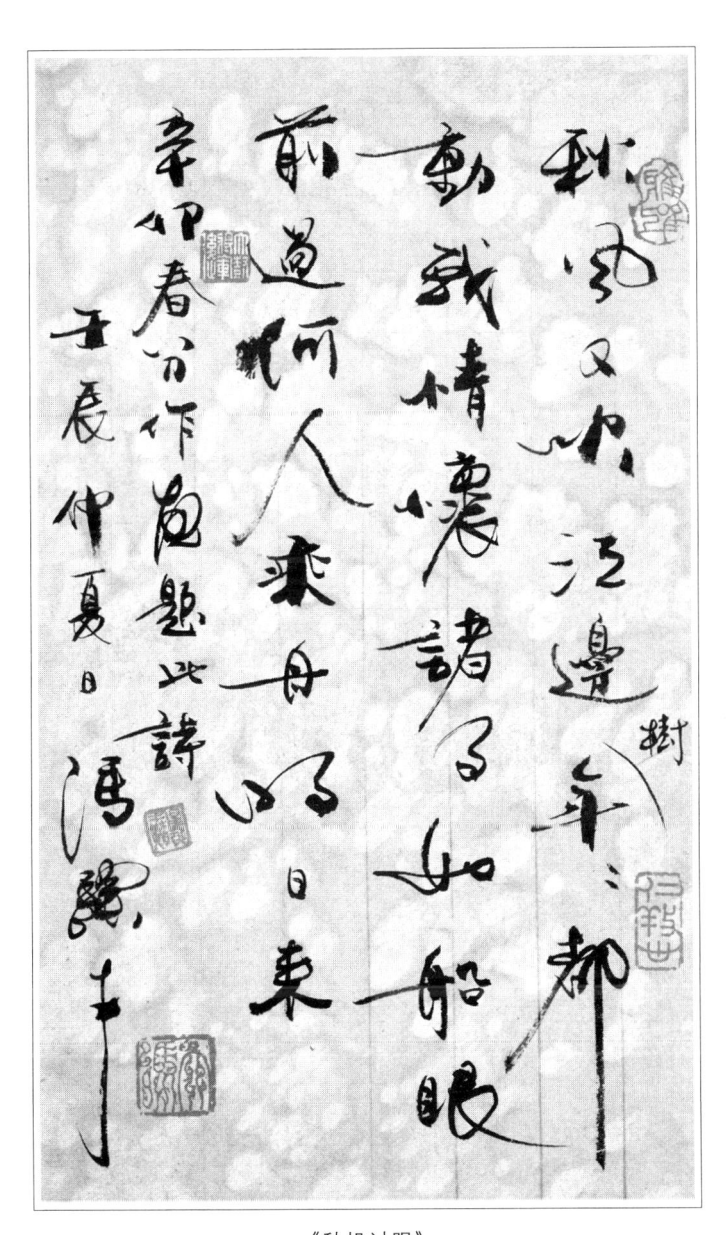

秋风又起江边树,都动我情怀,诸多如船眼前道阿人来舟似日来。辛卯春分作匆题此诗 壬辰仲夏日 冯其庸

《秋帆过眼》

片　简

书斋中的小品中,比诗笺更随性、更自由、更无定格的应是片简,也就是用一些小纸写些性情或有意味的文字。使我分外喜爱这种片简短笺的重要原因,是我对一些岁久年深的老纸与古笺的迷恋。每见印制精美、版味十足,特别是带着一些特殊斋号乃至朝代与年份的笺纸,必存藏。过于珍爱老纸的人是舍不得使用的,我则不然,偏要在上边落下笔墨,人说这是一种十足的文化的奢侈。比方一位古纸的藏友拿来一片小纸,苍老得像一片枯叶,上面用木版印着"成化十八年"的年款,掐指算来,至今已五百三十年,我竟像撞上一份美餐,立即使笔题上自己的一首五言绝句。这位藏家问我,你用这样稀罕的纸,因何全无顾忌?我说:我写上自己的诗,我的生命就与这纸的生命融合一起了。其实,我也不是全无顾忌,我手中有四枚乾隆年间仿宋代澄心堂的笺纸,上边分别印着"孔子""墨子""老子"和"孟子"木刻画像,纸太美了,雕印更精。我知道早在宋代,欧阳修、梅尧臣和苏东坡就对澄心堂御笺惜如珍宝,故收藏多年,至今不敢着墨。

笺纸始于南北朝,一千数百年来一直是文人钟爱之物,也是文房上品,乃至清玩。最初笺纸的模样无从知道。唐人薛涛用成都近郊浣花潭水造一种小型的笺纸,专用于题诗。虽然今天已看不到这种"薛涛笺",但在《天工开物》上有了具体的描述。据说纸质细嫩柔润,并用芙蓉花汁染成桃红色,深受白居易、刘禹锡、元稹等大诗人的喜爱。李贺那两句:"浣花笺纸桃花色,好好题诗咏玉钩。"不仅对这种诗笺赞美至极,还表明唐代文人把诗题在笺纸上视作雅事。凡是上好的笺纸,都经过精心选纸、设计、染色。唐代还没有版印的笺纸,到了宋代,我国雕版印刷兴起,雕版的书籍插图一下子普遍开来,木版的年画纸马也遍地开花。这种可以印制精美图案的雕版印刷术,很自然就进了笺纸的作坊,各种花样时时翻新的笺纸便成了文人们的书斋新宠。到了明清两代,雕版业更加蓬勃,印制日益精湛,不仅有"十竹斋"那样的名品问世,还出现了集古今名笺为册的"笺谱"。朝野公私皆有各类笺纸,信笺、便笺、喜笺、礼笺等,各有各的式样,各有各的字号,各有各的讲究。清末民初称得上是笺纸的"夕阳无限好"。《朵云轩笺谱》《荣宝斋笺谱》、画家张和庵绘制的《文美斋百花诗笺谱》、鲁迅和郑振铎编的《北平笺谱》等,都一时名品。大画店邀请名家绘制笺纸上的图案,任私人选印定制自家信笺。记得四十年代我家就在荣宝斋水印制过几种便笺,图案不一,其中一种是溥儒(心畬)的山水,一是吴徵(待秋)的梅花,彩色套版,雅致优美,左下角还印着我家"裕后堂"的堂名。可惜现在手中所存只有一张了。然而事存唯一,犹觉珍贵。

这种笺纸无论刻印、套版、配色、选纸都讲究,而且用起来很惬意很享受。有的一片竹影或闲山野水,铺满纸面,好题诗词;有的一角点缀着博古器物或折枝花卉,余皆空白,便书信函。不同笺纸有不同用场。功能不一,用纸有别;对象不同,花色自异。每要使用,必要根据特定之需,从文房所备各类笺纸中挑选适用者。反过来,不同笺纸也会唤起文人不同的兴致,在上边写几句随兴的话。

我不是笺纸的藏家,只凭对古纸的痴爱,存藏各类笺纸百余种。有名品,也有许多私家用笺,上边印着堂号斋号,有的可以查知,有的永远不知何地何时何等人家姓甚名谁。不过这些笺纸都是当初人家定制的,带着原主的偏好与气质,也带着随岁月感不同的时代的气息。有的华贵考究,有的雍容大气,有的清新简约,这便给我用起来很多的选择。

我用它们写诗词、随笔、闲文,更写对联、偶句、箴言、赠语、题句等,多则数百言,少则十几字,多是写给人家的,也有少量写给自己的,从中却可见往日书斋里的种种片断。它使我明白,要珍视自己人生的细节,因为有些细节常常支撑着事情的全部。

2014.5.22

丹青小品

文人在书桌上画的画儿，与在画案上画的不同，是信手涂抹的丹青小品。中国文人讲求琴棋书画，触类旁通，诗画相生，书画同源。古代文人写作，用的是纸笔墨砚，画画也是纸笔墨砚，手中同样的工具，想写就写，想画就画。所以文人大多"工诗善画"，甚至"诗书画"三绝。但文人善画，其画技不一定全都高超，到达专业水平，有时只是撇几笔飘逸的兰草，抹几杆劲拔有节的竹枝，"逸笔草草，不求形似，聊以自娱耳"（倪瓒语）。其实，文人画的始作俑者苏轼和米芾的画，也都是这种文人小品。人家夸赞米家山水如何高妙，并非说他的技法多么高不可攀，不过是画坛上从未见过这种出自书斋、讲求意境、不求形似的丹青。

中国画中小画的历史很久，成熟时期是宋代。斗方、镜心、团圆的绢面，都是宋人擅长的小品。宋代的大家如马远、夏圭、李迪、林椿、苏汉臣等，都画过许多这种小品，其绘制之精妙自不必说，关键是在有限的尺幅中所表达的意蕴之幽深与意境之高远。杜甫将此画理一句道破，即"咫尺应须论万里"。这画理，正是中国文人山水致力追求的。

书斋里的丹青是文人的生活方式之一。或诗或书或画，都是由一时心绪，逞一己性情，不必谋篇布局，斟酌笔墨。只求有所蕴藉与寄托,彰显一点意味与情趣则已。书斋中的小品没有固定的样式,纸张的短长,任其自然;画面的繁简,全凭兴致;或山山水水、有花有叶看似完整的一幅;或以一当十,简括为之充为一帧;也可寻奇作怪,别出心裁成一图也。这样随心所欲的丹青时时出现在我的案头。

当然,书斋生活缤纷多姿。时而为他人题画助兴,亦诗亦文,以为乐事;时而鉴赏古画古物,有感而发,书写其上;时而会在赠予他人书籍的扉页上,抹上几笔;往往书斋生活正是靠这些另类的丹青翰墨的小品,斑斓地表达出来。

数十年里,这种不经意的书画随时随地产生,也随手掖在各处,过后不会记得。一次,一位友人借一本画册去看,还书时告我里边夹着一帧书斋小画,很有味道。那是当初画后,顺手折起来夹在画册里的,谁还记得?今日友人送还,叫我分外感动。时下,这种君子不多见了,便在画上题了字送与他。

另有人对我说:那人挺美,白白得到一张小画。

我听了,未答。答了他仍旧不懂。

书画本是风雅的事,只要离利益远一点,就会美好。

2014.5.22

我非画家

近日画兴忽发,改书桌为画案,开启了尘封已久的笔墨纸砚,友人问我,还能如先前那样随心所欲么?

我曾有志于绘事,并度过十五年的丹青生涯,后迫于"文革"剧创,欲为民族记录心灵历程,遂改道易辙,步入陌生的文坛。然而,叫我离开绘画又何其困难。

画者练就了一双画眼。大千世界各种形象随时随地、有光有色流过眼前,偶有美感,即刻被这双画眼捉住,尽情地痴醉其间,这是何等的快乐,这些快感一层层积存心中,闲暇时便一片片翻出来看,这又是何等美妙的享受。时而,浩阔深幽的心底,会悠然浮起一幅画来,它不是那些眼见过的画,而是心中向往的画,这才是一幅真正的画!我不过没有时间将它形之于纸,却常常这样完成了绘画所必需的全部思维过程。

文学的思维也包含着绘画的思维。

文学形象如同绘画形象,一样是心中的形象,一样全凭虚构,一样先要用心来看。无论写人、写物、写环境,必须看得逼真,直至看到细节,方能落笔。文学是延绵不断的画面,绘画是片段静止的文学。文学用文字作画,所有文字都是色彩;绘画是用笔墨写作,画中一点一线,一块色调,一片水墨,都是语言。画非画,文非文,画亦文,文亦画。我画,不过再现一句诗,一阕词,一段散文而已;站在画面上千姿万态的树,全是感动过我的不同境遇中的人物,或者全是我自己;淌过纸表的流水,不论舒缓、疾进,还是迷茫虚渺,更是我一时真切的情绪,这与写作的心态又有何异?

在一种艺术里呆久了,易生麻木,今人称之为:感觉疲劳。自己创造的,愈有魅力,愈束缚自己。与之疏远一段时间,相隔一段距离,反而能更好地感觉它。艺术的表现欲望,压抑它反倒能成全它。这样,每每写乏了,开砚捉笔,展纸于案,皎白一张纸上好似布满神经,锋毫触之,敏感异常,仿佛指尖碰到恋人的手臂,这才是绘画的最佳状态。放笔纵墨,久抑心中的形象便化作有情感、有呼吸、有灵魂的生命,活脱脱呈现出来。

艺术,对于社会人生是一种责任方式,对于自身是一种深刻的生命方式。

我为文,更多追求前者;我作画,更多尽其后者。

至于画风画法,欲言无多,一任自然则已。风格是一种气质,或是一种生命状态。风格无法追求,只有听任生命气质的充分发挥。若以技法立风格,匠也。

友人说,我还是不愿意你成为画家。

我笑而不答。画家这两个字,对于绘画本身从无帮助。

1990.4 于三乐斋中

遵从生命

一位记者问我:

"你怎样分配写作和作画的时间?"

我说,我从来不分配,只听命于生命的需要,或者说遵从生命。他不明白,我告诉他:

写作时,我被文字淹没。一切想象中的形象和画面,还有情感乃至最细微的感觉,都必须"翻译"成文字符号,都必须寻觅到最恰如其分的文字代号,文字好比一种代用数码。我的脑袋便成了一本厚厚又沉重的字典。渐渐感到,语言不是一种沟通工具,而是交流的隔膜与障碍——一旦把脑袋里的想象与心中的感受化为文字,就很难通过这些文字找到最初那种形象的鲜活状态。同时,我还会被自己组织起来的情节、故事、人物的纠葛,牢牢困住,就像陷入坚硬的石阵中。每每这个时候,我就渴望从这些故事和文字的缝隙中钻出去,奔向绘画……

当我扑到画案前,挥毫把一片淋漓光彩的彩墨泼到纸上,它立即呈现出无穷的形象。莽原大漠,疾雨微霜,浓情淡意,幽思苦绪,一下子立见眼前。无须去搜寻文字,刻意描写,借助于比喻,一切全都有声有色、有光有影地迅速现于腕底。几根线条,带着或兴奋或哀伤或狂愤的情感;一块块水墨,真切切的是期待是缅怀是梦想。那些在文字中只能意会的内涵,在这里却能非常具体地看见。绘画性充满偶然性。愈是意外的艺术效果不期而至,绘画过程愈充满快感。从写作角度看,绘画是一种变幻想为现实、变瞬间为永恒的魔术。在绘画天地里,画家像一个法师,笔扫风至,墨放花开,法力无限,其乐无穷。可是,这样画下去,忽然某个时候会感到,那些难以描绘、难以用可视的形象来传达的事物与感受也要来困扰我。但这时只消撇开画笔,用一句话,就能透其精髓,奇妙又准确地表达出来,于是,我又自然而然地返回了写作。

所以我说,我在写作写到最充分时,便想画画;在作画作到最满足时,即渴望写作。好像爬山爬到峰顶时,纵入水潭游泳;在波浪中耗尽体力,便仰卧在滩头享受日晒与风吹。在树影里吟诗,到阳光里唱歌,站在空谷中呼喊。这是一种随心所欲、任意反复的选择,一种两极的占有,一种甜蜜的往返与运动。而这一切都任凭生命状态的左右,没有安排、计划与理性的支配,这便是我说的:遵从生命。

这位记者听罢惊奇地说,你的自我感觉似乎不错。

我说,为什么不。艺术家浸在艺术里,如同酒鬼泡在酒里,感觉当然良好。

1991.12 天津

《期待》

表白的快意

在世事的喧嚣和纷扰中,我们常常忘掉自己的心灵。也许现代社会太多的艰难也太多的诱惑,太多的障碍也太多的机遇,太多的失落也太多的可能,我们被拥塞其间,不得喘息;那些功名利禄、荣辱得失、是非利害,都是牵动我们的绳子。就这样,终日浑浑噩噩或兴致勃勃地忙碌不停,哪里还会顾及无形地存在于我们体内的那个心灵?

每个人都有两个自己:一个是外在的、社会性的、变了形的;一个是内在的、本质的、真实的自己,就是心灵。两个自己需要交谈,如果隔绝太久,日久天长,最后剩下的只是一个在地球上跑来跑去、被社会所异化的自己。

这心灵隐藏在我们生命的深处。它是我们生命的核儿。一旦面对它,就会感到这原是一片易感的、深情的、灵性而幽阔的世界,这才是我们个人所独有的世界。在这里,一切社会经历都化为人生经历,一切逝去如烟的往事在这里却记忆犹新、依然活着,一切苦乐悲欢都化为刻骨铭心的诗……而那些难言之隐也都在这里完好保存着、珍藏着、密封着。

守着自己,便保护自我的完整;守着自己的秘密,便保存一份自享的生命内容。心灵是躲避世间风雨的伞,是洗刷自己和使灵魂轻装的忏悔室,是重温人生的惟一空间,是自己的梦之乡……

然而,它也要说话。受不住永远的封闭,永远的自知、自解、自我安慰,它要撞开围栏,把这个"真实的本质的自己"坦露给世界;或者打开一条缝隙,透露出紧锁其间、幽闭太久的风景;或者切盼一位闯入者,让心灵自己经受一次充满生气的风暴……

心灵渴望表白——

人类艺术由此而起源。这也是真正的艺术创作充溢着快感的缘故。倘若艺术拒绝心灵的表白,不仅它缺少冲击力,创作过程便成了一种乏味的受难。

艺术创作是一种生命转换的过程,即把最深刻的生命——心灵,有姿有态、活脱脱地呈现出来。这过程是宣泄、是倾诉、是絮语、是呼喊,又是多么快意的创造!所以我说:

"对于一个艺术家来说,最重要的不是存在的方式,而是他的生命方式。"

让心灵一任自然,艺术便获得生命。

1993.2

行间笔墨

在终日四处的奔波中,常常不能拒绝的事便是应人家请求,提起毛笔写几句话。想想看,人家盛情陪同,尽其所能地招待和照顾,而这些景物本来又都是自己切切关心的,待到告别之时,人家备好纸笔墨砚,请你留下"墨宝",怎好把脸一板推掉?故而这些行间的笔墨大多在来去匆匆之间,凭着的是一时的情意与兴致,很是即兴。比方,在四川绵竹考察年画,被那里独有的"填水脚"所震惊。所谓"填水脚",乃是每逢年根,画工们干完活要回去过年,顺手将颜料渣子混上水色,涂抹在印了线版的纸上。画工们人人都是才艺精绝,故而这些看似率意为之的几笔,很像中国画的大写意,立笔挥扫,神气飞扬。绵竹年画本来就像川剧,高亢辛辣,这"填水脚"更是将川地年画独有的地域气质发挥到极致。特别是绵竹年画博物馆中一对清代中期"填水脚"的门神,不过七八笔,人物跃然而生。我看得如醉如痴,不停地说:"这简直是民间的八大!"

从博物馆出来,便被主人引入一间小室。桌上已摆上文房四宝。不用去想,心中已有两句话冒出来,挥笔先写道:"土中大艺术"。这上一句写过,忽觉心中的下一句不甚好。下边一句应当更妙才是。此刻扭头看到窗台上有个剑南春的酒瓶。绵竹也是名酒剑南春的故乡。这一瞬,老天爷亲吻了我的脑门,妙语倏忽而至,接下去便写出来:"纸上剑南春"。这一句叫主人高兴非常。

再一次更有趣的是在乐山。仰观大佛之后,在席间主人说:"你总得留点纪念给我们。"我想,乐山大佛是天下佛窟中至美至上之宝。我已经是千里迢迢第二次来看大佛了,应当在这里留一幅字。有了这想法,却像得到神助那样,心中首先出现的两个字"大佛",倒过来便是"佛大",由上而下,一佳句油然而生——"佛大大于大佛"。下边还应有一句,自然想到"乐山"和"山乐"等,于是两句绝妙好词装入胸中。待展纸书写之时,我对主人说,这幅字很难写。主人说为什么。我说其中两个字要重复两次,还有两个字要重复三次。便是:

佛大大于大佛
山乐乐似乐山

待写过这幅,放下笔一看,居然竖着读奇妙,横着读也通也奇妙,更觉得这两句不是自己脑袋想出来的,好像谁告诉我的。此种乐趣,还有谁知?

这行间的笔墨并非总是灵感迭出,若有神助。有时人马劳顿,情思壅滞,而文人书法偏偏要"言必己出",又不能落笔平庸,往往就被盛情的主人逼入绝境。逢到此时,只好请主人留下姓名地址,回去补写后再寄来,决不勉强自己。

即使是这样,也常常会留下遗憾。比如,前些天在如皋,参观水绘园。此园曾是文人学士汇集之所,又是明代名姬董小婉栖隐之处。园中景物相映,玲珑曲折,气息幽雅,世称文人图。游园时,因景生情,因情生句,待主人相邀题字时,捉笔便写了"园如书卷可捲,景似画轴当垂"两句。主人颔首称好。可是自己心里总感觉有些不妥。题字,字比词更为重要。但是,词要思量,字须推敲,时间这样仓促,被人又请又拉,怎好从细斟酌?从水绘园出来后,坐在车上,把刚刚的题词放在心中来回一折腾,忽觉应该改两个字,应是:

园如书卷半捲
景似画轴长垂

这样才好,可惜已经晚了。那幅糟糕的字留在人家那里,自己却带着遗憾直至此刻此时。

再说两件得意的事。

一次在西南某地。一位主人为他的上级领导向我索字。这也是在各地常常碰到的事。但我的笔墨从不为人帮闲,遂写了一句:

心中百姓是神仙

我想此句如使他受用,当也使他受益。

再一次是在南通小狼山的广教寺。寺中方丈请我留下笔墨。小狼山为天下最小名山,虽然仅仅一百零八米,却有一座古庙和宋塔仁立峰尖。日日晨钟暮鼓,梵声散布万家。想到此处,因题道:

最小山头,
顶大佛界。

由于宣纸劲润,笔也凑手,写得水墨淋漓,极是酣畅。

方丈合掌行礼,表示满意与谢意。我却说,这句话也是为我自己写的。此我世间的追求是也。

因之可谓,行间笔墨,其乐无穷。

2004.5.25

《心中十二月》题记

  大自然以十二月为生命一轮。其所滋育之万物生灵,亦如这十二月,由生到灭,苦乐兴衰,概莫能外。从中悉心体悟,人生况味潜隐其间,辄便转化水墨,融入丹青,呈现笔端,诉诸纸,遂有此一组图画。凡十二图,每图一月,与时俱变。题曰:一月静谧,二月苏醒,三月朦胧,四月轻柔,五月清澈,六月光华,七月激荡,八月升腾,九月丰足,十月灿烂,十一月高远,十二月安寂。看似风景,实乃生命历程与心灵境像也。谁识其中意,即是我知音。画罢题之,是为记焉。

丁亥年阳春之日津门醒夜轩

我与《清明上河图》的故事

冥冥中我感觉《清明上河图》和我有一种缘分。这大约来自初识它时给我的震撼。一个画家敢于把一个城市画下来，我想古今中外惟有这位宋人张择端。而且它无比精确和传神，庞博和深厚，他连街头上发情的驴、打盹的人和犄角旮旯的茅厕也全都收入画中！当时我二十岁出头，气盛胆大，不知天高地厚，居然发誓要把它临摹下来。

临摹是学习中国画笔墨技术的一种传统。我的一位老师惠孝同先生是湖社的画师，也是位书画的大藏家，私藏中不少国宝；他住在北京王府井的大甜水井胡同。我上中学时逢到假期就跑到他家临摹古画。惠老师待我情同慈父，像郭熙的《寒林图》和王诜的《渔村小雪图》这些绝世珍品，都肯拿出来，叫我临摹真迹。临摹原作与印刷品是绝然不同的，原作带着画家的生命气息，印刷品却平面呆板，徒具其形——此中的道理暂且不说。然而，临摹《清明上河图》是无法面对原作的，这幅画藏在故宫，只能一次次坐火车到北京故宫博物院的绘画馆去看，常常一看就是两三天，随即带着读画时新鲜的感受跑回来伏案临摹印刷品。然而故宫博物院也不是总展出这幅画。常常是一趟趟白跑腿，乘兴而去，败兴而归。

我初次临摹是失败的。我自以为习画从宋人院体派入手，

《清明上河图》上的山石树木和城池楼阁都是我熟悉的画法,但动手临摹才知道画中大量的民居、人物、舟车、店铺、家具、风俗杂物和生活百器的画法,在别人画里不曾见过。它既是写意,也是工笔,洗练又精准,活脱脱活灵活现,这全是张择端独自的笔法。画家的个性愈强,愈难临摹,而且张择端用的笔是秃锋,行笔时还有些"战笔",苍劲生动,又有韵致,仿效起来却十分之难。偏偏在临摹时,我选择从画中最复杂的一段——虹桥入手,以为拿下这一环节,便可包揽全卷。谁料这不足两尺的画面上竟拥挤着上百个人物。各人各态,小不及寸,手脚如同米粒。相互交错,彼此遮翳;倘若错位,哪怕差之分毫,也会乱了一片。这一切只有经过临摹,才明白其中无比的高超。于是画过了虹桥这一段,我便搁下笔,一时真有放弃的念头。

我被这幅画打败!

重新燃起临摹《清明上河图》的决心,是在"文革"期间。一是因为那时候除去政治斗争,别无他事,天天有大把的时间;二是我已做好充分准备。先自制一个玻璃台面的小桌,下置台灯。把用硫酸纸勾描下来的白描全图铺在玻璃上,上边敷绢,电灯一开,画面清晰地照在绢上,这样再对照印刷品临摹就不会错位了。至于秃笔,我琢磨出一个好办法,用火柴吹灭后的余烬烧去锋毫的虚尖,这种人造秃笔画出来的线条,竟然像历时久矣的老笔一样苍劲。同时对《清明上河图》的技法悉心揣摩,直到有了把握,才拉开阵势,再次临摹。从卷尾始,由左向右,一路下来,愈画愈顺,感觉自己的画笔随同张择端穿街入巷,游逛百店,待走出城门,自由自在地徜徉在那些人群中……看来完成这幅巨画的临摹应无问题。可是忽然出了件意外的事——

一天,我的邻居引来一位美籍华人说要看画。据说这位来访者是位作家。我当时还没有从事文学,对作家心怀神秘又景仰,遂将临摹中的《清明上河图》抻开给她看。画幅太长,画面低垂,我正想放在桌上,谁料她突然跪下来看,那种虔诚之态,如面对上帝。使我大吃一惊。像我这样的在计划经济中长大的人,根本不知市场生活的种种作秀。当她说如果她有这样一幅画,就会什么也不要。我被深深打动,以为真的遇到艺术上的知己和知音,当即说我给你画一幅吧。她听了,那表情,好似到了天堂。

艺术的动力常常是被感动。于是我放下手中画了一小半的《清明上河图》,第二天就去买绢和裁绢,用红茶兑上胶矾,一遍遍把绢染黄染旧,再在屋中架起竹竿,系上麻绳,那条五米多长的金黄的长绢,便折来折去晾在我小小房间的半空中。我由于对这幅画临摹得正是得心应手,画起来很流畅对自己也很满意。天天白日上班,夜里临摹,直至更深夜半。嘴里嚼着馒头咸菜,却把心里的劲儿全给了这幅画。那年我三十二岁,精力充沛,一口气干下去,到了完成那日,便和妻子买了一瓶通化的红葡萄酒庆祝一番,掐指一算居然用一年零三个月!

此间,那位美籍华人不断来信,说尽好话,尤其那句"恨不得一步就跨到中国来",叫我依然感动,期待着尽快把画给她。但不久唐山大地震来了,我家被毁,墙倒屋塌,一家人差点被埋在里边。人爬出来后,心里犹然掂着那画。地震后的几天,我钻进废墟寻找衣服和被褥时,冒险将它挖出来。所幸的是我一直把它放在一个细长的装饼干的铁筒里,又搁在书桌抽屉最下一层,故而完好无损。这画随我又一起逃过一劫。这画与我是一般寻常关系吗?

我所作的《清明上河图》摹本

此后,一些朋友看了这幅无比繁复的巨画,劝我不要给那位美籍华人。我执意说:"答应人家了,哪能说了不算?"

待到1978年,那美籍华人来到中国,从我手中拿过这幅画的一瞬,我真有点舍不得。我觉得她是从我心里拿走的。她大概看出我的感受,说她一定请专业摄影师拍一套照片给我。此后,她来信说这幅画已镶在她家纽约麦哈顿第五大街客厅的墙上,还是请华盛顿一家博物馆制作的镜框呢。信中夹了几张这幅画的照片,却是用傻瓜机拍的,光线很暗,而且也不完整。

1985年我赴美参加爱荷华国际笔会,中间抽暇去纽约,去看她,也看我的画。我的画的确堂而皇之被镶在一个巨大又讲究的镜框里,内装暗灯,柔和的光照在画中那神态各异的五百多个人物的身上。每个人物我都熟悉,好似"熟人"。虽是临摹,却觉得像是自己画的。我对她说别忘了给一套照片做纪念。但她说这幅画被固定在镜框内,无法再取下拍照了。属于她的,她全有了;属于我的,一点也没有。那时,中国的画家还不懂得画可以卖钱,无论求画与送画,全凭情意。一时我有被掠夺的感觉,而且被掠得空空荡荡。它毕竟是我年轻生命中整整的一年换来的!

现在我手里还有小半卷未完成的《清明上河图》,在我中断这幅而去画了那幅之后,已经没有力量再继续这幅画了。我天性不喜欢重复,而临摹这幅画又是太浩大、太累人的工程。况且此时我已走上文坛,我心中的血都化为文字了。

写到这里,一定有人说,你很笨,叫人弄走这样一幅大画!

我想说,受骗多半源自于一种信任或感动。但是世上最美好的东西不也来自信任和感动吗?你说应该守住它,还是放弃它?

我写过一句话:每受过一次骗,就会感受一次自己身上人性的美好与纯真。

　　这便是《清明上河图》与我的故事。

2005.10.8

砚农自语

我被迫成为作家,却天生一个画家。此中缘故,曾在一篇《命运的驱使》中述及。这里只谈我的绘画经历,亦我与绘画的一段因缘是也。

我自幼酷爱绘画。未识字之前,便将心中种种故事画成图像,涂鸦于各处,固然惹人生厌,却见形象之想象乃我先天之素质。上学后,各科作业成绩平平,唯美术课分数始终居于全班之首。美术教师视我为天才,各科教师皆摇头叹息。看来"天才"都是有缺欠的人——君看到此处,不妨一笑了之。

我祖籍宁波,世代为商,不重艺术。家中人皆与书画无缘。然母亲一族,沾染书香。其家在山东济宁,地旷人稀,山水交错,文化独异。外祖父为官宦,与康有为等人过从甚密,辟城角荒地为园,堆石栽木,以笔墨相娱,故我家所藏康有为信手所书手卷条幅竟有数十之多。外祖母来自苏州,性情清雅,好书嗜读,有过目成诵的本领。我一位姨娘,名叫戈长立,自小从师学习指画,禀赋非常,可惜由于参加革命党而被杀害于南关太白楼下,时年仅三十岁。我曾在舅父家见到她的两幅未托裱的水墨花卉,四尺条幅,水墨酣畅,其势豪迈;所画阔笔芭蕉,笔笔力透纸背,颇具男子气概,由此可以寻到她投身革命党的性格缘故。尽管我家壁上悬挂着张大千、溥心畲、齐白石等名家字画，但都不及她的画深入我心。血缘甚于笔墨缘，血缘更结笔墨缘。至今每每追溯自己涉入丹青的源头，总会出现这位才华横溢却不幸早夭的奇女子的影子。

我在中学时代，一直是学校美术组组长。在校多画素描、速写、水彩和水粉画，寒暑假间却向两位国画家学习中国画。一位是严仁统（六符）先生，家居津门，是近代教育家严范孙的后裔。曾从师刘子久，擅长北宗山水，尤精小斧劈皴。严先生本人不事创作，亦很少宏幅巨制。画皆小品，几树一石而已。但画法考究，程式清晰，勾皴点染，技术通透，宛如活的《芥子园画传》，因使我入学国画即未走上歧路，并得到实用的技法。另一位是惠均（孝同）先生，人在京都，我与他为远亲，逢到暑期便住到他家，入室学习。惠孝同先生为金绍城（北楼）弟子，并为湖社画会的成员，按照湖社的规矩以拓湖为号。他精研古代技法，工于南宗小青绿山水，风格清新灵秀，与严六符苍劲厚重的北方画风，恰好是南北相峙，迥然大异。我从二位老师那里兼得二法，事尽两极，真是受益匪浅。

我师惠孝同先生又是收藏大家，因藏有宋代王诜《渔村小雪图》、吕纪《四喜图》等而闻名海内。先生家在王府井闹市中一条弯曲的胡同深处，画室设在北房，阳光从大窗射入，晒得卷帙画轴，清香四溢。记得先生天天叫我坐在案前，使用上好的日本圆丝绢和方于鲁的墨锭，临摹一幅风格颇似郭熙的宋人《寒林图》，先生则站立一旁，指点郭氏云头皴与蟹爪树的秘要。以致使我至今犹然提笔即能画出那种"长松巨石，回溪断崖，岩岫奇绝，云烟变灭"的郭氏山水来。

我家有《故宫周刊》全套合订本。虽是三四十年代影印本，却印制精良。故宫所藏历代书画珍品尽在其中，这便成了我早期习画最关键的范本,许多名画都反复临摹仿制过,如荆浩《匡芦图》、郭熙《早春图》《溪山行旅图》,夏圭《长江万里图》、范宽《万壑松风图》、刘松年《四景山水图》、戴进《雪景寒林图》,等等。一九九五年到台北故宫博物馆见到这些真迹时,就像见到昔时稔熟者之照片,亲近之情,不可言状。

我自高中毕业后,报考中央美术学院中国画系,初试顺利通过,试官欣赏备至,录取已成定局,但因出身缘故不准复试,登上高等学府的愿望遂成泡影。后来得识几个当年被录取的学生,皆是庸才。我却从此落魄到一家"国画生产组",以复制古画为生。然而,当年所学的古代技法被派上了用场。我所摹制之作,多为马远、夏圭、刘松年、郭熙、王诜、王谔等北宗山水,以及大量宋人小品;偶亦摹写宋元风俗画作,如苏汉臣《货郎图》与张择端《清明上河图》。此种职业于我也有益处,即可深入学习古代艺术。中国画最重三样:经验、程式与功力。而把握技法是其根本。至于技法之精熟,运笔之老到,一招一式是否考究,全在长期的钻研与磨炼之中。比如,张择端的《清明上河图》,整卷画皆用秃笔勾线,天然战笔,笔简且精,无一笔多余,且苍厚生动。我摹写此作,则用香头烧去笔尖虚毫,行笔时努力使笔锋与绢画摩擦,以生苍涩之意味。此图长五丈余,人物五百余,舟车、房舍、器物、牲畜等多不胜数。我画过一卷半,半卷至今仍在手中,那一整卷却被一位来自美国的友人好言索去。然画过此图,腕间所获,心中有数耳。

我虽爱摹写古画,更倾心于表现自我心中感受。奔赴各处写生之外,常常画心中幻求之境象。我自二十岁已在报刊发表画作,也写些画评画论,刊行报端。为了通读典籍与识认款题,拜吴玉如(家禄)为师,研习古代诗文。思图成就一位国画大家,乃我青少年时最大愿望。并为此倾注全力,终日习画,手不离笔,以至无名指内侧硬被磨出蚕豆大小一块硬茧。

我是"文革"受难者之一。这些经历已见诸多种书籍文章,此处不再叙述。然"文革"间古画被视为四旧,列在应被"砸烂"之类,我所在的"国画生产组"被改为塑料花工厂,我的专职改做接洽业务,绘画全然成了业余的事。但那时生活之沉重与艰难,至今不肯随口道来。直到一九七五年我被调入一所美术学校任教,学生是一些工厂的美术设计,我教授中国画和美术理论,因得以理清绘画的技法理论。但此时极为短暂,倏然"文革"结束。时代骤然巨变,生活翻天覆地,我因命运的驱使,以文为民代言,转向文坛。日日所思所想,压迫笔杆,不敢懈怠。不觉之间,渐渐疏离丹青,一别竟是十余年。

我于九〇年初,放慢写作,定心静思,总结以往。在对自己的文学调整间,忽然来了画兴。心中毫无准备,绘画的情感竟如山洪暴发,江流倒泻,汪洋恣肆,势不可遏,常常睡觉间被一种突发的画境惊起。一连数日,画百幅图,竟出版厚厚一本画集。奇怪的是,虽然封笔多年,笔墨却依然流畅,得心应手,而心中想象汩汩无穷,挥毫即成画图。后来才觉悟到,此皆文学境象也。为使读者见到我这种"可视的文学",我于九一至九二年,先后在天津、济南、上海、宁波、重庆和北京举办六次大型画展。每次展览作品百余幅,观众热烈,超乎想象。在北京中国美术馆展览期间,曾宣布在国内画展暂停。由九三年转向海外,应邀先后赴奥地利、新加坡、日本、美国等地举办大型个人画展。兼出版画集多种。如此紧迫繁忙中,我常有一种奇异的感觉,是否又重返画坛乎?

我虽写了几篇文章,论及此种"文画相映"的美感和"文画并举"的两难,但如今我正当盛年,体魄尚健,精力充沛,人生甚丰,自当是先文后画。写作需要更强的体魄与精力,若不动手著作大书,将来必悔而晚矣!但这只是理性而聪明的决断,我天性从来都是感情用事,文乎画乎,听天由命罢。

1997.1.5 天津

我与故宫，深远的情缘

我最初接触中国画，源于家中的一套画集《故宫周刊》。这原本是故宫博物院编印的一种散装的画页，后来装订成册，厚厚的近二十集。黑色的漆布封面，烫着金字。里边有图有文。图片很精美，全是用故宫藏品照片影印的，文字是对这些罕世古物的考证或评介。父亲买了这套大型的画集，整整齐齐摆放在一楼客厅玻璃茶几的下边一层，原是给客人们随手翻一翻的。然而父亲务商，来串门的大都是商人，对这种印满古董字画的书全无兴趣，这套画集便成了客厅的一种特殊而深奥的饰物。可是，谁料它日后惟一的读者竟是我？我最初习画的范本，并非《芥子园画传》和《南画大成》，而就是这套将故宫珍藏的艺术极品包揽尽致的大画集。

我的启蒙老师名叫严仁统（六符），他是近代实业与新学有力的推动者严修（范孙）之子。他从来不事创作，故而在画坛上没有名气，但他的传统的笔墨技法十分规范和讲究，极适于教学。严六符师承刘子久，取法于宋人的北宗画法。宋人的作品大半藏于故宫。于是，刊在《故宫周刊》上的荆浩、范宽、李成、燕文贵、郭熙、马远、夏圭的作品以及苏汉臣的《货郎图》等，我都临摹过。我的一些画友都羡慕我家藏的这套画册。个仅由于画册昂贵，而是因为《故宫周刊》出版于上世纪三四十年代，上边刊载的画在一九四九年都被搬到台湾去了。此后若想在大陆上见到这些画,就只有看《故宫周刊》。我很珍惜自己的这笔"财富",临摹起来也十分认真。《故宫周刊》上的画全不标明原作尺寸,所以我只在画幅的大小上则随意为之,而内容与画法一律追摹原作,不敢率意为之。临摹是中国人钻研传统、掌握基本功必需的手段。只有在临摹时,才能真正进入先人的画中;所以中国画的鉴定,如果鉴定者本人不会画画,或不曾临摹过古画,便很难成为一位真正的好的鉴定家。

对于青少年时代的我,故宫这些藏品乃是世上最精美的一份精神食粮。我常常陷入这些无比迷人、千姿万态的画境里,享受无尽,快乐无穷。以致后来我在台北的故宫博物院见到这些画的真迹时,好像一下子见到昔时最要好的伙伴,它们全都热烘烘扑到我的身上。我惊奇地发觉,我竟然记得它们"身上"每一个微小的特征与细节,甚至连一些关键的笔法居然也清晰地记着。这感觉之美妙真是无以伦比!

如今故宫的藏画分作两部分。一部分藏在台北,这在前面已说了;一部分在北京故宫。北京故宫的藏品,其中一些是原来的收藏,国民党撤离大陆时没有来得及搬走而遗留下来的;一些是溥仪带到东北后,流散四处,即所谓的"东北货"解放后又征集回故宫的;还有一些购于民间。

我的一位远亲惠孝同(字均,号柘湖),是位画家、鉴赏家兼大藏家。上世纪六十年代初,我上中学时,逢到暑假,便去北京住在他家——王府井的大甜水井胡同内,向他习画。惠孝同宗法董源和巨然,属于南宗。尤擅长小青绿画法。他能将青绿染得满纸浮翠泛碧,清雅得很。由于他家是旗人,祖上为皇家的内务府总管,家底深厚,惠先生又懂画,收藏更是十分厉害。如王诜的《渔村小雪图》、吕纪的《四喜图》和郭熙的《寒林图》等都为他所珍藏。现在这些画已是故宫的国宝级藏品。惠先生对我十分垂爱,居然叫我在他的画室内临摹这些宋人的原作。他将这些画悬挂于壁,叫我对临。并拿出日本的圆丝绢,还有一块明人方于鲁的墨供我使用。我俯案摹写,先生站在我身旁指点。阳光从阔大的南窗射入,将房中的楠木书架和满架的古书晒得幽香盈室,其中还混合着古墨的香味……这事虽然已隔四十年,但我每每想起,心中犹然激动不已。临摹原作和印刷品全然不同。原作神形兼备,印刷品有形无神。在原作上可以感受到画家那种生命的气息,然而到了印刷品上,这感觉就荡然无存了。特别是在临摹王诜与郭熙这两位相近又相异的大师的真迹时,我如同见到两位大师本人——真切地体会到他们不同的性格与气质。尤其是临摹画中寒林的那些枝干时,表面看它们全都一样的清健劲秀;然而郭熙在收笔时,不露锋毫;王诜却有力又洒脱地一甩腕子,锋芒毕现。于是一个含蓄而凝重,一个外向与清锐;各自性情,迥然殊别。由此,我懂得临画必对原作。于是日后再临摹古画,必设法去看原作。故此,故宫是非去不可——也是常去的地方了。

自上世纪五十年代末,故宫博物院将其征集到的藏品之精华,不断印成画页与画集。我每每被吸引住,意欲临摹,便去故宫看原作。比如临张择端的《清明上河图》,我去故宫不下十余次。倘不看原作,绝对不会知道那种用来勾勒人与物的细微又带些拙劲的线条是用秃笔画的。于是回来就将一支新的蟹爪笔或红毛笔的虚尖搞掉。初时,我用火柴的余烬将虚尖烧去,但烧掉虚尖的笔锋是齐刷刷的,虽然粗细适度,线条却无味道。后来就改在粗硬的草板去磨掉虚尖。往往一支笔要一连磨上几天,这才渐渐磨出那种秃笔老到的意味来。

然而故宫的名画并不是总都摆在那里的,展品要常常更换。往往乘车由天津奔到北京,想看某一幅画,待钻进故宫,却扑了空。但这也不是白白跑腿。每来一趟,便将展出的藏画看一遍。故宫的展品向来是按年代顺序排列的。沿着绘画馆那长廊式的展室,弯弯曲曲走下来,一边一幅幅地欣赏,真像在绘画历史的长河中漂流而下,一路饱览两岸的胜景与奇观。时时被惊得眸子发亮,心中发出阵阵无声的惊叹。

在一千多年的绘画史中,给我最深刻印象的,一是那些以往的大师们迷人的个性与绝世的才华,一是艺术史的嬗变中那种改朝换代和改天换地的创造精神。尤其是后者。我惊讶于这种突兀地呈现出来的耳目一新的面貌,钦佩这种开天辟地或横空出世般的创造天才。而艺术史的魅力不就是这些开创者显现出来的么?

所以,今天我在写这本关于故宫藏画的小书时,我便以此为内在的骨架与主线——那就是艺术的嬗变史,包括绘画语言乃至技术的"革命"史。我想,在向读者阐释这些照耀古代的艺术瑰宝时,还要使读者了解到中国绘画史的进程中,哪些人物是这历史的推动者,哪些人物使绘画史阶段性的幡然一变,焕然一新,以及这些人物功绩具体之所在。还有,在这浩如烟海的传世之作中,哪些作品应当放在我们心中的圣殿里。

能使我做到这一切的,首先由于故宫的收藏之富。我想,在中国——当然就是在世界上——能够用藏品完整展示出中国绘画史的变迁及最高水平的,只有故宫博物院。此外,我这么做,还根由于我与故宫那个近半个世纪的缘分,那个源自《故宫周刊》的深远的情缘。在这情缘中,既有一种人生的意蕴,也有文化上的深情。

有了这两样,我动起笔来,畅快之极,尽兴之至。这应是我一次尽情尽意又尽致的写作。是为序。

2001.6

作　画

今日早起,神清目朗,心中明亮,绝无一丝冗杂,唯有晨光中小鸟的影子在桌案上轻灵而无声的跳动,于是生出画画的心情。这便将案头的青花笔洗换上清水,取两只宋人白釉小盏,每盏放入姜思序堂特制的轻胶色料十余片,一为花青,一为赭石,使温水浸泡;色沉水底,渐显色泽。跟着,铺展六尺白宣于画案上,以两段实心古竹为镇尺,压住两端。纸是老纸,细润如绸,白晃晃如蒙罩一片月光,只待我来纵情挥洒。

此刻,一边开砚磨墨,一边放一支老柴的钢琴曲。不觉之间,墨的幽香便与略带伤感的乐声融为一体。牵我情思,迷我心魂。恍恍惚惚,一座大山横在面前。这山极是雄美,却又令人绝望。它峰高千丈,不见其顶,巅头全都插入云端。而山体皆陡壁,直上直下,石面光滑,寸草不生,这样的大山谁能登临?连苍鹰也无法飞越!可它不正是我执意要攀登的那种高山吗?

这时,我忽然看见极高极高的绝壁上,竟有一株松树。因远而小,小却精神。躯干挺直,有如钢枪铁杵,钉在坚石之上;枝叶横伸,宛似张臂开怀,立于烟云之中。这兀自一株孤松,怎么能在如此绝境中安身立命,又这般从容?这绝壁上的孤松不是在傲视我,挑战我,呼唤我吗?

不觉间,画兴如风而至,散锋大笔,连墨带水,夹裹着花青赭石,一并奔突纸上。立扫数笔,万山峥嵘;横抹一片,云烟弥漫。行笔用墨之时,将心中对大山的崇仰与敬畏全都倾注其中。没有着意的刻画与经营,也没有片刻的迟疑与停顿,只有抖动笔杆碰撞笔洗与色盏的叮叮当当之声。这是画人独有的音乐。随同这音乐不期而至的是神来之笔和满纸的灵气。待到大山写成,便在危崖绝壁处,以狼毫焦墨去画一株松树——这正是动笔之前的幻境中出现的那棵孤松。于是,将无尽的苍劲的意味运至笔端,以抒写其孤傲不群之态,张扬其大勇和无畏之姿。画完撂笔一看,哪有什么松树,分明一个人站在半山之上,头顶云雾,下临深谷。于是我满心涌动的豪气,俱在画中了。这样的作画不比写一篇文章更加痛快淋漓?

有人问我,为什么有时会停了写作的笔,画起画来。是消遣吗?休闲吗?自娱吗?

我笑而不答,然我心自知。

2005.11.28

灵感忽至

凌晨时分被一种莫名的不安扰醒,这不安可不是什么焦虑与担心,而是有种兴致在暗暗鼓动,缘何有此兴奋我并不知道。随后想到今天是元月元日。这一日像时间的领头羊,带着一大群时光充裕的日子找我来了。

妻子还在睡觉,房间光线不明。我披衣去到书房。平日随手堆满了书房的纸页和图书在迷离的晨色里充满了温暖和诗意。这里是我安顿灵魂的地方。我的巢不是用树枝搭起来而是用写满了字的纸和书码起来的。我从中抽出一页素纸,要为今天写些什么。待拿起笔,坐了良久,心中却一片茫然。一时人像浮在无际无涯的半空中,飘飘忽忽,空空荡荡。我便放下笔,知道此时我虽有情绪,却无灵感。

写作是靠灵感启动的。那么灵感是什么,它在哪里,它怎么到来?不知道。似乎它想来就来,不请自来,但有时求也不来,甚至很久也不露一面,好似远在天外,冷漠又悭吝;没有灵感的艺术家心如荒漠,几近呆滞。我起身打开音乐。我从不在没心灵欲望时还赖在桌前。如果毫无灵感地坐在这里,会渐渐感觉自己江郎才尽,那就太可怕了。

音响里散放出的歌是前几年从俄罗斯带回来的,一位当下正红的女歌手的作品集。俄罗斯最时尚的歌曲的骨子里也还是他们固有的气质,浑厚而忧伤。忧伤的音乐最容易进入心底,撩动起过往的岁月积存在那里的抹不去的情感。很快,我就陷入这种情绪里。这时,忽见画案那边有一块金黄色的光。它很小,静谧,神秘;它是初升的太阳照在对面大楼的玻璃幕墙反射下来,落在画案那边什么地方。此刻书房内的夜色还未褪尽,在灰蒙蒙、晦暗的氤氲里,这块光像一扇远远亮着灯的小窗。也许受到那忧伤歌声的感染,这块光使我想起四十年间蛰居市廛中那间小屋,还有炒锅里的菜叶、破烂的家什、混合在寒冷的空气中烧煤的气味、妻子无奈的眼神……然而在那冰天雪地时代,唯有家里的灯光才是最温暖的。于是此刻这块小小的光亮变得温情了。我不禁走到画案前铺上宣纸,拿起颤动的笔蘸着黄色和一点点朱红,将这扇明亮的小窗子抹在纸上。随即是那扰着风雪的低矮的小屋。一大片被冷风摇曳着的老槐树在屋顶上空横斜万状,说不清那些苍劲的枝桠是在抗争还是兀自的挣扎。在通幅重重叠叠黑影的对比下,我这亮灯的小屋反倒显得更加温馨与安全。我说过,家是世界上最不必设防的地方。

记得有一年,特大的雪下了一夜,我的矮屋门槛太低,早晨推不开门,门外挡着的积雪足足有两尺厚。我从这小窗户跳出去,用木板推开门外的雪才把门打开。当时我们从家里走出,站在清冽的冻耳朵的空气里,多么像雪后从洞里钻出来的野兔……于是我把矮屋前大块没有落墨的纸当作白雪。我用淡淡的水墨渲染地上厚厚而柔软的白雪时,还得记起那时常有的一种盼望——有朋友来串门和敲门。支撑我们走过困境与苦难的不是人间种种情与义吗?我便用笔在雪地上点出一串深深的脚窝渐渐通进我的小屋。这小屋的灯光顿时更亮,黄色的光影还透射到窗外的雪地上。

没想到,就这样一幅画出来了。温情又伤感,孤寂又温馨。画中的一切都是我心底的景象。我写过这样一句话："人为了看见自己的内心才画画。"而心中的画多半是它们自己冒出来的。这是一种长久的日积月累,等待着有朝一日的升华;就像冬日大地上的万物,等待着春风吹来,一切复活;又如高高一堆干枝干柴,等待着一个飞来的火种。这意外出现的火种就是灵感。

灵感带来突然之间的发现、突破、超越与升腾。它是上天的赐予。是上天对艺术家的心灵之吻。是对一切生命创造的发端与启动。那么我们只有束手等待它吗？当然不是。正如无上的爱总是属于对它苦苦的追求者。在你找它时,它一定也在找你。当然它不一定在你规定的时间和地点到来。就像我在书房原本是想写点什么,灵感没有来,可是谁料它竟然化作一块灵性的光降临到我的画案上？它没有进入我的钢笔,却钻进我的毛笔。

记得前些年访问挪威时,中国作协请我写一幅字赠送给挪威作家协会。我只写了两个字:笔顺。挪威的作家朋友不明其意。我解释道："这是中国古代文人间相互的祝词。笔顺就是写作思路顺畅,没有障碍的意思。"对方想了想,点点头,似乎还没弄明白我写这两个字的含义。中国的文字和文化真是很深,对外交流时首先要把自己解释明白。我又换了一种说法解释道："就是祝你们写作时常常有灵感。"他听了马上咧开嘴,很高兴地谢谢我,也祝我常有灵感。看来灵感对于全球的艺术家都是"救世主"了。

新年初至,灵感即降临我的书房画室,这于我可是个好兆头。当然我明白,只要我守住自己的信仰与追求及其所爱,灵感会不时来吻一吻我的脑门。

2008.1.1 新年第一篇

画 枝 条 说

是日,做纯理性思考。思考乃一奇妙的境界。各种思维线索,有如大地江河,往来奔突,纵横交错,看上去如同乱网,实则源流有序,泾渭分明。于是一时思得心头大畅,抬手由笔筒取长锋羊毫一枝,正巧砚池有墨,案桌有纸,遂将笔锋饱浸墨汁。笔随手,手随心,心无所想,更无形象,落纸却长长抒展出一根枝条来。这好似春风吹树,生机勃发,转瞬就又软又韧伸出这好长好鲜的一条呵。

一枝既出,复一枝顺势而来。由何而来,我且不管。反正腕下如行云流水,漫泻轻飚,无所阻碍。枝枝不绝,铺向满纸。不知不觉间,已浸入并尽享一种自我的丰富之中了。

然而行笔之间,渐渐有种异样的感觉。这一条条运行在纸上的墨线,多么像刚才那思维的轨迹?

有时,一条线飘逸流泻,空游无依,自由自在,真好比一种神思在随意发挥;有时,笔生艰涩,腕中较劲,线条顿挫有力,蹿枝拔节,酷似思维的层层深入;有时,笔锋疾转,陡生意外,莫不是心中腾起新的灵感?于是,真如树分两枝,一条线化成两条线,各自扬长而去,纸上的境界为之一变。

这枝条居然都成了我思维的显影。

一大片修长的枝条好似向阳生长,朝着斜上方拥去;那里却有几条劲枝逆向而下,带着一股生气与锐意,把这片丰繁而弥漫的枝桠席卷回来。思维的世界本无定式,就看哪股力量更具生命的本质。往往一枝夺目出现,顿时满树没入迷茫。而常常又在一团参差交错、乱无头绪的枝桠中,会发现一个空洞似的空间,从中隐隐透着蒙蒙的微明。这可不是一处空白,仔细看去,那里边已经有了淡淡的优雅的一枝,它多么像一声清明又鲜活的召唤!

我明白了,原来这满纸枝条,本来就是我此刻思维的图像。我第一次看见了自己的理性世界。在这往复穿插、层层叠叠的立体空间里,无数优美的思维轨迹,无数勇气的涉入与艰涩的进取,无数灵性的神来之笔,无数深邃幽远的间隙,无比的丰富、神奇、迷人!这原来都是我们的思维创造的。理性世界原来并不完全是逻辑的、界定的、归纳的、简化的;它原来比生命天地更充溢着强者的对抗,新旧的更替,生动的兴衰与枯荣;它还比感情世界更加变化无穷,流动不已,灿烂多姿和充满了创造。

我停住笔,惊讶于自己画了这样一幅没有感情色彩却使自己深深感动的画。原来人类的理性思考才是一个至美的境界。此外,大千万象,人间万物,谁能比之?

1997.11 天津

《思绪的层次》

画飞瀑记

这日,忽有莫名之豪情骤至,画兴随之勃发,展纸于案,但觉纸短,便扯过一幅八尺素白宣纸换上。伸手从笔筒中取一枝长管大笔,此刻心中虽无任何形象,激荡情绪已到笔端,笔头随即强烈抖颤起来。转手一捅砚心,墨滴四溅,点点落到皎白纸面也全然不顾。然手中之笔已不听任于手,惊鸟一般陡地跳入水盂,一汪清水便被这墨笔扰得如乌云般翻滚涌动。眼前纸面,恍若疾风吹过,云皆横态,大江奔去,浪做斜姿;奔泻的笔墨随同这幻象一同呈现。

水墨大笔在纸的上端横向挥洒,即刻一片洪流漭然展开,看似万骏狂驰,瞬息而至。不待思索如何谋篇布局,笔管自动立起,向下劲扫数笔,顿时万马落崖,江河倒挂,水气冲来,不觉倒退几步,更有一阵冷雨扑面,不知是挥舞的水墨飞溅,还是一种逼真的幻觉所致。大水随笔倾下,长流百尺,一泻到底,极是畅快,心中块垒也被浇得净尽。水落深谷,腾龙跃蛟,崩云卷雪,耳边已响起一阵如雷般的轰鸣。继而,换一枝羊毫大笔,饱蘸清水淡墨,亦我绵绵情意,化浪花为湿雾,化浓霭为轻烟,默然飞动,舒漫流散。更有云烟飞升,萦绕于危崖绝巘之间;望去如薄纱遮翳,似明似灭,或有或无,渺迷幽复,无上高远复深远也。此皆运笔之虚实轻重使然。笔欲住而水不止,烟欲遁而雾不绝。水过重谷,乱石相截。然非此不能表现水的浩荡、顽强与百折不回的勇气。因之,阔笔写一横滩,水则涌而漫过;浓墨泼一立石,水则砰然拍去,激出巨浪,笔甩墨飞,冷气夹带水珠,弹向天空。岩石夹峙,水流倍猛,四处疾射,奔流前行。一路遇阻而过,逢截必越,腕间似有不挡之势。画笔受激情鼓荡,撞得水盂砚池叮当作响。此亦画之音乐也。直画得荡气回肠,大气磅礴。只见水出谷底,汇成巨流,汩汩而去。不觉挥腕一扫,掷笔画成。

于是,悬画于壁,静心望去,原来竟是一大幅飞瀑图。奇怪!作画之前,并未有此图之想,缘何成此画图?一般所谓作画"胸有成竹"在"胸无成竹"之上,错矣!殊不知,"胸无成竹"才是最高的作画境界。此便是先有内心的情氛与实感,不过借笔墨一时成像罢了。

身在世纪之交,每思前顾后,阅历百年,感慨万端。然而,由当今而瞻前,确是阔而无涯。心所往,皆宏想。由是黄钟大吕,时亦鸣响心中。这便是如上豪情时有骤至之故。图画至此,意犹未尽,遂取一枝长锋狼毫笔,题数字于画上,乃是这样一句:

万里泻入心怀间

画为文外事,文亦画外事;画为文中事,文亦画中事。画罢作文,以记之。

1997.2

《老夫老妻》记

一九八三年,冰心和吴文藻先生金婚纪念日那天,我到冰心家祝贺。老太太新衣新裤,容光焕发,聊天时没有等我问就自动讲起她当年结婚时的情景。她说,和吴文藻度蜜月是在北京西山一个破庙里。那天,她在燕京大学讲完课,换了一件蓝旗袍,把随身用品包了一个小布包,往胳肢窝一夹就去了。到了西山,吴文藻还没来——说到这儿,她笑一笑说:"他就这么稀里糊涂。"

她等得时间长了,口渴了,就在不远农户那儿买了几根黄瓜,跑到井旁洗了洗,坐在高高的庙门槛儿上吃,等候新郎吴文藻。直等吴文藻姗姗来迟。他们结婚的那间房是庙后的一间破屋,门都插不牢,晚上屋里经常跑大耗子。桌子有一条腿残了,晃晃当当。"这就是我结婚的情景。"说到这儿,她大笑,很快活,弄不清是自嘲,还是在为自己当年的清贫与洒脱而扬扬自得。然后她话锋一转,问道:"冯骥才,你怎么结的婚?"我说:"我还不如您哪!我是'文革'高潮时结的婚。"老太太一听,便说:"那你说说。"

我说,当时我和我未婚妻两家都被抄了。街道赤卫队给我一间几平米的小屋。结婚那天我和爱人的全家去一小饭馆吃饭。我父亲关在牛棚,母亲的头发被红卫兵铰了,没能去。我把抄家剩下的几件衣服包了一小包儿,放在自行车后衣架上去饭馆,但小包路

《老夫老妻》

上掉了,结婚时两手空空(冰心老太太插话说,你也够糊涂的)。因为我俩都是被抄户,在饭馆里不敢声张,更不敢说什么庆祝之类的话,大家压低嗓子说:"祝贺你们!"然后不出声地碰了一下杯子。

饭后,我和我爱人结婚就到那小屋去了。屋子中间安一个煤球炉子,床是用三块木板搭的,我捡了一些砖,垒个台子,把木板架在上边。还有一个小破桌;向邻居借了两个凳子,此外再没有什么了。窗子不敢挂窗帘也不敢糊纸,怕人说我们躲在屋里搞反革命名堂。进屋不多会儿,忽然外边大喇叭响起来,我们赶快关了灯。原来楼下有个红卫兵总部,知道楼上有两个狗崽子结婚,便在下边整整闹了一晚上,一个劲儿朝我们窗户打手电,电光就在我们天花板上扫来扫去。我和爱人和衣而卧,我爱人在我怀里整整哆嗦了一个晚上——"这就是我们的新婚之夜。"

冰心老太太听了之后,带着微笑却严肃地说:"冯骥才,你别抱怨生活。你们这样的结婚才能永远记得。大鱼大肉的结婚都是大同小异,过后是什么也记不住的。"

我点头说是,并说我画过一幅记载我们那时生活情境的画,画的是大风雪的天气里,两只小鸟互相依偎,相依为命,我还题了一首诗在上边:"南山有双鸟,老林风雪时,日日常依依,天寒竟不知。"

这幅画在大地震时埋在废墟里,又被我努力挖掘出来。后来生活好了,偶尔想起过去的日子,还要按这意境再画一幅。我感觉作画时像是重温往事,我很少重复作画,但这幅画却画了好几幅。并重新给它起了名字,叫《老夫老妻》。

当然,老夫老妻的内涵还要深远悠长得多,我还写过一个短篇,题目也叫作《老夫老妻》。

　　所以我认为:绘画有时候也是一种心灵的历史。

1999.1

吻

世上最伟大和震撼人心的吻是天空亲吻大地。你一定会说，天空怎么能亲吻大地？

那次考察丝绸之路，车子穿行贺兰山时，我看到了一个惊人的景象。天空正低下身子，俯着脸，用它的嘴唇——厚厚的柔软的云朝一座大山亲吻下来。这一瞬，我发现天空那布满云彩的脸温柔之极，脸上松垂的肉散布着一种倾慕之情。大地被感动了。它朝着天空撅起嘴唇——高高翘起的峰顶。我感到大地的嘴唇在发抖。霎时，如烟一般的乌云把山顶弥漫，激情地翻滚，天之唇和地之唇深深地亲吻起来。而天地之吻竟是如此壮观、如此真切、如此辽阔，在这发狂而无声的纠缠中可以看见乌云被嶙峋的山石拉扯成一条一条，可以看见山巅的小树在疾风中猛烈地摇曳，所有树干都弯成一张张弓。这才是真正的惊天动地的吻。

随即，天空抬起脸来。云彩急速地飞升上去，向前奔驰。奇怪的是，黑黑的乌云一点也没有了，全都变得雪白，薄的如白纱，厚的闪着银绸般的光亮。再看，真令我惊讶，眼前这片被天空亲吻过的山野也发生了神奇的变化。所有景物的颜色都变得分外的鲜艳，非常美丽。尤其是一束阳光穿过云层射下来，刚刚被雨云深深浸濡过的地方，湿漉漉发着光亮。山石带着红晕，草木碧绿如洗，各色的野花如同千千万万细碎的宝石,璀璨夺目,生气盈盈;它所有的生命力都被焕发出来了。

  这天地之吻竟有如此的力量。吻,能够创造如此的奇观吗?如果是,那么就要珍惜每一个吻,因为一个真正的心灵之吻,会要改变自己和别人的一切。

2005.3.9

树后边是太阳

如果是思想的苦闷,我会写作;如果是心灵或情感的苦闷,我常常会拿起画笔来。我的画,比如《树后边是太阳》《春天不遥远》《穿过云层》等,都是在这种心境中画出来的。然而此刻我不一定去表达内心的苦楚,反而会凭借内心涌起的一种渴望,唤起自己某种力量,去抵抗逆境——这也是我的性格中的一部分。因此,这幅画最能体现我此种的内心情感;它开阔、豁达、通透万里。我也不知道当时为什么用大面积的白纸来作为一种覆满白雪的高原,我顺手就在这白雪上画出极长极长的树影来表现远处的林间透来的阳光;我更得意于我所表现出来的冬天树林所特有的那种凛冽的、清新的、使人精神为之一振的空气感。我已经弄不清这到底是我当时着意追求的,还是一任心情之使然?反正,我以为绘画首先是为了满足自己,然后再去打动别人,取得别人的同感和共鸣。当然,你所获得的同感,又取决于你对内心所表达的真切的程度。

在国内外的各种画展上,几次有人提出想收藏我这幅画,我都是摇摇头,笑笑,没有回答。心里却想:"这幅决不只是我的一幅绘画作品,它是这人生经历中的一个重要环节。它对我的重要,在于它会提醒我——在苦闷中、困惑中、逆境中,千万不要忘记从自

《树后边是太阳》

己身上提取力量。所谓强者,就是从自己的精神中去调动强有力的东西。"

每个人身上都有强者因素,弱者的错误是放弃了它。

关于性格和命运的关系,那便是:自己可以成全自己,也可以毁掉自己。

1999.1

往　事

不管我对于社会的问题的思考怎样自觉地超前,但在个人的内心生活中,回过头去怀念往事,则是我很重要的一部分的精神内容。这不是一个年龄的问题。在我很小的时候,在青少年时代,就常常被往事深深地吸引着。可能只有往事才是自己经验过的、属于自己的、值得珍惜的人生片段。在我个人收藏中,最珍贵的莫过于种种过往生活遗留下来的小小物证。我喜欢听那些忧伤的音乐,是不是唯有忧伤的音乐才能唤起往事的重现?那么在我的绘画中,很自然地便有几幅表现这种一己情怀的,比如《忧伤》《某夜》,还有这幅《往事》。这幅画在北京中国美术馆展览时,有两位歌唱家看了之后都落泪了,一位是张权,一位是关牧村。我想,她们为什么那么伤心?恐怕是我的画勾起了她们往日某些苦难的片段吧。我知道,张权曾在北大荒有过一段很苦楚的日子,关牧村的经历也十分坎坷,音乐家更容易动情感。引起她们共鸣的大概就是弥漫在这画中的忧伤了。

一幅画会引起人伤心落泪,它的效应就绝非是绘画的,而是文学的。因而我更有道理说,我画画其实是一种写作。

1999.1

雪地上的阳光

画过《树后边是太阳》之后,总想再画几张雪地上的阳光与树影,但苦于没有激情,没有意外的触动和心血来潮,无法动笔。

上世纪九十年代中期从波士顿演讲返回西部时,应美国汉学家葛浩文先生的邀请途经科罗拉多州停一下,在丹佛大学做一次文学讲演。

晚上飞机抵达丹佛,葛浩文冒着大雪来接站,夜宿丹佛大学一座小巧的宾馆里。整夜无风,躺在床上可以清晰地听到窗外雪花落地的"嚓嚓"声。难道落雪声音也可以听到吗?究竟多大的雪花可以听到声音。扇子那么大的雪花吗?

清晨起来走出宾馆,被大学校园的景色惊呆。遍地银白的雪,反衬天色益觉深蓝。中间是土红色石头砌的校舍。大概这里经常落雪,屋顶斜度很大。地上许多早开的肥大的黄花不愿被大雪覆盖,已经顶着很厚的白雪,露出金黄的脸儿。我踏着雪走一会儿,感觉雪地上的阳光很凉,没有一点暖意,却异样的清澈而明亮,照得眼上发疼。而这中间到处是美丽的树影。它们在起伏不平的雪地上轻快地跳跃着,好像滑雪运动员划过的线条,表现着生命的生气。

这感觉一直没忘。画家的记忆是感觉的记忆,作家的记忆是细节的记忆。所以我很容易就把十年前的那种感觉——又亮又冷的阳光和跳跃的树影画出来。

我画树枝，充分使用当年从郭熙那里学来的本领。由于画中的意境是我自己的，故而相信没人认为这像一幅老画。

2006.2.28

沉醉于星空的断想

——维也纳艺术史博物馆巡礼

我曾看过宇航员拍摄的穿行太空时的景象。在四周博大苍茫的空间里,一个个星球由远而近飞驰而来,直逼面前,真真切切,这是站在大地仰望星空时绝没有的感受!

仰望星空时,人与天宇相去万里,又向往又渺茫,又遐想又无关。可是在宇宙飞船中,星球们飞到眼前,几乎要"呼"地与你撞个满怀。这感受可真够劲!惊心动魄,灿烂辉煌!

我想起这种感受,是在维也纳艺术史博物馆观赏世界绘画大师的原作时。

拉斐尔(1483—1520)的《德·普拉托圣母》实在太古老了。尽管它自1773年以来一直珍藏在维也纳,画面还加一层保护玻璃,油彩却由于历时太久而变硬、干缩,龟裂成网状的细纹笼罩在整幅画上。但令人惊讶的是,圣母的肌肤依然充满着新鲜的生命的感觉!近在咫尺地看,目光仍能感受到她脸颊的温馨、身躯的弹性和双手的细腻与柔软。这简直是一种生命的奇迹!拉斐尔只活了三十七岁,他笔下的圣母却历时五百年,如花似玉,长存人间。艺术家的伟大,是他们以自己有限的生命,创造了无限的、永远的艺术生命！

拉斐尔抱怨生活中的美人儿太少了，他要"借助理想"来画圣母。但他理想的，不是波提切利式的超凡绝俗、飘然世外、纤弱透明的美的精灵。他追求那种活生生的血肉之躯，现实人们所企望的贤妻良母，而且典雅、文静、温柔、单纯；这种理想在现实之中，并非可望而不可即。它不是脱离生命的美，而是实实在在的美的生命。所以，他的圣母前所未有地近乎人情。

如果把《德·普拉托圣母》与中世纪那种威严冷酷的女王式的圣母相比较，我们就更清楚什么是文艺复兴的人文主义了。

米开朗基罗非议他"靠勤奋而不是靠才华"，未免过于自负。才华是多样的。就拿文艺复兴的三大巨匠来说，达·芬奇幽奥深远，米开朗基罗英雄豪迈，拉斐尔则淳朴优美。如果说米开朗基罗是高山峻岭，达·芬奇是深谷幽林，拉斐尔则是清溪与白云。三种才华，缺一不可，共同构成文艺复兴佛罗伦萨博大而绚烂的面貌。

我像被卷入一个煌煌耀目的星团里，这便是群星灿烂的威尼斯画派。维也纳艺术史博物馆的收藏令人震惊！几乎该画派每一位代表人物的原作它都有，有些还是举世闻名的名作。我从哪里开始呢？

还是应该从乔万尼·贝利尼（1432—1516）的《维纳斯的梳妆》开始。贝利尼真了不起！从这幅画上看，他已经彻底地摆脱了其师曼特尼亚那种浮雕式的坚硬与刻板，至今还让人感到生活的情感在他的油彩中不平静地涌动着。他选择了梳妆的维纳斯，题材本身就把这女神生活化了。他的笔触不见凿痕，却异常生动；色调协调而柔和，温情脉脉，表现了这位女神如何重视自身的美，启发人们自我发现，人文主义精神十分鲜明。

他另一重大功绩,是造就了两位弟子——也是名垂千古的绘画大师提香(1488—1576)和乔尔乔内(1477—1510)。悬挂在墙壁上的提香的《看哪,这人!》与乔尔乔内的《三哲人》都是绝世珍品。我在这两幅作品之间,感觉到这两位风格迥然不同的绘画大师如同两块磁石,以同样有力的才气吸引着我。

提香在《看哪,这人!》中把耶稣表现得如同临刑就义的勇士。面对这幅四米长的宏幅巨制,我感到气势压人。饱满厚重,又富于动感,画面多采用冷暖色调、明暗光线、粗细笔触的对比,视觉非常强烈。我仔细观察提香的手法,发现他在人物面部上多采取精细的釉染,背景常常使用生气活现的大笔触。在表现光线时,有的使用达·芬奇的"渐晕法",来描绘物体晦明渐变的真实感;有的则以明暗堆积,造成对比,强调空间。特别是他用脏色画的灰调子,有种空气感,整幅画都因之生动起来。油画技术在这位大师手中真是魔法大增!别忘了,自从北方的弗拉芒画家凡·爱克兄弟发明了油画,至此才不过几十年!

乔尔乔内的《三哲人》是一幅精心之作,笔触细致入微,境界却空阔辽远。阴暗的密林幽谷,衬托三位占星的高士。三位高士凝神静思,似乎灵魂已在天外,预示出耶稣的降临。远处风影静谧深远,极富诗意,并与三哲人的精神氛围合为一体。乔尔乔内的成就之一是十分注重对画中风景的描写。西方绘画与中国画都是先有人物,后有风景,风景最初作为人物的陪衬,渐渐才独立出来。在这一历史阶段中,对风景描写技术的推进,就是对绘画史的推动。

提香活了九十余岁,最后死于威尼斯一场特大的鼠疫。他以卖画为生,作画不顺从买主,全凭个人兴趣,这在当时绝无仅有,是绘画史上第一位自由职业者。他富有充裕,身体强壮,交友甚广,弟子如云,崇拜美女,尽情享受生活,所以他的画不拘题材,产量很大,富于热情,格调健美。笔下人物全都有血有肉,维纳斯大多裸体,身体有逼真的分量感。生活的真情实感在他的画中充分地饱和着,所以他的画看上去非常厚重。

乔尔乔内就不同了,他的关注不在人物上。他精通音乐,追求境界,喜欢营造含蓄悠远、宁静舒缓的田园诗意。乔尔乔内的品格修养很高,可惜并不自知,妒忌师弟提香,苦闷成疾,于1510年染上鼠疫,早早离开人世,只活了三十三岁。他比起提香至少差了六十年的生命,否则将与提香日月同辉。毕竟人生有限,艺术也有限了。嫉妒是自我伤害,它和鼠疫合谋害死了这位罕世的天才。

巴尔扎克说过:一个天才是不会嫉妒另一个天才的。看来这也仅仅是一种理想。

在那一面挂满威尼斯画派晚期大师委罗奈斯(1528 1588)和丁托列托(1518—1594)作品的墙壁上,我一眼先看到浴后的苏珊娜。她和真人差不多大小,光裸而丰盈的身体几乎举手可触。这位提香的高徒一生的追求,从纯绘画的角度上看,好像都是努力使油画更加成熟。《苏珊娜和二长老》这一宗教题材被世俗化了。两个偷看浴女的长老,给塞到画面两个角落,半隐半现,窃视偷窥,很富有情趣。风景很有层次,曲折深邃,比起乔尔乔内更有空间感。尤其近处各种物体的质感,如软巾、镜面、池水、宝石,以至苏珊娜浴后而分外光滑滋润的肌肤,都逼真如实。整幅画色调把握得非常明确,即在大面积冷调子的映衬下,将最亮最暖的颜色,全都集中在苏珊娜迷人的裸体上,画面便鲜亮明快、夺目动人。

任何时代,倘无天才涌现,便沉寂下来,归于结束。对于威尼斯画派来说,丁托列托是最后一个波峰。他于1594年去世。他的死亡也给辉煌了一个世纪的威尼斯画派画上了句号。

对于绘画,看原作与看画册的感受截然不同。原作的宽度是画家作画时感觉的宽度,画面大小是画家作画时状态的大小。它缩小不得,缩小就失去真实,不管印刷得多么精美。而且,画家创作是一种生命转换,他把自己生命的全部——情感、感受、情绪、感觉、意念、血肉、呼吸乃至心灵,都移植到画布上去,画面便浸透并散发着画家生命的气息。所有笔触都是画家创作时生命搏动的痕迹,所有颜色都是画家个性放射的光彩。看原作,是面对着一个活生生的独特的生命,并感受这个生命的冲击。倘若将这幅画印到画册上去,便只剩一张徒具其形的照片了。

画册是对看不到原作的人的一种安慰。

十六世纪并不仅仅属于意大利。在这里我看到欧洲的心脏——德国的绘画闪烁出怎样璀璨的光芒。

镶在古朴贴金的雕花木框中的《敬慕三位一体》,虽然不过一米多见方,却场面庞大,气魄雄浑。画家丢勒(1471—1528)给我最深刻的感受是鲜明的德国人的精神气质,那就是:严谨、冷静、清晰、客观。他画头发的本领令人叹为观止。据说他三十六岁时,曾到威尼斯拜访声望极高的乔凡尼·贝利尼。贝利尼向他要一支用于画头发的笔(那时画笔是画家自制的)。丢勒拿出一捆笔叫贝利尼自选,却都是极普通的笔。他怕贝利尼不信,就用这笔当面画了一缕女性纤细柔软的头发,使贝利尼佩服不已。现在从丢勒的原作《圣母玛利亚和手拿梨片的圣子》中看,我们就能领略到他极其高超的技能了。圣母一缕缕波浪形柔软松垂的秀发,圣子满头细密而富有弹性的卷发,都质感真切,刻画精微,甚至根根可见。这位德国人的功力可谓炉火纯青。

然而把这种德国式的理性——严谨、冷静、清晰、客观——发挥到极致的,应该是肖像画大师荷尔拜因。他的名作《英格兰女王》几乎让我出声叫绝!那层层叠叠、不同质地材料的衣裙、套袖、披肩、暖帽,以及上边的彩织金绣、宝石佩饰,繁复至极,却精整不乱,一切历历在目,甚至比肉眼看到的还要清晰,连细小针脚也不放过。即使紧贴画面来看,也看不出是怎样画的。荷尔拜因的技术真是登峰造极,而且到达了边缘。倘若这种客观和准确再过一分一毫,便成了无感情的机械自然主义,绘画也就失去了艺术性。但这幅肖像画得十分传神。这位名叫詹妮·西摩尔的女王曾是国王前妻的女佣。荷尔拜因在刻画这个身世特殊的女王时,虽然精心描绘了她的华服盛装、珠光宝气,但面孔却透出一种出身卑微的清寒和女管家的僵硬气息。

这两位德国巨匠的写实能力简直无与伦比。

处在北欧洼地的尼德兰绘画对世界的贡献是:凡·爱克兄弟发明的油画颜料,还有"农民勃鲁盖尔"(1525—1569)开创了闻所未闻的画风。

维也纳艺术史博物馆收藏了勃鲁盖尔著名的描写尼德兰乡土风情的系列画。他选择乡土生活中最迷人的场画,多采用俯视角度,尽可能包容更多场景。人物都有一些变形,趋于圆厚,强调农民的朴拙;画面的风俗性细节很多,情趣丰富。比如《雪中猎人》

那一群猎狗,许多冻卷了尾巴,惹人发笑。在文艺复兴时代的画家中,只有他如此鲜明地表达个人的情感与趣味。他的画法也很独特,颜色大多平涂,油彩极薄,很像瓷器上的绘画,明洁光亮,非常爽目。这位画家的努力,使尼德兰绘画在文艺复兴时代不容忽视。

但当时他的画未被重视。在奥地利哈斯堡王朝统治尼德兰时期,幸亏鲁道夫二世看重并收藏了他的作品,他才渐渐为世人瞩目。这样,他的身世便鲜为人知了。可怜的一点点材料,都出自十七世纪荷兰作家曼德尔的记载。

当我站在鲁本斯、卡拉瓦乔、贝贝尼、卡拉奇等人的画作前,才知道自己已然走出辉煌灿烂的文艺复兴的历史,进入十七世纪到十八世纪之间风靡欧洲的华美迷人的巴洛克艺术时代。

有一种观点认为:巴洛克艺术是对文艺复兴运动的反动,因为文艺复兴是摆脱宗教禁锢,提倡人本精神,而巴洛克艺术是为天主教复辟服务,并受其赞助……此刻,我面对着这些巴洛克名作(鲁本斯的《圣母出现》、贝贝尼的《耶稣受洗》、卡拉瓦乔的《玫瑰国中的圣母》等),心中在想,文艺复兴的主要作品不也是宗教题材吗?鲁本斯笔下那些性感的女性难道不也是人本精神的张扬?它们根本的区别在于,文艺复兴时代是艺术家利用了宗教,巴洛克时代则是宗教利用了艺术。巴洛克艺术之所以能被利用,是因为它绚丽、华美、热情、浪漫、冲动,这种崛起于新时代的艺术语言,具有强烈的诱惑力。说到底,巴洛克不是一种艺术思潮,而是一种艺术风格;不是一种思想运动,而是一种广泛流行,魅力深远的形式。

在鲁本斯的画上,没有一笔是静态的、安分的、深思的,色彩到处流动,光线到处闪耀,线条随心所欲地翻转飞扬。最耀眼的是他所描绘的女性身体,暴露,鲜活,健硕,丰腴,舒张,诱惑。这是鲁本斯的精神,也是巴洛克的特征。鲁本斯一出现,文艺复兴时代立即去之遥远了。

太多太多的星球,接连不断,纷纷飞来。卢卡斯、凡·戴克、代尔夫特、雷斯达尔、伦勃朗、普桑、委拉什贵支……在不断的震惊中,轮番的照耀下,我已感到接受起来力不从心了。一种感受来得新颖独特,另一种感受更是新奇独有;无数感受父杂一起,百味相混,乱无头绪,眼里五彩缤纷,心中光怪陆离。心想下次再来,应当专心只看一两位画家;换一天,还是这样专一地看。但维也纳艺术史博物馆使我深切感到,人类由始至今,它所创造的财富,后人已经快抱不住了,而人类的才华却远远没有用尽。它有多么巨大的创造力,人啊!

这家博物馆的藏品,来源于历代皇室的收藏,开端于居住在因斯布鲁克的斐迪南二世(1564—1595),这位皇帝自1566年开始收藏数以千计的肖像画珍品。此间文艺复兴方兴未艾,这一渊源便把那个时代的作品保存至今。但他的收藏眼光还受皇室政治的局限。自从鲁道夫二世(1576—1612)开始,历代皇帝都把艺术收藏作为高尚的爱好,许多万古流芳的名作衍传至今,全都赖以他们的珍藏。维也纳艺术史博物馆于1891年建成,它将分布在阿姆布拉斯、格拉茨、布鲁塞尔、因斯布鲁克等地的皇家与各邦诸侯的收藏品,萃集于此。第二次世界大战时间,它们全部被运藏在萨尔茨堡的盐矿洞内,保存完好,并使得这家博物馆成为世界最著名的名画宝库之一。

维也纳艺术史博物馆建筑雄丽豪华,大厅高耸宏大,地面铺满拼花大理石,屋顶布满彩绘藻井与天顶画;哥特式的拱顶,巴洛克式的装修,极尽华贵绚丽。我在一路走出展厅时才发现,所有展室,亦是无处不雕,精美绝伦。展壁全部使用壁毡,或深玫瑰色,或深海蓝色,沉静又高雅。但我为什么刚才看画时没有发现?我想,这道理不言而喻。

1993.7.24

重光西斯廷

一座古老建筑,年深日久,斑驳剥落,面目不清,怎么办?古人的办法是推倒重建,或者添砖加瓦,换门换柱,壁画重绘,雕像重刻。这办法美名曰"旧物重光"。实际上就是现在所说的:整旧如新。

说老实话,古人对待事物,多以实用为目的,缺少文化观点。对于古迹,无论拆掉重建,还是涂抹一新,都是为了应用。完全不管其中历史文化的内涵。这种整旧如新的做法,由古至今,一直延续到近代。呜呼,几乎泯灭了地面上一切可见的历史!

及至近世,这观点才有了变化。人们从中觉醒,开始认识到古迹的残损斑驳,正是度月经年、历尽沧桑所致。这是一种历史的凭证,也像古迹本身一样不可复制。倘若将这斑驳的意味除去,谁还能证明它是古迹?而且这斑驳含混中,还有一种悠远的风韵。时间愈长久,韵味愈醇厚。它还是种独特的审美内容。

这看法引出一种整修古迹的新标准和新原则,就是"整旧如旧"。

在古代,较早运用这一标准的是古画揭裱。但在修复古迹方面却是直到近代才开始觉悟和启用的。

整旧如旧只加固古物的结构,使其牢固耐久,但对其古老面貌原封不动,甚至加倍珍惜那些具有历史感的痕迹与细节。这样,不仅古迹得以保护,历史也受到尊重,被摆到神圣而不可侵犯的位置。

整旧如旧原则的提出,并得到公认,表明人类终于以文明的方式对待自己的文明创造。

然而,在意大利刚刚竣工不久的梵蒂冈西斯廷教堂壁画的整修工程,却进入了一个更高的境界。

画在小小的西斯廷教堂穹顶与墙壁上的壁画,是文艺复兴时期的艺术大师米开朗基罗的传世名作。它完成于遥远的十六世纪初。五百年来,由于尘埃蒙蔽,烛烟熏染,再加上一次次整修时为了防止剥落而刷上去的亚麻油日久变黄,画面早已昏暗不清。长久以来人们对这悬在顶上的天国图画,一半依靠想象。

梵蒂冈博物馆早在六十年代就开始对壁画进行探测。技术人员将画面分成七千余块拍摄下来,采用高科技手段精密研究,再选择两千个部位做修复试验,直到八十年代初才彻底弄清这举世闻名的壁画最初的模样,以及覆盖画面那些有害物质的成分,最后才确定了修复方案。由一九八二年到一九九四年,进行了历时十二年本世纪最浩大的古代艺术的修复工程。

当一九九四年五月八日修复工程告竣,西斯廷教堂举行盛大弥撒作为庆典,人们仰望修复后的穹顶壁画时,都确信这色彩鲜丽、光芒四射的画面与当年米开朗基罗完成它时全然一样!这人世间对神学最动人的解释,这彩色的天国故事,这形象的精神圣殿,重新焕发出巨大的理性的感染力。特别是人们第一次如此清晰地看到了米开朗基罗出神入化的笔触,更为其冠绝古今的才华所倾倒。倘若不是这样的修复,谁能相信他所描绘的亚当的那个

《创世纪》

著名的头颅，竟然如此轻描淡写，一挥而就？而《末日审判》中基督那情绪沉郁的面颊，总共只用三笔！

你会问，是谁复活了米开朗基罗？

我想，只有用这一标准才能达到如此境界，那就是：整旧如初。

整旧如新是消灭历史；整旧如旧是保存历史；而整旧如初是回到历史原貌。然而这最艰难。一处古迹，历经千百年，谁知它最初的模样？这宛如从一张苍老的脸上去找回它失去的青春。但对于高科技现代已经不再是梦想了。

从最早的整旧如新，到后来的整旧如旧，直到当代的整旧如初，人类在如何对待自己的文明创造上，也在一步步前进。而整旧如新是无视自己的历史文化，整旧如旧是懂得珍惜自己的历史文化，整旧如初才表现出人类对自己文明创造的无比自豪和崇仰。

人类的生活不仅是现实和未来，还有过去。一切属于历史的事物，都是人类的成果、收获、见证和永恒的财富。历史是神圣的，因为人类能够创造未来，却无法更改历史；历史又是活着的，因为它既影响未来，又充实和丰富着我们的现在。那么，整旧如初作为一种崇高的追求，正是可以满足人们这种具有理想境界的文明自享。

1997.12 首发于《浪漫的灵魂》

艺术永无定评

——彼德迈耶绘画升温的缘由

历史对艺术的判断真是有趣之极。一般认为,现实的判定多变而不足信,历史的评定才确凿无疑,这大概缘于"盖棺论定"那句老话,其实并非如此。历史的评价也是活的,可变的,甚至是难以捉摸的。当某一种艺术现象已成过去,看似可以定评,或者已有定评了,以为从此"盖棺论定",但过了若干年后,时代转变,社会、生活、风习与人的审美都发生变化,此时回过头去一瞧,它竟然不再是"定评"中那副模样,变了!曾经灿烂光华,如今沉黯下去;昔日平淡寻常,忽然熠熠生辉。比如十九世纪初(约1805—1848年)奥地利的彼德迈耶绘画。

1993年初夏在维也纳城中,无论街头巷尾还是地铁站的广告栏中,都可以看到一幅美术展览的招贴画:一位少女侧头枕臂,神情慵倦,似在痴想。一种少女梦幻般的情境使这幅画娴静迷人。细看这张镶在棕色卷发中苹果色的小脸虽然娇嫩可爱,但也仅仅"可爱"而已。没有对生命状态的深刻洞悉与天才的发现,也没有富于创意的形式和技巧可供品赏。这却正是一百五十年前被含有贬意地称之为"彼德迈耶"绘画的典型之作。

彼德迈耶就是这样的市民绘画!思想浮浅,艺术平庸,专事描绘市井百态,审美趣味也迎合市民(时下称之为"媚俗")。奥地利人的这种绘画,地处意大利、法国、德国、荷兰等大师如林的包围之中,当然不被美术史家高贵的视野所包容,甚至在西方美术史上根本找不到"彼德迈耶"这个词汇!彼德迈耶似乎就是如前所说那种早有定论、难登大雅之堂的艺术。然而如今变了……当我们走进高雅讲究的维也纳现代美术馆,正在展出的彼德迈耶绘画却像复活的上个世纪的历史那样焕发着迷人的魅力。琳琅满目的画面上,那些婚筵、送葬、劳作、聚会、灾难、病痛以及社会和家庭生活的种种场面,各色人物,各种景象,各样的众生相,都像时光倒流,把我们拉回到上个世纪的维也纳。在没有摄影的时代,它比任何文字描述都逼真可信、有血有肉、活灵活现、巨细无遗地展现了那些逝去年华的一切。你会不由得赞叹这些画家对生活彻底的忠实,以及对普通百姓市井生活的亲切情感。正是由于这些生活在市井之中的彼德迈耶画家们的努力,绘画才留住了早已过往的历史,留住了永难重复的生活,否则这一历史生活便永远成为无奈的真空了。

于是,彼德迈耶死而复活,旧物重光。大型精美的《彼德迈耶画集》出版了。奥地利乃至德国一些博物馆把所收藏的彼德迈耶的作品集中起来,第一次举办这一画派的整体性和全貌性的大型画展。在维也纳的艺术品拍卖市场,彼德迈耶身价百倍,价格神奇般地陡长;艺术史家也抛之以青睐,将其作为著书立说的对象了。

在艺术史家的眼中,约瑟夫·丹豪泽尔创作于1841年的大幅油画《美酒·女人和歌》是整个彼德迈耶绘画中最具代表性之作。这幅画精致地描绘了丰收季节里葡萄种植农们心中的喜悦。醇香的葡萄酒、好吃的蔬果食品、漂亮姣好的女子和美妙动听的音乐，显示着生活生机勃勃的魅力。站在画面中间颈系红巾的大汉正举杯高歌，另一只手在空中挥舞，表达奔放的激情，这使得整幅画情绪飞扬。有趣的是，画家在画面左下角安排一位过路的男子，身穿旧式紧身衣，戴着帽子和手套，一个独身且保守的形象。他对眼前的美酒、女人和歌，露出惊惶失色，紧张地摇动双手表示拒绝，他面前只有一杯毫无诱惑力的糖水和一捆干柴。这位放弃了人间乐趣的保守者，面孔干瘪得可怕，与画面五彩缤纷、明亮欢快的景象格格不入，对比强烈。画面右角，一位画师正在把马丁·路德那句脍炙人口的话写在墙上："谁不爱美酒、女人和歌，谁就枉来此生。"这句话正是丹豪泽尔此画的主题。即表现从旧教冷冰冰桎梏中解脱出来的人们多么渴望生活！

可是，这幅画首次在维也纳艺术沙龙展出时，反响冷淡，并备受指责。评论家莱维特·施尼克在《幽默家》杂志中讥讽这幅画不过在描写"一帮子纨绔子弟和寄生虫比赛谁先把胃吃坏了……那个面带醉态、挥舞酒杯的人难道是个受人尊敬的形象吗？"

施尼克以贵族艺术的品评标准，自然很难理解一位具有平民情感画家的创作意图。以今天的眼光看，反而会讥笑施尼克由于历史的局限，显出浅薄。这幅画创作于1848年革命前夜，正是梅克涅君主统治最黑暗的岁月。丹豪泽尔虽然没有直接抨击社会的邪恶，却以普通百姓的生活热望，曲折地体现他们的社会理想。而在这个盛产葡萄的音乐之国，美酒、女人和歌正是他们最实在的生活享乐，或者说是传统生活最瑰丽的内容。至今它仍被看作为奥地利特有的生活诗意。历史愈久，这幅画愈会具有代表性。最终它是否会变成奥地利生活的一种原始的图腾？

约瑟夫·丹豪泽尔不只是用保险的、柔和的、有选择的赞美来体现他的社会倾向。他的另一幅油画《富有的挥霍者》,则用开门见山、直截了当的方式表达他对社会贫富不公的愤愤不平。这幅画他画了两组人,对比强烈。前面一组是一对富有的大腹便便的夫妇走进教堂时,顺手将一把钱塞给教堂的执事。这种理应让人感动的慈善举动,却与他们脸上漠然的、傲气的、漫不经心的神情毫不相关。他们甚至不肯假装出一点点诚心诚意来,更使人一眼看出他们的虚伪与可憎。而画上的另一组人,是一位清贫的寡妇和她善良的儿子,正把一枚硬币送给一位可怜无助的失明的乞丐。这枚硬币对于寡妇、小孩与盲丐,都不是可有可无的,人间的温情在此处就表达得楚楚动人。比较起来,前面的富有的施舍者与接受者,那些钱都是可有可无,此时的捐赠不过是一种虚伪,一种冷冰冰无关任何人痛痒的仪式,一种轻而易举的挥霍而已。作者的社会观点表达得多么昭然、痛快和毫不含糊!

这幅画在最初的水彩画草图上,接受捐赠者被描绘为一位胖胖的神父,但由于当时教堂势力强大,作者虽然在此幅油画中将神父改为一位教堂的执事,但作品终于面世。这一细节使我们更清楚丹豪泽尔人道主义的艺术立场,也对那一时代社会内涵了解得更加深入。

在传世的彼德迈耶画作中,费里德里希·冯·阿梅林的《阿塔贝和他的三个孩子》是非常成功与出色之作。

画上的阿塔贝是彼德迈耶时期最重要的画家经纪人,他拥有大型画廊,是画家们经济的支持者与朋友。他死去了妻子,与三个孩子共同厮守着残缺却依然温馨的家庭。

画家阿梅林选择一个非表面的角度,即牢牢抓住这个和谐的家庭精神深处的一个隐痛——怀念去世的妻子与母亲。精细入微地刻画四个家庭成员各自不同的心理活动：中年丧妻的阿塔贝郁郁不欢，现实的空茫使他长久地深陷在美好的昨日中；女儿尚小，却时而发怔；蹲在地上的大儿子手里抓住妈妈遗下的草帽，一瞬间仿佛幻觉到妈妈慈爱的音容笑貌；小儿子的心态比哥哥略微轻松，他正亲昵地端详一幅画像——那是妈妈的遗像吧！而女主人的大幅画像挂在墙上，阴影遮蔽，难以分辨。但我们可以感到女主人生前每一个可亲可爱的细节都有声有色留在他们各自心里。此刻，四个人年龄不同，心理细节相异，心中的思念却是一致的，共同塑造着画中没有出现的一个人物——一位早逝的无可替代的贤妻良母。考究的客厅、华美的器具、盛开的鲜花、斜射的阳光，构成温馨甜美的家庭一角。这一角却因失去最爱的人而落入空荡荡。在这个又甜又苦的小世界里，终日充溢着静静的缅怀与深深的依恋，静静又深深地打动观者的心。彼德迈耶画家们对生活的忠诚与挚爱，刻画得一丝不苟，真叫人佩服。

  彼德迈耶画家们个个如此。他们不像文艺复兴以来那些大师巨匠，把目光集中到辉煌夺目、惊天动地的历史题材与头顶光环的人物上，那些大师笔笔仿佛都在敲响着历史与时代的巨钟。而彼德迈耶的画家们所关切的却是市井生活中的凡人小事，这些人物不加留意便在身边走过，他们日复一日地在常规中生活，他们的生离死别都与时代的更变无关，好比一株株小树和一只只野鸟。但如果你深入其中，便会发现这不声不响的生活却是千姿百态，更富实感，更有活力。虽然他们不能改变社会历史的命运，社会历史的命运却深刻地改变着他们。彼德迈耶为他们所迷醉、所倾倒、所命笔而作图。手工业者、小市民、工人和农民是最常见于他们笔底的人物,凡夫俗子的苦乐悲欢是他们创作的感情源。被市井生活征服的画家难免在审美上顺从于市民。这样,漂亮好看,注重细节与情节,以及通俗性,就成了彼德迈耶绘画的主要特色。

在艺术上,彼德迈耶不重形式,手法写实近于摄影,技巧上没有创造,尽力不与人们的欣赏习惯相违背。毫无疑问,彼德迈耶对绘画艺术本身是贡献不大的。单究其写实技术而言,远远没有达到二三百年前提香、伦勃朗、丢勒、委拉斯凯支等人的水准。

然而,如今彼德迈耶的重新升温,它的缘由是内容高于形式的。它再度的欣赏价值,是叫我们重温一百五十年前这个欧洲古国的社会面貌与生活景象,当时人们的生存状态,以及他们的审美情趣与审美特征。它给我们的认识价值高于欣赏价值。这种认识价值是潜在作品中的一种文化价值。

生活过去了,渐渐成为一种文化。作品中所描绘的生活也就有了文化的意味。这种生活需要重新审视、回味与理解,它就产生了需要再评价的价值。

现在又回到文章的开头那个问题:

当一个艺术思潮或流派完结后,很难有一个"定评"。

最初的评价离不开"现实的眼光",现实是一种局限。而过后才进入"历史的眼光"。历史的眼光冷静、客观,相对稳定。

但历史的眼光也在悄悄变化。即便我们从文化的角度重新审视作品,所得到的认识也不会永远不变。开始,人们距离画中描绘的这种生活不太远,便不免掺进去浓浓淡淡的怀旧之情。惋惜、依恋、重温,都满足着人们情感(怀旧)的需要。可是当这种生活去之遥远,失却了情感联系,剩下的只是一片遥远而浪漫的遐想了。

今日,彼德迈耶在奥地利"旧物重光",应该说是一种文化上的重新品评,一种历史的回顾与缅怀,一种怀旧的情愫使然。

1994.1 天津

短命的天才

——关于埃贡·席勒

从东方相学的角度来看,埃贡·席勒——这位奥地利表现主义绘画大师的相貌真是糟糕透顶。他天庭塌陷,下巴窄小,双颊似夹,两耳如鼠,嘴巴小且薄,眼珠淡又浊。果然他一生坎坷而短暂,只活了二十八个春秋。

单说这寿命,就是一个悲剧了。

在他的履历表上,一切都好像匆匆而过。既无常驻,也无停留。生命中每个阶段,厄运都从不同角度打击他,不叫他喘息,也不叫他躲避。他父亲死于精神病,保护人叔叔反对他学习艺术。他十七岁(1907年)时违抗家庭考入维也纳美术学院,结识了分离派首领——四十五岁的克里姆特和另一位新艺术运动的中坚柯柯席卡,接受了表现主义艺术思想。两三年内,画风急速成熟,并进入最佳创作时期。参加在奥地利与德国的国际性画展,显露逼人才气。但好景不长,1915年应征入伍,穿上奥地利陆军的军服,在军旅生涯的紧张奔波中设法作画。三年后(1918年),维也纳分离派第四十九届画展为他专设展室,展出作品十九幅,获得极大成功。命运在他生命的天平一边放上光彩夺目的成功,在另一边便放上死亡。同年,他染上西班牙感冒,不治身亡。

短命的天才

　　短短一生，他如此迅速成熟，并闪耀出超凡绝世的才华，如同彗星，在灭绝前放射出夺目的光辉。这就使他充满神秘的色彩了。

　　他的才华突出地表现在对人类苦难心灵的彻底揭示。他的画，一看便触目惊心！所有形体都在挣扎般地扭动，色块破碎，笔触生涩，颜色阴冷；人物大多耸肩抽背，瑟缩着头，好像病痛折磨，似在抽搐；身体瘦骨嶙峋，面上从无笑容，目光浑浊困惑，表情或愤怒，或惊恐，或狰狞，或呆滞，或严峻，或麻木，或哀思。常常只画一部分肢体，宛如死树老根，狰狞万状。女性的裸体毫不优美，相反有种厌恶感。所画风景更是凄寒寥落，毫无生气，破败不堪。全然不是风景，处处都是他心灵痛苦泼洒般地宣泄，使我想起了中国的朱耷。

　　表现主义以"自我"宣泄为绘画目的。从这一理论上看，席勒最富于代表性。他的"自我"，赤裸裸地呈现，毫不遮掩与伪饰，个性表现达到极致。从他的画，完全可以看到他心灵的形态。

　　在百乐宫皇家画廊的席勒作品陈列室中，面对着一幅幅两米左右的油画原作。那博大悲凉的气息，那紧缩到疼挛般的物体所显示的强大的张力，那种对人类苦难浓重而逼真的表现，令我战栗！我感到他每一幅画都在憋闷与呼号，都要打雷！特别是画布上那些结实又紧张的短线。加上急促有力的皴擦，构成一种生动的岩石感，他总共才活了二十八岁，竟然达到这样的境界，简直难以置信！还有什么语言能够表述出这位天才画家令我震惊不已的感受？

　　他使我想起萨尔茨堡的诗人格奥尔格·特拉格。我参观过这位死后才渐为人知的诗人故居。特拉格与席勒是同时代人，他只活了二十七岁，比席勒的寿命还少一年。他与席勒同样的终生不幸。恋人是自己的妹妹,孤寂中染上毒品,以自杀了结终生。他那充溢忧郁美的诗句极致地表达了灵魂的孤苦,这同席勒何等相像。他们表现自我,实则具体地表现了人类。上帝把再现人生苦难的使命交给他们,先要让他们尝尽人间的苦果。这使命未免残酷,但他们无愧于这天大的、庄严的责任。

席勒是克里姆特的学生,他早年学习老师的风格,近乎神似。但他走向成熟后,与克里姆特非但不同,甚至相反。克里姆特精致含蓄,他粗糙暴露;克里姆特恬静隽永,他焦躁不安;克里姆特柔软光滑,他坚硬生涩;克里姆特整体完美,他支离破碎;克里姆特优美感人,他丑恶不堪。从象征上区分,克里姆特仿佛用女神来象征,他则用自己的血肉和被撕碎的灵魂来象征。

但他们是奥地利声名并巨的两位画家。

艺术家在相同的道路上互有失败,在相反的道路上各自成功。艺术的秘诀大概只有这一个。

1993.9.26《现代生活报》首发

双重的博物馆

有一座博物馆你可以从头到尾参观两次。看的是完全不同的两种内容,受到的是完全不同的两种震动。这样的博物馆在世界上只有一座,就是闻名于世的巴黎奥塞博物馆。

第一次看它的建筑,看它究竟怎样从一座古老的火车站被改造为现代的艺术殿堂;第二次看它展出的绘画,看那些举世皆知的名画怎样连接起光彩夺目的印象派画史。

当然,最好是分开看,你获得的感受就会十分清晰也十分奇特。我就是分两次看的,这因为我很幸运。第一次我进入奥塞博物馆时,是加入一个到巴黎来进行城建方面交流的建筑师们的参观团。在整个参观过程中,我强使自己的目光避开那些诱惑我的名画,眼睛死盯在建筑上。这做法却使我大增见识。

奥塞的意义首先是在建筑上。

1900年,当著名建筑师维克托·拉鲁克在共和国时代奥塞宫殿的废墟上建筑起一座火车站时,它已经就很像一座艺术殿堂了。雄大的体量,庄重的柱廊,繁复的藻井,还有巨大的镀金时钟和精美的神像,全都气概非凡。1900年在巴黎举办的国际博览会对城市产生了巨大影响。埃菲尔铁塔便是被这次博览会催生的一个"伟大的纪念"。奥塞车站也直接为这个博览会服务,它为博览会载来送去四面八方的宾客,因而成了巴黎的一个豪华的窗口。

但是,博览会之后,时代几经巨变,许多铁路线不再使用,车站渐渐客少人稀,尤其是经过第二次世界大战,车站完全弃置不用。1970年出现一件非常可怕的事。当时,现代化狂潮正在席卷世界。一位新潮的建筑师勒·考尔布斯埃曾提议将奥塞车站拆除,盖起一座百米大厦!幸亏富于历史情感的巴黎人没有接纳这个现代狂想。随着时光的流逝,奥塞车站渐渐显示出它的历史意义,并很快被列为国家文化遗产而保护下来。

1982年,当它被决定改作一座艺术博物馆时,保护的工作便成为改建中一项首要的内容。博物馆在光线、通道、空间尺度与展区划分上都有特定的要求,还必须使参观者感受到舒适的审美环境。可是别忘了——奥塞车站是文物,文物至高无上,决不能为了服从这一目的而破坏建筑原有的气质、结构与格局。于是这一改建工程,面临一个从来没有过的难题。它必须两面兼顾并两全其美。

在这一具有挑战的工作面前,建筑师米诺·巴尔东等人显露出才华。他们采用加高地面、建造加层的平台,以及区域分割的方式,将候车厅庞大的空间改造成结构复杂又彼此畅通的展览馆。改造一座建筑要比重建一座建筑困难得多。然而只要我们进入奥塞的展线,就会感到人与艺术品的关系十分舒适与合度。尺度、光线、氛围,都是一流的博物馆所具备的。

同时,米诺·巴尔东他们依然保留着大厅的整体气势。经过精心重修的玻璃拱顶透进的柔和的自然光,正好是馆中的艺术品所必需的。如果留意,可以发现这座建筑原来的金属构架、石柱、拱梁、墙面,全都被有节制又精心地强调出来,以展示这座古建筑

今日的奥赛博物馆

原本的特征。那座巨大的鎏金的时钟,仍旧挂在老地方,向人们提醒它的历史,同时使人们感受到昔日的繁华。在奥塞博物馆的地下一层,还设有一个小型的内容独立的展览室,展示着当年改建这座博物馆时的设计原则、理念以及整个改建工程。包括具有历史价值的图纸、照片、独有的技术设计和专用材料。此外,便是奥塞车站遗留下来的一些文物。它给我们一个强烈的提示:对古建筑的改造和开发,首先是对历史不折不扣、真诚不贰的尊重。单从这个意义上说,奥塞就值得认真地从头到尾看一次。

奥塞的另一个意义,是它在法国美术史上的重要位置。

法国的美术史,是通过巴黎的三座美术馆有序地展现出来的。古典部分是卢浮宫美术馆,现代部分是蓬皮杜艺术中心,中间的近代部分就是奥塞美术馆。奥塞的展品的上限是安格尔的《泉》,下限到亨利·卢梭的《驯蛇女》。正是在这之间,奥塞成了光耀古今的印象派大师们遨游与驰骋的天堂。

我第二次来到奥塞,我要做的,与第一次正相反。这次我的目光努力避开它迷人的建筑,只看展品。在这种博物馆里最大的快感,是你忽然看到你久已熟悉的作品的原作。早在"文革"末期,一位在日本的朋友寄给我两本画家的专集,一是莫奈,一是德加。在那个文化禁闭的时代,我竟极为意外地收到了。这两本画集成了我精神饥渴时期真正的"美酒佳餐"。我真的把它们翻烂了,因而记得画集中所有色彩的细节以及笔触。此时,见到了这些原作,它们与我心中的记忆撞出火花来。然而,原作与印刷品往往并不一致。一般说,原作都比印刷品丰富和微妙得多。比如莫奈的《卢昂教堂》、米勒的《晚祷》、梵·高的《星空》,还有西斯莱的风景和雷诺阿笔下的女人们。不管画册印刷得多精美,也无法传达原作"艺术的真实"。但是有些原作很奇怪,乍一看,它们怎么竟然不如印刷品来得有力?比如莫奈的《户外撑伞的女人》,好像时间久了,原作褪了色,不如画集留给我的印象强烈。可是后来在画店里,我见到一张摄影的画片。那片开满红花的草坡,竟与莫奈这幅画上的风景完全一样。照片拍的是实景,色彩更强烈。我买下这画片,拿去再与原作对照一下。绘画的魅力立时表现出来!当然——绘画比摄影更迷人。绘画的色彩淡,但淡如微风,淡得闲适,淡出动人的诗情。这是在风景照片以及印刷品上绝对看不到的。这因为不管多么写实的画作,它都出自画家的心灵。这叫我更加坚信艺术品原作的力量!

奥塞的展品给我的感受决不止于此。这仅仅是其中一幅画给我的启发呀。

那么这座收藏了数千幅印象派名画原作的奥塞博物馆,它的文化意义多大?

走上了奥塞二层的平台。平台上有两个突出的折角,是用来观景的一个望点。站在这里,既能俯瞰今日奥塞博物馆十分讲究的格局,也可以尽览当年奥塞车站壮丽的全景。它们像一曲二重唱,既是和谐的和声,又能分别欣赏到它们不同而又迷人的美。

世上哪里还有这样的博物馆?

故此,奥塞博物馆门前天天都拥满来自世界各地的参观者。进馆之前至少要用两个小时排队,倘若如上所说——参观两次,那可得要排上半天的队呢!

2001.7

冬宫里的达·芬奇

第二次进入冬宫，不单单为了到艾尔米塔什看画，更想看看当年的沙皇们如何对待他们崇拜的欧洲文明。毋庸讳言，这种极尽奢华的巴洛克风格的宫廷几乎就是从欧洲搬过去的。可是，令我有兴趣的是，它并不使人感到他们的文明地位低下。

老实说，那时的俄罗斯完全没有像欧洲其他各国那样经过文艺复兴的洗礼，在文化上确实"一穷二白"。其实，真正的俄罗斯文学精神、文学语言和俄罗斯语言规范都是从普希金才开始的。可是，如果没有从彼得大帝到叶卡捷琳娜二世对欧洲文明如此狂热地"拿来主义"，就不会有俄罗斯十九世纪自己文明的崛起！

这里所说的狂热，可不是表面对欧洲的没头没脑的痴爱，而是一种对文明的尊崇；

这里所说的文明，是指他们要建立自己文明的高瞻远瞩与野心。

他们对欧洲文明不是盲目模仿，更不是简单的抄袭，而是在自己的土地尚且荒芜之时，先引来别人的清泉与养分，静候自己的文明之木的嫩芽破土而出。他们用它人的文明催生自己的文明。在引进别人时，没有忘掉自己。所以在最初搬来这些欧洲式的宫殿的同时，就动手建起自己的科学院、图书馆和博物馆。

俄罗斯历史上两位最具影响的帝王就是彼得大帝和叶卡捷琳娜二世。俄罗斯幸运的是他们都明白文明对一个民族的意义。他们给俄罗斯留下的不是多少金银财宝。他们知道富有是无法留在历史上的。这是他们高人一等的地方。他们留给后世的是可以永远安身立命的俄罗斯的民族精神。民族精神就是文化精神。冬宫博物馆的藏品缘起于叶卡捷琳娜二世从欧洲买来大批的艺术精品。不像我们当今各个地方，都在争盖超大的气派十足的博物馆，里边空洞无物。博物馆只是官员们政绩的标志物。

为此，这次我要好好看一看他们最早的那些收藏，首先是达·芬奇。

达·芬奇传世的油画不过十幅，冬宫就有两幅。

只有近距离看达·芬奇的布面油画《拿花的圣母》与《圣母与婴儿》，才真正惊叹画家笔触无可企及的精致，然而这精致丝毫没有减弱形象坚实的整体性；很小的画幅散发着一种博大的气象，以及文艺复兴的绘画特有的神圣的气氛。每看一次达·芬奇，内心都被无声地震撼一次。人类艺术史上能给你这样震撼的不多。单纯从绘画而论，这两幅画的水准完全不低于《蒙娜丽莎的微笑》，甚至更美。

冬宫怎么会收藏二十几幅伦勃朗的绘画？这一定是来自叶卡捷琳娜最初从柏林买来的那225幅作品。记得史料上说过，那批作品基本上就是荷兰和弗兰芒艺术。现在，这些画挂满一个巨大的展厅，包括著名的《浪子回头》《花神》和《丹奈尔》。将这些画放在一起，就愈加显示伦勃朗独有的风格——只在一个需要强调的局部投一束光。这很符合人的视觉。我们看任何东西时，都是注目的地方是清晰的，其余是模糊的。伦勃朗利用这个规律把观者的关注力固定在他所要强调的部分。

依我看,米开朗基罗的雕塑《蜷曲一团的男孩》是一件半成品。头上的卷发与下肢,还是粗雕,还带着最初开凿时的条纹;只有赤裸的背部被打磨过,接近完成。但这件未完成的作品有特殊的价值,它叫我们看到了米开朗基罗雕塑的过程与一些构思性的东西。

冬宫艾尔米塔什博物馆在叶卡捷琳娜去世后非但没停止收藏,藏品反而与日俱增。1852年尼古拉一世下令对公众开放,迄今为止,已收藏世界各国的绘画与雕塑精品300万件,一个人要看完这些藏品需要27年。

正是有这样高度的人类文明与丰厚的艺术精华的滋养,在十九世纪中期,俄罗斯民族的艺术才情发力了,自己绘画的鲜花破土而出,灿然怒放。

可是反观我们中国,没有一家艺术博物馆收藏西方的文物与艺术,至今仍旧如此。如果我们文化的眼光永远看着自己,永远在唐宋元明清原地踏步,即使文化开放只能是跛足的,我们的艺术也很难走入世界。

为什么不和彼得大帝比一比立国思维和开放的文化观?

2014.9.9

俄罗斯的现代绘画

俄罗斯绘画史有两个时期的绘画令我尤为关注,一是巡回画派,一是现代主义。文学史与其对应的是黄金时期与白银时代。与文学上"黄金时期"同时的是绘画上的巡回画派,与文学上"白银时代"同时的是绘画上的先锋艺术与现代主义。

巡回画派与现代主义都是俄罗斯自己的艺术潮流与文化现象。巡回画派纯粹是俄罗斯人自己的。而俄罗斯的现代主义虽然与欧洲相关,但它也是自己的,不像我们近现代绘画史上的现代主义是被西方影响乃至亦步亦趋。

俄罗斯的巡回画派与现代主义都有许多经典的艺术家与作品。它们是我此次访俄关注的重点之一。巡回画派的作品主要收藏在圣彼得堡的俄罗斯博物馆和莫斯科的特列恰科夫画廊。现代主义的作品多在莫斯科中央美术之家。

中央美术之家有两个内容,一是当代画家的展览,一是俄罗斯二十世纪美术陈列,据说这些二十世纪作品也都是特列恰科夫的藏品。

中央美术之家的建筑真是单调又粗糙,几乎就是一个超巨大的水泥盒子,傻大笨粗,然而在美术馆里,只要画好,你把目光盯在画上,什么样的建筑全不重要。这个"俄罗斯二十世纪美术"包括沙皇后期、两次世界大战、两次革命（二月革命和十月革命）、前苏联等各个时期人所共知的重要作品，要了解俄罗斯的绘画与雕塑就必须来看。

比如三位俄罗斯最重要的现代主义画家：马列维奇、康定斯基与夏加尔。他们都是研究西方现代主义不能绕过的历史性与经典性的大师。

马列维奇的《黑方块》就挂在这里。这幅无物象的绘画称得上俄罗斯抽象主义的宣言；其意义等同于莫奈的《日出的印象》是印象主义的宣言。《黑方块》否定了造型艺术的本质性元素：物象、情节，以及从属的色彩。马列维奇也是"至上主义"的理论奠基人，在中央美术之家陈列的他的众多画作，画面上那些没有顶部与底部、失去地心引力而飘浮在空间里各种几何形体，是他对至上主义和抽象艺术个人的诠释。

比起理性化的马列维奇，我更偏爱康定斯基。康定斯基强调感情与感受。他曾谈到他最初发现"抽象艺术"的一个细节：在一个黄昏，他看到一个由许多异常美丽的斑点与色块构成的画面——其实，这只是他的一幅普通的作品歪放在那里。由于画面颠倒，作品中的物象已经没有意义，超越物象的神奇的美是抽象的。

他在自己的《回忆录》里一开始就说："最初给我以强烈印象的色彩是明快的翠绿、黑、白、酱红和土黄。这些记忆要追溯到我三岁的生活，那时我在各种各样的对象上看到了这些色彩，但如今在我的脑海里，这些物象已经不像这些色彩这样清晰了。"看得出，他在否定物象和具象的意义。

他认为艺术品的诞生应像宇宙的诞生。他在《论艺术的精神》

《浴红马》

里说:"每个时代必然产生出它特有的艺术,而且是无法重复的。"他是自觉站在艺术史的高度上,担负着建立时代艺术的使命,因而他对抽象艺术进行大胆尝试,使他的抽象主义有点"创世"的意味。他比马列维奇更直觉,更感觉,更原发,色彩更有感染力,比如《作品37#》,现在看来还像是一幅带着很强冲击力的新作。

然而,他和马列维奇的意义是都写了许多极为重要的理论著作。他们的理论奠定了抽象主义,也使他们领军于西方的现代主义。如果他们只是推出一些异常独特的作品,对自己没有理性的自觉,对时代就不会产生如此巨大的思想影响力。

二十世纪最初几年,俄罗斯先锋艺术发力,作为先锋艺术的鼓动者诗人马雅可夫斯基,过激地叫着要把普希金和托尔斯泰从现代快船上扔下去,其实历史不会过时,艺术也不存在超越,任何艺术思潮还得有天才支撑;如果没有康定斯基、马列维奇、夏加尔等天才的大师巨匠挟裹着许多惊世骇俗的作品站出来,什么潮流也站不住,有了他们谁也否定不了。为此,在索契冬奥会上,俄罗斯人向世界炫耀的,既有普希金,托尔基泰、陀思妥耶夫斯基,也有夏加尔、康定斯基和马列维奇的至上主义。

在中央美术之家里还让我注意到,前苏联在艺术上所倡导的是社会主义现实主义,强调艺术的社会功能,做政治的工具;现代主义这种反传统和主张心灵体验的艺术显然不合时宜,但令人感兴趣的是,在强大的政治压力下现代主义并未完全绝迹,在数十年苏维埃艺术中依旧时隐时现,比如展览馆中的大型红色装置艺术《工会俱乐部》,在改革开放前的中国艺术中是决不可能出现的。这表明俄罗斯的现代主义不是外来的,它的语言公众听得懂,它有自己的文化土壤,有土壤的生命就不会灭绝。因此在解体后的俄罗斯,现代主义自然而然又重返艺术的台前。这一切在中央美术之家都可以看得清清楚楚。

2014.9.19

站在悬崖上的艺术家们

——关于蓬皮杜现代艺术博物馆

我常常感到人的自身资源同大自然的资源一样，都有走向枯竭乃至终结的一天。比如当今的男子百米赛跑、标枪和跳高的成绩，差不多都到了尽头。那么人在科学与艺术上是不是也会这样？我原本以为，人的身体属于物质性的，物质总有极限；科学与艺术从属精神，精神的创造力则无边无涯。可是，一走进蓬皮杜现代艺术博物馆我就变了。整个人类已经江郎才尽！

巴黎的三座博物馆基本上构成西方的绘画史。卢浮宫是古代，奥塞博物馆是近代，蓬皮杜是现当代。比起卢浮宫和奥塞，蓬皮杜始终冷冷清清，人影寥落。当三三两两参观者，穿过这座现代艺术馆——特别是二十世纪后四十年那部分展品时，面对着挂在墙上的烂布，丢弃一般横陈在地上的生活废物，破钢琴，花玻璃，乱眨眼的霓虹灯，不知所云的怪诞的事物——我当然知道这些作品属于哪一个现代流派——可是普通的观者脸上的表情却一律木然，露出困惑与疑难。完全看不到在卢浮宫和奥塞中达·芬奇、德拉克洛瓦、莫奈、罗丹和梵·高作品前那种人气鼎盛和激情难抑的场面。难道人们的欣赏习惯从来都是偏爱古代艺术；现代艺术只是为了留给未来的人抑或外星人看？

自从人类美术的中心转移到法国,就进入了"日新月异"的时代。我知道,简单地把这缘故推给法国大革命——那种过激的反保守的革命思潮是不公平的。这因为从印象主义、后期印象主义直到抽象主义等现代主义诸家流派中,的确诞生了大批可以传之后世、光彩照人的绘画杰作。然而,从绘画史的进程看,二十世纪以来流派更迭的速度日益加快,并且愈来愈快。特别是在毕加索时代,他自己就领导着几个艺术运动。他翻手为云,覆手为雨;他既是创造者又是自我的颠覆者。人们赞赏他这种"自我否定"(或称自我革命)的精神。但无意间,绘画史进入一种以不断否定自己作为进步标志的荒诞的思维模式。人们狂喜于艺术面目的翻新,并因此一惊一乍;相信谁有本领否定现存的一切,谁就是新时代的领袖。历史好像进入一个怪圈,从此就再没有人从这荒谬的逻辑中清醒过来。反而在二十世纪的后半叶愈演愈烈。无数流派争相突起,走马灯般称雄画坛,走火入魔地标新立异,然后便把这一切留在蓬皮杜了。

在蓬皮杜现代艺术博物馆中,给我最强烈的印象是"当代"部分。自从杜襄把卫生间的坐桶搬进博物馆而惊动一时之后,艺术家们已经耐不住性子坐在画架前一笔笔地去画。他们先琢磨出一个"前所未有"和"惊世骇俗"的想法,然后动手去把一些从来没有出现在博物馆里的事物搬进来,就算成功了大半;其余的就交给媒体炒作和评论家们去阐释。比如椅子、烂白菜、垃圾袋、汽车残件、防毒面具、不成形的乱铁条、棉花等。尽管从波普艺术、布面绘画、硬边艺术、新现实主义到极简主义、欧普艺术、动力艺术,都有它们出现的合理性,有时代背景的效应,而且它们也有对抗工业化、主张回归自然、倡导平民化等一些"思想",但它们大都是概念化的,它们的工作只是解释这些概念而已。它们在"艺术"上所凭借的不是创造性的艺术生命,最多只是一些创造性的形式,来张扬他们的革命主张罢了。他们的主张就是反对表现主义的情绪化和个性化,反对艺术中形象的意义,一句话——反绘画和反艺术。它们是靠造反起家的。

当这一历史思潮成为主流之后,艺术中概念的位置越加重要。最典型的例子便是杜襄举办的一个展览,题目为"空",所有展室的四壁皆空,一无所有。

艺术不存在了,只剩下他这个"超人"的概念。

在蓬皮杜中,还可以看克莱因的《蓝色裸女》。五个裸女浑身涂满蓝色,趴在白色的画布上一压,便是这幅波普艺术的名作。评论界称赞他:"不用表现主义和写实主义的腔调叙事,而是毫无个性地把主题呈现出来。"他的成功的诀窍无非是一种"史无前例"而已。而另一件作品则是最低限主义艺术家安德烈的《六十四块铜板》。他将模拟黑色方形铺地的石材的铜板铺在展厅中央的一块地上,作品随即完成。这件作品最能显示大名鼎鼎的安德烈"艺术像自然一样存在"的主张。

如果没有人解释或说明,谁能猜想出艺术家的意图?艺术成了捉弄人的迷宫,欣赏变为猜谜;艺术家是从概念到作品,欣赏者则要从作品寻找概念。前者很容易,只要突发奇想便能完成;后者却很难,他们无法破译艺术家们这种荒诞的天书。现代派是不断自我颠覆的圈子内的历史,观众始终被拒绝在圈外不理不睬。应该说,现代派艺术运动是艺术家与观众相互漠视的运动。故而在蓬皮杜中能够使人感兴趣的只是两个用深蓝色毯子蒙头裹身的"人",躺在地上睡觉;作者在"人"的身体内安装了机器装置,两个假人一呼一吸,仿佛是真的。它们挺有趣!我没有去看墙壁标签上作者的名字。我知道这是波普艺术家玩的把戏。不管批评家把它说得多么重要,在普通观者的眼中,它不过是一个成人的玩具。

一同去参观的朋友问我,这作品究竟想表现什么。我说,他们是反对表现的。我的朋友说得很好——他们实际上又是在强烈地表现自己。

现代社会的浮躁与嘈杂,使得艺术家不能长久在画室中甘守寂寞。媒体霸权迫使他们抛头露面和张扬自己。故而越来越多的艺术家,失去了古典大师们那种永恒的理想与完美的追求。他们太想一鸣惊人,而最能引起注目的方式不外乎颠覆现存的艺术,可是用艺术本身很难改变一个时代,除非你是罗丹或梵·高。最直接有效的方式,就是用一种主张或一种概念,加上一种行为。因为只有用概念才能一下子把别人推翻。所以,现代主义的艺术家越来越少动手去画。这一来,观念艺术、装置艺术和行为艺术就更加盛行。

1999年,巴黎市政府为迎接新世纪的来临,邀请世界五十位雕塑家把作品陈列在香榭丽舍大街两边的边道上。作品中大多为装置艺术。比如一个巨大的三层楼高的大铁网筐内,堆积着各种垃圾,小到易拉罐,大及废汽车;再如八辆陈旧的老式手推车围成一圈,有的车内放的全是破餐具,有的都是废护照,有的一律是婴儿使用的奶嘴。诸如此类,大多象征着"世纪末的颓废与失落",既浅露又概念化,这因为装置艺术本来就是概念化的产物。

站在香榭丽舍大街上,我毫不为其所动,见若未见,却只感到一种人类智慧与才能的尽头感。到底是一百年来人类缺之那种照耀古今的大师,还是自己把自己引入了歧途?

在当今,现代主义这条道路上已经挤满了庸才,蝇营狗苟的名利之徒,一夜成名的梦想者。在巴黎,我听说那几天有两位中国的"行为艺术家"在伦敦街头表演吃屎。前边一位蹲着拉屎,后边一位趴下来吃,据说这空前的行动还上了电视。奥地利激浪派艺术家布鲁斯在1967年就表演过当众拉屎,已被视为极端。而这次吃屎则是又一"新创造"。但他除了给"好事的"媒体提供一点花边之外,决不会载入艺术史册的。

蓬皮杜现代艺术博物馆的建筑本身就是现代主义的产物。这座建筑将所有埋在内部的各种管线一律暴露在外,体现了建筑师赋予它的一种"逆反"的意义,以及暴露欲。建筑落成,惊动世人,因此成为巴黎一景。如今它早被近二十年形形色色的现代建筑所埋没,而暴露在外的管道,容易锈蚀损坏,很难维修。不但少了欣赏价值,反而成了管理上的负担。这建筑本身,不也象征着它内部陈列的许多作品的命运吗?它们最终的意义不过是证实自身的历史,给人们留下的印象却是一种历史的荒谬与疯狂。

然而,人类的艺术史决不会在现代主义一条道上走到黑,除非人类宣布自己已经退化。那么,什么时候转过身来——站在悬崖上的艺术家们!

2001.8

在大阪市立美术馆内的断想

一、何故又重逢？

一阵急雨把我逼进大阪市立美术馆内，来不及看看这座因庋藏中国古代艺术品而驰名于世的美术馆的外貌。但一晃之间，隔过飘飞的丝丝雨幕，看见"日本·中国的美术常设展"的展牌，就足以使我激动了。

春天里，我为《三寸金莲》英译本的出版，在美国一些大学演讲。途经堪萨斯州时，听说那里的美术馆也因收藏中国文物甚富而闻名美洲。前去买了票进门一看，大脑里出现一个巨大的惊叹号。且不说展出的中国历代名画上溯到南宋的夏圭，单说新石器时代的彩陶和北魏的石造像，数量之浩大，品质之精美，在国内各大博物馆也从未见过！我在那间展示北魏造像宽阔的展厅里，徘徊于凿刻在巨石上种种神情怪异的佛像之间，一双双眯缝而莫解的双眼透过漫长的历史烟尘静静地望着我，使我脑袋里除去那个惊叹号还装满神奇的想象，这感受至今难忘。整个看展览期间我只情不自禁反反复复说一句："妈的，美国佬！"

当我听说大阪市立美术馆的中国文物一样的庞大精美，便由京都急匆匆赶来。转天我就要途经大阪新开张的关西机场回国了。

我不想重复描述脑袋里再度出现惊叹号时的感受——老实说,这感受还有些不好受。我只想说,许多原以为藏在国内的中国名画,竟在这里出现!比如唐代王维的《伏生授经图》、五代李成的《读碑窠石图》、宋代燕文贵的《江山楼阁图》、元代郑思肖的《墨兰图》、龚开的《骏马图》和钱选的《斗茶图》。这些画常常出现于国内书刊上,谁知它们竟客寓大阪?

李成的《读碑窠石图》曾于四十年代刊载在《故宫周刊》上,肯定原为故宫所藏,何时何故东渡扶桑的?

李成是唐宋之间承先启后的一代巨匠,被后世奉为"百代楷模"。他所创造的云头窠石和蟹爪树,瘦硬清冷,其境寒远,宋代的大画家郭熙、王诜、许道宁等都是他的传承者。《读碑窠石图》应属他的典型之作。李成为人个性极强,珍视自己的作品,拒绝显贵们的索求,所以传世的画作非常少。宋代米芾说他见到的三百件李成的作品,只有两件真迹,余皆伪品。画史上甚至还有一种"无李论"的说法,认为历史并无此人。由宋至今,时近千载,大阪市立美术馆所拥有的《读碑窠石图》已是绝无仅有的李成的画作,堪为中国的国宝了。

另一幅《墨兰图》的作者郑思肖是宋末元初的遗民画家。他因忠诚国家,拒绝与元朝合作,为历代文人景仰。他曾有诗云:"纵使圣明过尧舜,毕竟不是真父母。千语万语只一语,还我大宋旧疆土!"其悲壮之情颇为感人。他的画也多做此隐喻。他善画兰,历来传说有二,一说他画兰故意露根在外,以示国土沦丧,无根可扎;二说他根本不画根,暗喻自己在元朝土地上无根可生。这幅

《墨兰图》是"无根兰"之说的铁证。此画作于元代大德丙午年(公元1306年),此时宋朝亡后已然三十余年,可见他故国之情,依恋犹长。这样的中国名画中的罕世精华,又是何时何故,经何人之手而流落此地的呢?

据说大阪市立美术馆所藏中国书画,主要来自收藏家阿部房次郎。这位阿部房次郎是东洋纺织株式会社的社长,对中国的艺术酷爱近痴。他请来的内藤湖南和长展雨山二位中国书画的鉴赏家做顾问,帮助他辨识真伪,摘取精华。搏集的中国历代书画杰作达一百六十幅。我查过阿部房次郎的生卒——他生于1868年,卒于1937年。那么他的收藏品肯定不是来源于日本侵华时掠去的文物,而多是在本世纪初收集的。辛亥革命前后,中国社会长期混乱,文物精华不被国人珍视而四处流散。海外的一些有识者乘机弄去,美国及欧洲各处博物馆所拥有的中国文物,大多得益于这一时期,使我惊讶的倒是数量如此巨大,品质如此精湛!怎样一车车载运又一船船航运,搬到他们各自的家中?

一尊东魏的交脚菩萨像正面对着我,曲眉弯目,似含讥笑,嘲讽我这炎黄后人不爱家珍,致使他流落异乡……我们还不该做些反省么?

中国历史数千年,文化艺术光辉灿烂,举世皆知。然而在破坏自己文化方面,我们不也是"头一流"的吗?缘故何在?在于我们既有文化,亦无文化。有文化,是指五千年的创造与积淀;无文化,是指很少文化意识。对自己身边的文化视而不见,任其损坏和消亡!请问每个国人家中有多少五千年文化的影子?我们多像一个家道败落的贵族后裔,房子成了空壳,徒具一个豪门气派,还在自豪,自恋,自我陶醉,而真正具有价值的文化却在自生自灭。苛刻地说，这是中国文化史的一个侧面。倒是西方人和日本人更有文化意识。在中国人无视自己的文化之时，中国文化被他们搜珍猎奇搬走了，而且当作伟大的东方文明的见证物，恭恭敬敬陈放在博物馆中，并精心保护。我看着，心情极复杂，自怨、妒嫉、气愤，也为这些文化珍品的幸存感到庆幸。如果这些宝物一直在国内，可能早被革命的大扫帚扫进"历史的垃圾箱"了。我将我这矛盾心情告诉一位朋友。这位朋友笑道：

"中国的文物放在哪里也是中国的。再说，人类的文化应该属于全人类。"

我听了觉得有理。刚要点头，却又想到，我们永远这样阿Q式地自寻安慰吗？

二、泾渭何时才分明？

身在大阪市立美术馆内，面对中国与日本的古代艺术，那感觉好似站在没有界标的国境线上，不知哪是哪国。一样的草木、土石和溪流，何以区分？

如果把展品中日本平安后期的《神护寺经》与中国南宋吴说的《伏生授经图跋文》并放一起，把日本奈良时代的铜像立佛与中国隋朝开皇六年的石雕佛像并放一起，把日本江户时期久隅寺的内景与中国明代徐渭笔下的水墨坡石并放一起，它们何其相似！如果再看看那些陶器与漆器，不是专家一定会混淆。由此可以看出古代日本曾经怎样生吞活剥中华文化，同时不能不敬佩他们模仿到如此"神似"的能力。这种模仿力显示了一种崇拜，一种虔敬，一种认真又执意的学习精神。

在大阪市立美术馆内的断想

单就佛教艺术而言,中国虽自东汉即已传入,勃兴时代却是魏晋南北朝时期,大规模制造佛像。然而中国早期(主要指北魏)的造像带有本土的道教的意味,而且由于人们对异教传来的佛教充满神秘感,佛像面孔多是窄脸细目,长脖瘦身,表情冷峻而奇异。在形式上也没有褪尽外来色彩,衣纹叠折稠密,俗称"排线",为印度的犍陀罗式和笈多式。但这时日本尚未大举学习中国佛教,来自北魏的影响就很小。直到飞鸟时代,日本举国信奉佛教,中国已是唐朝。唐朝是中国的盛世,社会生活具有极大魅力,佛像的造型便趋向世俗化。衣纹采用写实手法,与现代生活中人的服装没有区别了。特别是佛像的表情也俗人化,喜怒哀乐,一如真人。当时日本不断派遣工匠艺人入唐学习造像;鉴真渡海赴日,不仅带去大量佛像,随行弟子也有造像高手,故日本佛像多是唐代风格。难怪中国人常常会把日本佛像错当作华夏古物。只是日本少石多木,佛像极少石雕,除去铜铸,多为木刻。

日本的传统绘画(也称日本画)受到中国更深的影响。一样的工具,纸笔墨砚,包括绢素与颜料;一样的装裱样式,无论条幅手卷,还是通景;一样的格式,以至题跋与印鉴;一样的题材分类,比如花鸟、山水、佛像与人物仕女;更重要的是一样的用笔、用墨、构图、透视乃至情趣。日本画一直没走出中国画的圈子。

但是,我在大阪市立美术馆内分开陈列的中国与日本的艺术之间,反反复复进行比较。开始时觉得日本艺术只是中国的仿制品,进而感到日本好似中国艺术的一种不舒服的变种。待我撇开"中国人的视角",从日本的民族精神加以认识,渐渐发现中日艺术貌合神离,全然是两种不同的艺术和文化。这一认识过程给我一种发现的快感。

这里所藏日本名画以室町、桃山和江户时代为多,相当于中国的明清时代。

中国明代的画坛为两大潮流所覆盖。一是承继宋代遗风的院体绘画,忠实于现实物象,讲求功力、严谨的写实风格,这一潮流不仅拥有戴进、吴小仙、张平山、吕纪等名家,居于画坛首席的"明四家"中的仇英与唐寅,也是这一潮流的中坚。另一潮流是文人画,强调个性抒发,不拘形似,讲究笔情墨趣,多为写意画法,代表人物则是沈周、文征明、董其昌等大师巨匠。这两股潮流到了明末清初,前一股平歇下来,后一股弥漫中华画坛,几乎一律是一任性情的水墨。在大阪市立美术馆中国绘画展室中,这一历史过程被展现得异常鲜明。明清大家们都有作品被网罗到这里,而且都是一流之作。林良和吕纪花鸟的"大气象",董其昌和陈继儒的温文尔雅,高凤瀚和李鳝的清新快意……使我在异国沐浴到一次中华文化迷人的春雨秋光。

有趣的是,日本画在这一时代亦是如此。一方面是一如明代院体画严谨精整的画风,一方面也是抒发心头灵性与笔墨情趣的文人画。但沉下心往里一瞧,分明是地道的日本货了。

比如桃山时代狩野宗秀(公元1551—1601年)的《四季花鸟图》,是画在泥金屏风上通景形式的工笔重彩花鸟画。方法和技法无疑都是从中国院体画那里直接搬过来的,但水边的竹笆——这种生活内容却是日本的。此外画中用来表达秋意的红叶,也是日本人所钟爱的秋之象征。倘若再看惟杏赞的《丰臣秀吉像》、葛饰北斋的《退潮捕鱼图》、矶田湖龙斋的《美人图》这些描绘日本人生活的图画,谁能说是中国画?中国人用油画技术描写中国生活的作品能称作西洋画吗?

更鲜明的日本画,应该是那些不单表现日本生活而更注重表达日本精神的绘画。

突出之作是室町时代佛后柏原卿内侍画的《新藏人物语绘卷》和江户时代白隐的精品《过桥图》。这两幅都是水墨写意画,用笔洒脱,墨色明快,题款用日文,而且已经不依照中国画题跋的格式了,造型全部融入天真烂漫的意味。日本人崇尚自然,即大自然的和谐与天成。尤其《过桥图》,是幅禅图。几个僧侣在过山谷绝壁间的独木桥,寥寥数笔,人物俯仰坐卧,任自然,好似枝上的鸟儿或线谱上的音符,轻快生动,险境无险,意味无穷。且不多谈画中的禅意,单从笔墨形式上看,日本人已经摆脱开来自中国的格式,用笔用墨不讲求功力,更注重天趣与自然。日本的书法也是如此。这种把自然作为最高的审美追求和审美境界,已是不折不扣的日本的艺术了。

我听到过一些中国书画家指责日本书画"没有线条"和"不讲笔墨",显然他们错把日本画当作中国画来要求,完全不懂日本人自己的艺术精神。这是一种根由于无知的误解。

一旦我们看出日本人的自然观与艺术观,中日艺术便如同泾渭一样清晰地分开。一条载着灿烂的阳光,一条披着银样的月光,走向各自的理想国。我刚刚走进大阪市立美术馆,面对日本与中国的艺术,好似站在河流的交汇处,一样的光和影,一样的波腾浪滚,混沌不清,心头迷茫。现在——好了,大河分流,分道扬镳,窅然远去了。

1994.6

吉美博物馆里的西域神女

吉美博物馆对我有一种特殊吸引力,那是因为在中国尚没有自我的文化保护的年代,这个博物馆就开始动手大规模收藏中国的古文物了。最令我关注的是,从十九世纪末到二十世纪初西方探险家在新疆丝路遗址与甘肃莫高窟一带的考古发掘之所获,尤其是伯希和由敦煌搬到法国的佛教艺术品,大部分放在这里,我想看明白究竟都有什么。

我知道1900年8月——这位年轻、博学又干练的法国汉学家钻进敦煌藏经洞,将堆满在这神秘的洞窟里的唐宋遗书彻底翻阅一遍,从中挑选出经卷遗书六千余卷和唐宋绘画二百多轴,拿回到法国后分别放在法国国家图书馆和吉美博物馆里。为了抢救这批无比珍贵的历史文献我国那一代的学者跑到法国用极其艰苦的手抄方式,将这些遗书"备份"回来,这是中国文化史上第一次真正意义上的"文化抢救"。然而那一批学者全是文字学者,对伯希和与斯坦因从丝路到敦煌搞到手的艺术品所知寥寥。

等到1941年后通晓艺术的张大千、常书鸿等参与了敦煌的抢救,重点放在国内,主要是放在敦煌石窟里边,对于已经搬到海外的中古遗存,从未有人做过全面又科学的了解、统计与研究。法国和英国的学者们倒是出版了一些相关的研究成果。

吉美博物馆里的西域神女

前两次来巴黎时,不巧都赶上吉美博物馆内部维修。当我得知这次博物馆正常开门,便迎门进去。使我震惊的是吉美关于中国古物的收藏不亚于卢浮宫和大英博物馆,单说石造像,从北魏北齐到宋元非但代不空缺;而且中国所有名山名窟的造像都应有尽有,如天龙山、巩县、云冈、龙门、麦积山、大足等等。一尊近两米高青石雕造的盛唐的《天王立像》在国内绝见不到。而伯希和从丝路与敦煌搬来的绢画与雕塑更是超一流的历史杰作。特别是那些由新疆龟兹石窟揭取的壁画,以及在塔克拉玛干沙漠周边丝路发掘的雕塑,应是我们古代雕塑收藏与研究的空白。

从雕塑史上说,佛教造像是首要的题材与内容。由印度经丝路进入我国中土的佛教造像,经历了外来文化一步步中国化的过程,鲜明地体现了中华文化的包容性与同化力。印度佛教本无偶像,佛教造像源自亚历山大东征时滞留在印度的擅长雕塑的希腊人。最早的佛像具有鲜明的希腊特征。随后是希腊艺术的印度化。一种外来文化如能在本地立足和生根,一定要被本地的文化同化。在佛教东渐的过程中也是这样,它由新疆通过丝路进入中原,不断被当地文化融化,文化只有被融化才被吸收。这过程出现三种样式。先是被新疆本土文化融化形成的西域模式,进而是在进入阳关后被西北各少数民族本土文化与来自中原的文化"夹击"下形成的敦煌样式,再者便是进入中原后被彻底汉化的中原样式。龟兹石窟是西域样式的代表,莫高窟是敦煌样式的代表,龙门石窟是中原文化的代表。我们对敦煌样式和中原样式的造像雕塑研究较为充分,但对西域模式基本没有研究,因为大批经典性实物都被搬到海外。比如吉美博物馆所藏一尊神女的头像,造型之美不亚于维纳斯。宁静清雅的面孔中带着新疆一些民族特有的气质与神韵;佛天的纯净使其超凡绝俗,美到极致。但这些雕塑在我国不仅从无人研究,国人也从未见过。我为她惊叹!称她为——

西域神女

这批伯希和搬到吉美博物馆的西域雕塑,与另一批斯坦因搬到大英博物馆的西域雕塑,是我们敦煌学界研究视野之外的空白。一百年来,为什么没有一位学者跑到西方进行研究?是缺少经费还是学术眼光抑或文化情怀?当年刘半农、姜亮夫千里迢迢跑到西方博物馆以面包充饥来抄写流失的敦煌遗书,但今天我们的学界连一册藏于海外的西域雕塑的目录都没有。我们的学术精神与文化精神难道不是在退化吗?

站在吉美博物馆里,隔着玻璃面对着这些搬不回去的中华瑰宝,我真是惭愧万分。我们真是愧对历史,有负我们的文化。

2013.3.23

搬回敦煌

今天中午要去莫斯科,行前一定要抓住上午仅有的两个小时,再跑一趟冬宫艾尔米塔什,去把鄂登堡从敦煌搬来的那批东西清清楚楚地拍照下来,"搬"回去。此刻,我忽然想到上世纪初中国的知识分子得知伯希和、斯坦因从敦煌藏经洞将上万卷无比珍贵的文书经卷搬到了英法,便纷纷去到大英博物馆和法国国立图书馆去把那些文献一字一句地抄写回去。这是中国文化史上第一次自觉的文化保护。然而,此中有一个空白与欠缺很长时间一直没被关注到。

无论是英法俄,还是日本人美国人,从新疆和敦煌搬走的中古文化遗存决不仅仅是文字性的文献,还有大批佛教题材的绘画与雕塑,其珍贵性不亚于敦煌文书。由南北朝到唐代,中国绘画正是崛起时期,现存遗存十分稀少。各大博物馆的收藏寥寥可数。这批失落在我国西北地区、过去从无人知晓的佛教题材的艺术遗存的价值就可想而知了。

可是最早跑到海外抢救敦煌遗存的都是从事文字的学者,如向达、罗振玉、刘半农、王重民、姜亮夫、王庆菽、于道泉等等,他们对被弄到海外的绘画和雕塑的价值并不大清楚,抢救的重点都放在敦煌文书上。及至二十世纪四十年代画家们如张大千、常书鸿等投入敦煌的抢救时,无疑要把孤立在大漠中岌岌可危的莫高窟、榆林窟的壁画与雕塑作为首选,于是这些被"劫持"到海外的艺术珍品,除去极少数西方学者做过初步的研究,或整理出版,多数还被幽禁在海外各博物馆的仓库里。我们的史学界(美术史)居然对这宗巨大的遗产淡漠置之。

直到本世纪在上海古籍出版社工作的学者府宪展才看到这批遗存的珍贵,他利用从事出版编辑工作之便,将这些视觉类的敦煌遗存整理出版。可惜那两卷本极为珍贵的《俄藏敦煌文献》并没引起任何关注。可能这是我们这一代的"学人",已经没有王国维、陈寅恪那一代人的文化情怀了。

这些年我跑遍大英博物馆、巴黎吉美博物馆到德国印度博物馆,每次见到了这些渴望已久的实物,都令我激动不已,一时找不到好的办法把它们整理下来。它们太美太精太多,为什么这么多这么好的遗产都叫人家搬走而我们却束手无措?

真想不到,艾尔米塔什博物馆展示出来的这方面收藏似乎更多,精品也多,比上海古籍的那两卷图集还多。特别是西域(新疆)的那部分尤为重要。我一直以为佛教造像自印度传入中国,与本土文化融合后,呈现两条路线,四种范式。一条进入西藏,与藏文化融合后,出现吐蕃(西藏)范式;另一条路线出现三种范式,依次为西域(新疆)范式,敦煌范式,中原范式。对于敦煌范式我做过研究,并写了《敦煌艺术的样式》,发表在《文汇报》上;西域范式很独特,鲜明,自成体系,也很迷人。我一直关注着,并努力收集材料准备着手研究。

于是我想好,先用相机把它们拍下来,再拿回去研究。幸运的是艾尔米塔什可以拍照,但不能使用三脚架,我必须把相机端稳,尽可能使图像清晰，我还要把每件展品的说明牌的文字拍下来，别小看这说明文文字不同，这恰恰是他们的研究成果——定名、断代、标明尺寸、交代出土地点，很重要。

这次时间短，工作必须有序，按计划进行。从第一展室的起始往里走，才发现展览内容分为三部分。一是科兹洛夫在著名的黑水城发现的西夏艺术，二是别列佐夫斯基在和田的古文化发掘，第三部分是鄂登堡搬来的敦煌，上次只看了敦煌部分。这次西夏部分给我新的惊喜。西夏艺术的水平好像被这数个人厅陈列的人量精美的绢画与雕塑大大拔高了。两幅《菩萨》使我联想到榆林三窟的《普贤变》与《文殊变》，流畅遒劲的铁线，应是表现宋画高超的线描水准的一件标本式的作品。

使我更兴奋的是看到科兹洛夫在黑水城挖出的金代年画《随朝窈窕呈倾国之芳容》等三幅中的一幅——《增福财神》的原件，线版之纯熟，衣纹之流畅，结构之精美，无以言表，我做了十多年年画抢救工作，头一次面对面见到年画史上的鼻祖，简直是一种美妙的享受！

还有——是看到几块印画的木版，一块佛立像的木版很完整。我国作为雕版印刷发明的古国，这大概是现存最早的印画的雕版了。我没从国内任何书籍中见过，却在这里"发现"到实物。

鄂登堡是圣彼得堡国立大学东方系教授，他到新疆和敦煌考察受到国家资助。这里展出的鄂登堡1914年在敦煌的考察笔记和所绘的敦煌石窟分布图，在分布图上对石窟进行编号，早期对石窟编号的中外学者是五位：伯希和（法）、斯坦因（英）、鄂登堡（俄）、张大千和常书鸿，从中看得出他们的田野方法与治学的严谨。他的团队有一位画家兼摄影师杜京，负责以摄影与绘画语言直接地记录考察对象。这里陈列的几幅杜京描绘的敦煌的绘画，色彩精准，形态也把握得极好，表现出画家高超的技巧。有一个历史事实需要说出来，过去有人说：鄂登堡在敦煌是从纯学者的角度考察，不会动敦煌的一砖一瓦，有些物质性发现也都是从洞窟里捡到的，不会去揭墙上的壁画，但我看几幅大型的唐代壁画发现，都有清晰的横平竖直的直线切割的痕迹，明显说明是从敦煌洞窟里切割下来的，这只能说是一种不光彩的对其他弱势民族文化遗产的劫持行为。而且，鄂登堡所搬回的敦煌的雕像水平之高之多，毫不逊色于伯希和与斯坦因。

我充分利用两个小时的时间进行快速拍摄，但也无法把展厅里的一切用镜头尽数记录下来，只能选择最有价值的。我相信，我们把一些遗失一个多世纪宝贵的文化信息带回去了。我很高兴，我们所做的事、所心怀的文化情感，和一百年前那一代知识分子是一样的。我们愿意承续那一代先贤手中文化的圣火。

2014.9.14

艺术:上帝做过的事

你出外旅行,在某个僻远的小镇住进一家小店,赶上天阴落雨,这该死的连绵的雨把你闷在屋里。你拉开提包锁链,呀,糟糕之极!竟然把该带在身边的一本书忘在家中——这是每一个出外的人经常会碰到的遗憾。你怎么办?身在他乡,陌生无友,手中无书,面对雨窗孤坐,那是何等滋味?我嘛,嘿,我自有我的办法!

道出这办法之前,先要说这办法的由来。

我家在"文革"初被洗劫一空。藏书千余,听凭革命造反派们撕之毁之,付之一炬。抄家过后,收拾破破烂烂的家具杂物时,把残书和哪怕是零零散散的书页都万分珍惜地敛起来,整理、缝钉,破口处全用玻璃纸粘好;完整者寥寥,残篇散页却有一大包袱。逢到苦闷寂寞之时,便拿出来读。读书如听音乐,一进入即换一番天地。时入蛮荒远古,时入异国异俗,时入霞光夕照,时入人间百味。一时间,自身的烦扰困顿乃至四周的破门败墙全都化为乌有,书中世界与心中世界融为一体——人物的苦恼赶走自己的苦恼,故事的紧张替代现实的紧张,即便忧伤郁悒之情也换了一种。艺术把一切都审美化,丑也是一种美,在艺术中审丑也是审美,也是享受。

但是,我从未把书当作伴我消度时光的闲友,而把它们认定是充实和加深我的真正伙伴。你读书,尤其是那些名著,就是和人类历史上最杰出的先贤智者相交！这些先贤智者著书或是为了寻求别人理解,或是为了探求人生的途径与处世的真理。不论他们的箴言沟通于你的人生经验,他们聪慧的感受触发你的悟性,还是他们天才的思想顿时把你蒙昧混沌的头颅透彻照亮——你的脑袋仿佛忽然变成一只通电发亮的灯——他们不是你最宝贵的精神朋友吗?

半本《约翰·克利斯朵夫》几乎叫我看烂,散页的中外诗词全都烂熟于我心中。然而,读这些无头无尾的残书倒别有一种体味,就像面对残断胳膊的维纳斯时,你不知不觉会用你自己最美的想象去安装它。书中某一个人物的命运由于缺篇少章不知后果,我并不觉得别扭,反而用自己的想象去发展它,完成它。我按照自己的意志为它们设想出必然的命运变化和结局。我感到自己就像命运之神那样安排着一个个生命有意味的命运历程。当时,我的命运被别人掌握,我却掌握着另一些"人物"的命运;前者痛苦,后者幸福。

往往我给一个人物设计出几种结局。小说中人物的结局才是人物的完成。当然我不知道这些人物在原书中的结局是什么,我就把自己这些续篇分别讲给不同朋友听。凡是某一种结局感动了朋友,我就认定原作一定是这样,好像我这才是真本,听故事的朋友们自然也就深信不疑。

"文革"后,书都重新出版了。常有朋友对我说:"你讲的那本书最近我读了,那人物根本没死,结尾也不是你讲的那样……"他们来找我算账;不过也有的朋友望着我笑而不答的脸说:"不过,你那样结束也不错……"

当初,续编这些残书未了的故事,我干得挺来劲儿,因为在续编中,我不知不觉使用了自己的人生经验,调动出我生活中最生动、独特和珍贵的细节,发挥了我的艺术想象。而享受自己的想象才是最醉心的,这是艺术创造者们所独有的一种感受。后来,又是不知不觉,我脱开别人的故事轨道,自己奔跑起来。世界上最可爱的是纸,偏偏纸多得无穷无尽,它们是文学挥洒的无边无际的天地。我开始把一张张洁白无瑕的纸铺在桌上,写下心中藏不住的、唯我独有的故事。

写书比读书幸福得多了。

读书是欣赏别人,写书是挖掘自己;读书是接受别人的沐浴,写作是一种自我净化。一个人的两只眼用来看别人,但还需要一只眼对向自己,时常审视深藏自身中的灵魂,在你挑剔世界的同时还要同样地挑剔自己。写作能使你愈来愈公正、愈严格、愈开阔、愈善良。你受益于文学首先是这样的自我更新和灵魂再造,否则你从哪里获得文学所必需的真诚?

读书是享用别人的创造成果,写书是自己创造出来供给他人享用。文学的本质是从无到有;文学毫不宽容地排斥仿造,人物、题材、形式、方法,哪怕别人甚至自己使用过的一个巧妙的比喻也不容在你笔下再次出现。当他所有的细胞都是新生的,才能说你创造了一个新生命。于是你为这世界提供一个有认识价值、并充满魅力的新人物,他不曾在人间真正活过一天,却有名有姓有血有肉,并在许许多多读者心底深刻并形象地存在着;一些人从他身上发现身边的人,一些人从他个性中发现自己;人们从中印证自己,反省过失,寻求教训,发现生存价值和生活真谛……还有,世界上一切事物在你的创作中,都带着光泽、带着声音、带着生命的气息和你的情感而再现,而这所有一切又都是在你两三尺小小书桌上诞生的,写书是多么令人迷醉的事情啊!

在那无书的日子里,我是被迫却又心甘情愿地走到这条道路上去的,这便是写书。

无书而写书。失而复得,生活总是叫你失掉的少,获得的多。

嘿嘿,这就是我要说的了——

每当旅行在外,手边无书,我就找几块纸铺展在桌。哪怕一连下上它半个月的雨,我照旧充满活力、眼光发亮、有声有色地待在屋中。我可不是拿写书当作一种消遣。我在做上帝做过的事:创造生命。

1989.12.30

关于艺术家

人类艺术史的进程中,两次迈出巨人的脚步:一次是从自发的艺术到自觉的艺术,一次是从自觉的艺术到艺术的自觉,后一次的缘故是艺术家的出现。自此,艺术就变得无比艰难。

艺术家的工作是把艺术个性化。创造的含义就变为独创。艺术中没有超越,只有区别,成功者都是在千差万别中显露自己。艺术家的个性魅力成了他艺术的灵魂。于是,平庸与浅薄被视为垃圾,因袭模仿被看作偷窃,都是艺术的淘汰物。但是如何把个性魅力变成个性艺术?艺术家们各有各的秘密。

凭仗着他们的努力,创造一个世界。这世界不是现实世界的复制。智慧到处发光,才华到处流溢;所有颜色都是语言,所有声音都有灵性,所有空间都充满想象。这世界的一切,都是由无到有,每个人物都是虚构而成,还要同活人一样有血有肉有性格有心灵,可是这些人物的生命却从不依循活人的生死常规;不成功的人物生来就死,成功的人物却能永恒。有时,他们在书中戏中电影中死去,但在每一次艺术欣赏中重新再活一次,艺术有它神秘的规律。由于艺术的本质是生命,它一如人的生命本身,是个古老又永远不解的谜。

艺术家生存在自己的艺术中,艺术一旦完结,艺术家虽生犹死。长命的办法唯有不断区别别人,也区别自己。这苛刻的法则便逼迫艺术家必须倾注全部身心,宁肯在人间死掉,也要在艺术中永生。难怪他们在现实生活中七颠八倒,在虚构的世界里却不会弄错任何一根纤细的神经。反常的人创造正常的人物。人们往往能宽恕艺术中的人物,并不能宽恕生活中的艺术家。他们照旧默默吃苦受罪,把用心血煅造出的金银绯紫贡献给陌生的人们。一旦失败,有如死去,无人理睬;一旦成功,自己却来不及享受。因为只要不再超越这成功,同样意味着告终。

但真正的艺术又常常不被理解。在明天认可之前,今天受尽嘲笑;成功不一定在它的诞生之日。不被理解的艺术与失败的艺术,同样受冷落,一样的境遇,一样的感觉。艺术家最大的敌人是寂寞,伴随艺术家一生的是忽冷忽热的观众、读者和一种深刻的孤独。

这便是我心中的艺术家,天生的苦行僧,拿生命祭奠美的圣徒,一群常人眼中的疯子、傻子或上帝。但如果没有他们,人类的才智便沉没于平庸,生活化为一片枯索的沙漠,好比没山,地球只是一个光秃秃暗淡的球体。

1987.11.7 于天津

永恒的震撼

这是一部非常的画集。在它出版之前,除去画家的几位至爱亲朋,极少人见过这些画作;但它一经问世,我深信无论何人,只要瞧上一眼,都会即刻被这浩荡的才情、酷烈的气息,以及水墨的狂涛激浪卷入其中!

更为非常的是,不管现在这些画作怎样震撼世人,画家本人却不会得知——不久前,这位才华横溢并尚且年轻的画家李伯安,在他寂寞终生的艺术之道上走到尽头,了无声息地离开了人间。

他是累死在画前的!但去世后,亦无消息,因为他太无名气。在当今这个信息时代,竟然给一位天才留下如此巨大的空白,这是对自诩为神通广大的媒体的一种讽刺,还是表明媒体的无能与浅薄?

我却亲眼看到他在世时的冷落与寂寥——

1995年我因参加一项文学活动而奔赴中州。最初几天,我被一种错觉搞得很是迷惘;总觉得这块历史中心早已迁徙而去的土地,文化气息异常地荒芜与沉滞。因而,当画家乙丙说要给我介绍一位"非凡的人物"时,我并不以为然。

初见李伯安,他可完全不像那种矮壮敦实的河南人。他拿着一叠放大的画作照片站在那里:清瘦,白皙,谦和,平静,决没有京城一带年轻艺术家那么咄咄逼人和看上去莫测高深。可是他一打开画作,忽如一阵电闪雷鸣,夹风卷雨,带着巨大的轰响,瞬息间就把我整个身子和全部心灵占有了。我看画从来十分苛刻和挑剔,然而此刻却只有被征服、被震撼、被惊呆的感觉。这种感觉真是无法描述。更无法与眼前这位羸弱的书生般的画家李伯安连在一起。但我很清楚,我遇到一位罕世和绝代的画家!

这画作便是他当时正投入其中的巨制《走出巴颜喀拉》。他已经画了数年,他说他还要再画数年。单是这种"十年磨一画"的方式,在当下这个急功近利的时代已是不可思议。他叫我想起了中世纪的清教徒,还有那位面壁十年的达摩。然而在挤满了名人的画坛上,李伯安还是个"无名之辈"。

我激动地对他说,等到你这幅画完成,我们帮你在中国美术馆办展览庆祝,让天下人见识见识你李伯安。至今我清楚地记得他脸上出现一种带着腼腆的感激之情——这感激叫我承受不起。应该接受感激的只有画家本人。何况我还丝毫无助于他。

自此我等了他三年。由乙丙那里我得知他画得很苦。然而艺术一如炼丹;我从这"苦"中感觉到那幅巨作肯定被锻造得日益精纯。同时,我也更牢记自己慨然做过的承诺——让天下人见识见识李伯安。我明白,报偿一位真正的艺术家的不是金山银山,而是更多的知音。

在这三年,一种莫解的感觉始终保存在我心中,便是李伯安曾给我的那种震撼,以及震撼之后一种畅美的感受。我很奇怪,到底是一种什么力量,竟震撼得如此持久?如此的磅礴、强烈、独异与神奇?

现在,打开这部画集,凝神面对着这幅以黄河文明为命题的百米巨作《走出巴颜喀拉》时,我们会发现,画面上没有描绘这大地洪流的自然风光,而是全景式展开了黄河两岸各民族壮阔而缤纷的生活图景。人物画要比风景山水画更直接和更有力地体现精神实质。这便叫我们一下子触摸到中华民族在数千年时间长河中生生不息的那个精灵;一部浩瀚又多难的历史大书中那个奋斗不已的魂魄;还有,黄河流域无处不在的那种浓烈醉人的人文气息。纵观全幅作品,它似乎不去刻意于一个个生命个体,而是超时空地从整个中华民族升华出一种生命精神与生命美。于是这百米长卷就像万里黄河那样浩然展开。黄河文明的形象必然像黄河本身那样:它西发高原,东倾沧海,翻腾咆哮,汪洋恣肆,千曲百转,奔涌不回,或滥肆而狂放,或迂结而艰涩,或冲决而喷射,或漫泻而悠远……这一切一切充满了象征与意象,然而最终又还原到一个个黄河儿女具体又深入的刻画中。每一个人物都是这条母亲河的一个闪光的细节,都是对整体的强化与意蕴的深化,同时又是中国当代人物画廊中一个个崭新形象的诞生。

我们进一步注目画中水墨技术的运用,还会惊讶于画家非凡的写实才华。他把水墨皴擦与素描法则融为一体,把雕塑的量感和写意的挥洒混合其间。水墨因之变得充满可能性和魅力无穷。在他之前,谁能单凭水墨构成如此浩瀚无涯又厚重坚实的景象!中国画的前途——只在庸人之间才辩论不休,在天才的笔下却是一马平川,纵横捭阖,四望无垠。

当然,最强烈的震撼感受,还是置身在这百米巨作的面前。从历代画史到近世画坛,不曾见过如此的画作——它浩瀚又豪迈的整体感,它回荡其间的元气与雄风,它匪夷所思的构想,它满纸通透的灵性,以及对中华民族灵魂深刻的呈现。在这里——精神的博大，文明的久远，生活的斑斓，历史的崚嶒，这一切我们都能有血有肉、充沛有力地感受到。它既有放乎千里的横向气势，又有入地三尺的纵向深度；它本真、纯朴、神秘、庄重……尤其一种虔诚感——那种对皇天后土深切执着的情感——让我们的心灵得到净化，感到飞升。我想，正是当代人，背靠着几千年的历史变迁又经历了近几十年的社会动荡，对自己民族的本质才能有此透彻的领悟。然而，这样的连长篇史诗都难以放得下的庞大的内容，怎么会被一幅画全部呈现了出来？

现在我才找到伯安早逝的缘故。原来他把自己的精神血肉全部搬进这幅画中了！

人是灵魂的，也是物质的。对于人，物质是灵魂的一种载体。但是这物质的载体要渐渐消损。那么灵魂的出路只有两条：要不随着物质躯壳的老化破废而魂飞魄散，要不另寻一个载体。艺术家是幸运的。因为艺术是灵魂一个最好的载体，当然这仅对那些真正的艺术家而言。当艺术家将自己的生命转化为一个崭新而独特的艺术生命后，艺术家的生命便得以长存。就像李伯安和他的《走出巴颜喀拉》。

然而，这生命的转化又谈何易事！此中，才华仅仅是一种必备的资质而已。它更需要艺术家心甘情愿撇下人间的享乐，苦其体肤和劳其筋骨，将血肉之躯一点点熔铸到作品中去，直把自己消耗得弹尽粮绝。在这充满享乐主义的时代，哪里还能见到这种视艺术为宗教的苦行僧？可是，艺术的环境虽然变了，艺术的本质却依然故我。拜金主义将无数有才气的艺术家泯灭，却丝毫没有使李伯安受到诱惑。于是，在本世纪即将终结之时，中国画诞生了一幅前所未有的巨作。在中国的人物画令人肃然起敬的高度上，站着一个巨人。

今天的人会更多认定他的艺术成就,而将来的人一定会更加看重他的历史功绩。因为只有后世之人,才能感受到这种深远而永恒的震撼。

1999.2 天津

神笔天书

当我们的手捧到韩美林这部书法巨作《天书》时,一件中国书法史和艺术史前所未有的作品即已问世。我深知这部作品在书法、绘画、文化以及文字史等诸多领域的非凡价值,故而在美林长达一两年的创作期间,不断地探询他的进度与状态。每次他都给我以振奋。或是大声说:"已经一半了,特棒!"或是"马上完工,等着来剪彩吧!"

究竟怎样一部作品使我如此期待?打开手中这部书吧。成千上万、千姿百态的古文字喷发而出,然而细看,却没有一个字能够识得。它们古怪、奥秘、奇幻甚至诡谲,这是韩美林的随心所欲臆造吗?当然不是。它们全都是我们祖先用心创造并使用过的!而且至今还保存在那些上古的陶片、竹简、木牍、甲骨、岩画、石刻和种种钟鼎彝器的铭文中。它们或许是秦代李斯用小篆统一文字之前某些文字的异体字,或许只是先人标记某些事物的记号,但其中真正的含意早已被历史忘得干干净净。

人类初期的文字史错综复杂,变化多端,甚至无章可循。在公认的文字符号没有确定之前,所有文字都是飘忽不定的。一个概念或一件事物,可能有五种六种八种十种写法,而许多写法渐渐被废弃了,今天的人根本无法读懂。诸如苏美尔城乌克鲁遗址中写满楔形文字的泥板、埃及神庙里刻着大片大片象形文字的石柱,还有克里特岛的腓斯特斯泥盘以及玛雅的石刻中,也处处可见这种遥远而艰涩的符号,每一个符号都是一个谜。可是美林却从这迷雾里感受到一片恢宏又神奇的充满"古文化感觉"的世界,并一头栽进去,如醉如痴地深陷其中。

人类的文明的旭日是文字的诞生。自从人类使用文字来记录和记忆,文明便走向精致与深入并有了积累。远古人究竟是怎样想到使用文字符号的,真是匪夷所思;更令人惊讶的是,地球上所有大文明的发源地,几乎在同一个时期——6000年前出现了文字!故此说,汉字决不是黄帝和吏官仓颉个人之所创。它是人类史一次文明的飞越!

在汉字产生的初始时期,人们自发地创造文字,任凭想象,无拘无束,自由发挥,但这个时代到了秦王朝统一中国后便被终结了。秦始皇一统天下至关重要的三个"宏图大略"都是丞相李斯的主意。一是军事上对诸侯列国的"各个击破",一是思想上的焚书,一是统一文字。前两个主意出于政治的需要,而后一个主意——统一文字对于中华文明却是一个伟大的贡献。

中国疆域辽阔,地域多样,各地的南腔北调有碍沟通,唯有文字可以畅通无阻,但这种文字必须是经过标准化和格式化的。因此说,秦王朝统一文字有助于中华文化的整体化。但那些被割除在外的大量的文字符号,从此弃而不用,被人忘却,失落在历史的尘埃里。所以,在后世的书法艺术中它们再也没有露过面。

这些古文字,在常人眼里是一些晦涩的艰深的怪异的冷冰冰的符号,在韩美林眼里却是有情感的有表情的活着的生命。于是,关切、钻研、体验这些失忆的古文字并为其"招魂"便成了美林艺术生涯一部分重要的内容。有谁知道,在美林完成这件《天书》之前,对古文字的搜集长达三十年。从大量的古陶上、铜器里、碑文与考古报告中,被美林搜罗到的古文字竟达三万之多!如今,这些古文字都在这部《天书》中活蹦乱跳、千姿万态地展现出来。

艺术史上有人提出过"书画同源",有人提出"字画同源"吗?

"书画同源"是画家的主张,"字画同源"却是文字史的一个事实。

远古人在记录一种事物,首先是图其形。最早的文字是图像化的,最早的绘画是具有文字意义的。人类最初的文字不都是象形文字吗?汉字也是一样。虽然以后经历不断的演化,但这种方块里千变万化的汉字至今仍具有可视的绘画基因,这也是汉字能转化为其独有的书法艺术的根本缘故。于是,"字画同源"就成了美林这部《天书》的历史由来与文化依据了。

然而,美林不是将这些被遗忘的古文字重新书写出来,而是将他个人的性灵投入其中,透过漫长岁月的重峦叠嶂,去聆听与叩问古人最初的所思所想,以及原发的想象和创造的自由。尽管他也不能破译每个古文字的本意——他也并不想做那些执着的古文字学者的事。他凭着艺术家特有的感觉去心领神会人类初始的精神与美感。

当然,其中还有鲜明的韩氏的艺术美。

这种美来自他的气质。凝重、雄劲、率真、自由和不竭的激情。他的天性气质与古文字原有的气质是不是有些相近和相通?反正我已经说不好到底是古文字对他影响得多,还是他的艺术个性参

韩美林在创作《天书》

与得多？

作为画家美林的书法，更具有绘画感。当他把文字学意义的古文字转化为书法艺术的"天书"时，他的审美品位、对形象的敏感，以及视觉形式上无穷的创造力自然而然地融入其中。

他旗帜鲜明地将绘画介入书法，从而使书法更具视觉美和形式感，更具画意。如果没有韩美林这样的若有神助的画家，何来神奇美妙的"天书"？

《天书》是一部文字学的大书。美林首次收集了远古时代失散于各处的古文字，并诉诸于书法。这使得《天书》首先是一部古文字的图录。它书录的古文字超越万字。洋洋大观地展示华夏先民无穷的文化创造力。美林好似把我们带到五千年中华文明的源头。站在此处，放眼一看，千千万万形形色色的古文字，如大海浪花，闪烁无涯。

《天书》又是一部特立独行、无限美妙的书法巨作。是艺术家的爱意使这些在历史中几乎死去的古文字符号一个个复活过来；它们，既陌生又熟悉，既神秘又亲切，既深奥又贴近，既奇特又美丽。经他挥洒，获得了美的再生。

我相信《天书》是韩美林一部重要的作品。不仅因为它在文字史、书法史、文化史中的价值，还因为这是美林倾尽一生的心血的终极成果。

它的意义究竟多大？

老天生了一个美林，美林生了这部《天书》。

2006.11.12

说说平凹的画

数日前,收到贾平凹寄来一小包书,拆开一看,不是文字而是书画,使我欣喜。我早就期待他能印几本这样的书。近年来不断在一些报刊上见到平凹的字画。我喜欢他的字,平实单纯且意蕴很厚,没有那种作大家秀的浮躁和装腔作势。他主张还书法的本来面目——写"生活中的字"。不把书法当作什么圣物而为之。正为此,他的性情、脾气、气质、审美,便自然而然地潜入笔墨间。因之他的字如其人:又憨气又有灵气。

我对平凹的画认识却迟一些。缘故是见他的画少,偶见于报端刊尾。印象是一种文人的画,虽然别有奇思与奇趣,技术上却似乎没有"科班"过,有点文人墨戏、甚至还有点漫画的味道。因对友人说,平凹的文第一,字第二,画第三。

这里之所以说他的画是"文人的画"而非"文人画",是因为从中国的画史上说,文人大举进入画坛当在两宋。代表人物是苏轼、文同、米芾。他们反对当时如日中天、技术精熟、以具象为能事的院体画,认为"作画求形似,见于儿童邻",主张用笔墨自娱,直接抒写性情,这种全新而鲜明的绘画思想,给画坛吹来一股清风。但他们在艺术上还没有建立起属于自己的艺术体系和审美体系。应该说,这期间苏轼他们的画,是一种"文人的画"而非"文人画"。

真正的文人画的艺术体系是到了元代,经过倪瓒、黄公望、吴镇等人的努力才建立起来。即讲求文学意味,主张抒写心性,追求笔情墨趣,并树立起以诗书画印为一体的独特的艺术形态,"文人画"才算立了起来。文人画不同于文人的画,是因为文人画是一种特定的艺术概念。必须在审美上有自己明确的一套,还得立得住,才能成立。

然而,现在翻看平凹的画书,令我吃惊,并且立即认定他不只是"文人的画"了。

他的画看似粗粝,实际很精致。精致的在于他那些诗性、哲思与妙想。这些奇思妙想使他的画挺浪漫。值得注意的是,他的画给人的不是一种清晰的感受与认知,而是对天地奥妙与人间玄机参悟的过程。这也正是他的魅力之所在。可是,人间的玄机不是时时处处都能发现的,所以他的画不多。其实,真正的文人画都不多。因为文人的笔听命于心灵,而非不停地复制同一种视觉美。所以,文人画很少重复。当然,有些画家也不重复自己,吴冠中就曾对我说:我决不重复自己。我笑道,重复是不再感知,是原地踏步。

从平凹的画书中我还发现,他对形式和笔墨很考究。比如他对画空白十分在意,中国画的空白是留看观者去创造的,也是对画中景象与意味的延伸——这便是他常常只画形象的一半的缘故。至于他那幅《鹅》,则可以看出他用笔的洗练与造型的能力。他画这只左顾右盼的发情的鹅,总共用了三笔,又都是神来之笔。我忽想,这些诀窍不是从明清时代那些大写意画家里"偷"来的吗?

平凹虽然没有科班学过画,他超人的悟性却弥补了这种先天不足。他很明白从古人那里拿什么和怎么拿。一次和黄胄谈书法。黄胄先生说我只读帖,但不临帖。我说我也是。他说出句颇有真理意味的话：临帖取其形，读帖取其神。我说，临帖的结果，常常是用别人的手束缚了自己的性灵。平凹从古人那里拿得最多的是脑袋里的方法而非手上的技法。

依我看，平凹的画有三个背景。一是古人，比如金农、罗聘、朱耷、徐渭等人。这些人都是简约至极，舍形取神，肆意变形，还有寓美于丑和寓巧于拙。二是民间，平凹的民间情怀已经在他的小说里"暴露无遗"。他喜欢民间。民间的文化是一种生活文化，处处真率地洋溢着生活的情趣与情感。因而在平凹的画里的一条狗、一只鸡、一头牛、一条鱼，全像在民间的剪纸、年画和泥娃娃中那样会说会唱、有声有色。这种情怀在中国画家唯有齐白石和韩美林的笔下可以见到。第三是现代，平凹的画有很鲜明的现代感，这是我不曾料到的。看平凹的画，并不老旧。这里不是指他画的那种穿什么牛仔裤的少妇或长发少女，而是在形式感和审美上。看得出，他对现代感是有明确追求的。

从这些背景上说，平凹的画当之无愧是"文人画"。尽管他笔墨的精湛与丰富尚待修炼。他已经有自己自觉的绘画主张与个性极强和品味甚高的审美体系。他所谓"万法归一为我所用"。不但是其艺术的宣言，还一定促使其成为当今画坛上文人画之大家。

此刻，一定有人问我，现在你怎么给贾平凹的文、字、画排队。哪个第一，哪个第二和第三？

我承认，先前我给平凹的诗文书画排前后乃是一个错误。文人们都是这样：画如其字，字如其文，文如其画，皆因其人。他喜欢干什么，或者说他干什么的时候，什么就是第一吧。

2007.8

莫言书法说

一

我对擅弄翰墨丹青的作家总是多一分倾注,不单由于爱好的相同,更由于作家的书画必定多一种意蕴一种滋味一种别样的美感。比如莫言。

莫言的小说,世人知之在前,获奖在后;莫言的书法,获奖在先,世人知之在后。由此说来,他的书法仅仅是那种沾了名人光的"名人字"吗?非也。

我早就在他的博客中饶有兴趣地注意到他的书法,还有他那种颇具民歌味儿的打油诗。在我看来,书法和打油诗在他的世界里不是可有可无的。比起小说,他这些信笔挥毫的书法,随口吟唱的打油诗,更松弛、更率性、更信手拈来、更逞一时的性情,在作家人本的层面上也就更直接更本真。在小说中,我们常常会陷入他用文字和故事编织的天马行空、光怪诡谲的想象空间里,难睹作家的真容;但在他的书法和小诗里,便一下子见到莫言本人就站在这里。他的个性、气质、生命感、审美,乃至喜怒哀乐原原本本了然其中。这便是他书法的意义。

二

古代没有单独的作家的书法,文人皆擅书法。因为写作与书法使用的是同一套工具,都是笔墨纸砚。长期的舞文弄墨熟悉了工具的性能与应用,很容易就转化为书法。到了近代就不同了,作家改用钢笔写作,进而敲击键盘,笔墨离开了案头,书法告别了作家,如今在个别作家那里只是一种个人的偏好。而对于书法本身来说,离开了作家之后,便走向专业化与职业化,直接的危害是"书写他人之言",随之降低了书法的文化内涵与精神个性。

作家的天性是不说别人话的。作家的书法最重要的特征是"言必己出"。比如莫言的书法,不论题字写诗,状物抒情,哪怕是一时涂抹,都是有感而发,有悟而言,抒写一己的情怀,其书法也就必然闪烁着作家的灵性,哲思,情致与智慧。

这样的书法,其实是作家文学作品的一部分。

古人许多好诗和美文不就是出现在书法作品中的吗?

三

书法缘自书写,书写是工具性的。初始无法,书写的内涵重于表象。而后,人们在书写中渐渐将天性的美融入进去,得到认可,形成规范,有法可循,书法遂生。

中国的书法重法,这便带来事情的两面。正面是玉律金科,考究又经典;负面是一大堆手镣脚铐,博大精深的传统往往将书家的个性与人性囿于其中。故而,面对中国传统艺术的巍巍大山,李可染先生说:"要以最大的力量打进去,再以最大的勇气打出来。"可是如果打得过深过死,失去自信,就打不出来。

记得,黄胄先生曾对我说:"我对书法,只看帖读帖,从不临帖。"此话颇有见地,应是黄胄先生悟出的一个对待传统的"绝招"。临帖常常会陷入一招一式,束缚住手脚;看帖读帖则信由兴致,全凭悟性,只取神髓。黄胄先生这话对我有如神示。由是观之,莫言也该是如此吧。他的书法看得出是有来头的,但这种来头不是从小趴在桌上描红,而是来自长久对书法的兴趣与心领神会,因此在他的书法里有传统的元素,却决找不到怀素的眉毛、黄庭坚的胡须或是郑板桥的"马脚"。

艺术的立足之地,一定是从来没人站在那里的空地。

四

书法的面貌最终必须以由艺术确立。

我和几位书家看莫言书法作品的打印本时,不仅对那些短语小诗颇有体味,更对他书法的风格感到兴趣。自然、放达、随性、真切,没有丝毫刻意与造作,却看到他愈来愈注重书写的章法、行气、节奏,笔墨的变化与呼应。一位朋友说,他是不是真的研究过书法?我说不然,这一半来自他对前人书法的领会,一半还是出于他的悟性。艺术不能解释那部分皆来自天性。我注意到他署"甲午"年款这些幅尤其好,有几幅很放弛,大气,也精意;愈加注重笔情墨趣和行笔中用线条直接表达心绪。这种主观性和意象性正是中国书法艺术所特有的。

我还注意到,他开始用长幅短笺来写一些随感、警句与思想的片段了。

书法于他,既是他个性的艺术方式,也是他小说之外一种另类的文学。莫言已在当代书法中自辟一块天地,书法也为他敞开了另一片新的随心所欲的世界。

我望而喜之,因作序焉。

2014.7.3 莫言书法集《莫言墨语》序言

天一阁观画记

——《天一阁藏书画选》序

吾乡宁波,别称甬,古来以四香传扬天下。四香者,谓之曰:米香、鱼香、书香、墨香也。

自河姆渡发掘出金灿灿七千年前之稻谷,吾乡便被看作中华粮米之源头。放目甬地,水光盈盈,物皆倒影;地上池泊毗邻,地尽海浪相迎,真乃鱼之世界。锦鳞鲜美以养脑,珠米精醇以养身,此天赐甬人福祉矣!

然甬人不以衣食温饱为平生事,素来风习儒雅,亟好读书,修身养性之外,更求博知广闻于天下。于是兴造书楼,珍藏典籍,传祚后人。其间以天一阁为冠,册数之巨,海内无出其右。孤本善本,天下称奇,纸香书香,四海可闻。金银财宝富有限,知识精神贵无算。于是异地之人,对吾乡文化之素养只能仰视,不敢侧目。

再者,文人文房,向来翰墨一体,诗画同心,书香墨香相和而不相分。然世人只知天一阁藏书鼎富,不知天一阁藏画亦丰。壬申仲阳,吾归故里访祖寻根,兼假宁波美术馆举办"敬乡画展",因之得以观瞻天一阁藏书楼。承蒙阁中父老厚情相待,展示书画珍藏。观画时,阁中人凡触摸藏品,必戴雪白手套。庋藏之严,令人钦敬;爱惜之深,感吾不已。而此中藏品,其品格之高迈,品相之完美,收藏者品位之不凡,更令吾连连赞叹。不禁道:"天一阁藏书楼该另有一称呼,叫作天一阁藏画楼了。"众人听罢皆笑。笑中透出一分自豪,二分自得,十分自信。然甬人之笑,唯破颜而不出声,此亦吾乡温文尔雅之风乎?

自壬申返津数年矣!时时念及天一阁那些长卷短轴。每与朋友叙说,首当其冲便是黄慎《杨柳鹭鸶图》。当年观此画时,似乎听到瘿瓢笔扫纸面之声,着力劲健,其声清爽;于今思之,犹有行笔之声飒飒在耳。天下名画,多记其形,何人之作,堪记其声?

天一阁藏扬州八怪之作甚多,令吾长记不忘者,还有李鱓《秋葵凤仙图》。笔墨挥运之际,虽与黄慎一般劲健,却不求爽利,惟求坚挺。画中秋花已非寻常秋色,乃画家不苟时尚之高洁情怀也。而此次观画不该舍而不谈者,应是虚谷和尚《紫藤金鱼图》:紫藤花下,三鱼畅游,二红一黑,红鱼正身挺进,黑鱼反身相戏,白白肚皮绽落出来。这水中笨拙翻转之一瞬,显出自如与幽默。此种画鱼,尚属罕见。于是平常画面,陡然意趣横生。中国画衍至清代中期,创意衰微,相互传袭,千人一面。所谓大家者,皆是虚谷这般骤生意外,想象非常,越出矩囿,一任情怀,画史之活力与进步便在其中。

壬申观画,感受殊深,应是无数精品,在甬一方。但毕竟时光邈远,淡忘日多。幸好近日天一阁来人,言称将出版《天一阁藏书画选》,嘱吾作序,并送来选目及藏品照片近百帧。披览这些照片,不单复活记忆,更了解天一阁藏品全貌。其中若干前所未见,尤以书法为多。一旦纵观全豹,更是绚烂惊人!

天一阁所藏书画,上及元明,下抵近世,历时数百载,代代宗师,多有真迹,且不乏精品力作。书法中,清人查士标《行书轴》,

明秀超逸,无字不精,书在人在,当为上品;钱维乔《行书子安山享序轴》,于含蓄中见清放,于端庄中显洒脱,通篇气势流贯,满幅神采飞扬,即使置于整个清代翰墨间,也信是一件杰作。与此同在高阶者,还有文震孟、陈继儒、沈明臣、祁豸佳、祝允明、徐渭、张瑞图、弘一法师,等等。枝山之飘逸奔突,瑞图之明快奇险,继儒之才情并茂,明臣之枯秀兼得,无不从中可见。而宋人黄庭坚《草书刘梦得竹枝词卷》和元人李衎《楷书张公艺赞》,何止于阁中之宝,当为国宝也。

至于绘画,更是蔚为大观。在所藏明人画作中,既可神领董其昌、文征明、倪元璐等文人画家之笔情墨韵,也可一睹张平山为代表院体画派大刀阔斧之精神。由是而下,清代藏品更具周详。自四王称雄之主流派、扬州画派、金陵八家,及至清末海派,无一不有,面面俱到,一展清代画坛斑驳缤纷之风采。单是罗聘一幅《墨梅图》,足令人再进一次天一阁。该阁非专业书画博物馆,有此规模,足见甬城崇尚书画传统之渊源!

天一阁位居甬城中心,阁外市声环绕,阁内景致清幽,尘埃不起,宛如世外。其间林树参错,楼宇掩映,庭院巧构,草木精植,怪石嶙峋,池水潋滟,竹影铺地,苔痕上阶,鸟似风叶,蝶如飞花,春秋皆画,雨雪亦诗。这般景色,与阁内珍藏之画幅书轴,图籍卷帙,相互濡染,生出无限深浓之书卷气。中华雅文化之精华,可在阁内尽享。

天一阁为明人范钦所建。范钦平生收集古今图籍,公私刻本,政书文献,拓册帖石,累积数万,皆珍存楼中。范钦后,其子大冲继承书楼,苦心保管,百倍珍惜,并立下八字规章"代不分书,书不出阁"。尽管数百年来,历经兵燹窃盗,各地书楼荡然,唯此岿然独存。

甬人有此先人,必亦有此后辈。先人造福于我辈,我辈如何造福于后人?

话说至此,思绪潸然,似在观画外,皆在观画中。

是为序。

丙子夏末于津门俯仰堂

台北故宫看画小记

去台湾前,友人们见我便说:"一定要看看台北的故宫呀。"这故宫是故宫博物院的简称。

我连连点首说是。这之中另有一层缘故,便是少时习画,手中有一套家藏的《故宫周刊》。故宫所藏的书画珍玩,都印在上边。这套画集几乎被我翻烂。不少名画不但如印脑海,还一遍遍摹写于手下。这些画大都在1949年被搬到台湾,看不到真迹,只能从这印成巴掌大小的画面中领略原作的精神。"文革"后,此画集又被闯入者付之一炬。那些画便从此诀别,全然化为一片美丽又迷离的梦了。

眼睛看不见的,只有靠心来看。凡是靠心来看的大多是消失的事物。谁想到它还能返回到眼前?

到了台北,自然是急切切寻得故宫的大门便一头扎进去。今年正值故宫博物院70周年大庆,海峡两岸故宫同庆吉日,都将珍存国宝悉数捧出;台北故宫展出的是它庋藏最丰的宋人绘画,这便使我得以尽览历时千载、与日月同辉的东方杰作。

走入展馆,所有我曾经迷恋的、临摹过的、印在《故宫周刊》上的那些名画的原作,都一幅幅挂在这里。边走边停边看,过往的岁月便悄悄地令人感动地来到身边。原来艺术中也有时光隧道。一时连易培基题写"故宫周刊"那几个歪歪斜斜的字也从记忆深处跑出来。一幅幅画都像少时好友们的脸,此刻仿佛放大了,施了色彩,清清楚楚呈现面前。远去的事物之所以朦胧模糊,都因为细节的遗忘。现在画上历历的细节唤醒了几乎忘却的往日习画的情景。一时连当年运笔时美妙的感觉也隐隐生于指间与腕底。是不是由此还会联想到那时的画桌,一方紫石砚,半块万年青,几支李福寿制作的叶筋笔和白云笔,长笔与短笔,新笔与秃笔……还有室内晦明又迷人的光线?对于艺术品,看原作和看印刷品截然两样。画是画家心灵挥洒的立体的空间,是浪漫想象的天空,也是画家意兴与才情的神气十足的呈现。这一切只能从原作中感受到。画家作画时,他生命的跃动,情致的状态,心绪的流变,一律通过笔墨,深深透进纸的纤维;画就成了生命的一种载体。它所承载的生命的气息,你的目光全能从这原作的画面上摸索到。如果把它拍成照片,印在画册上,自然精神全无了。这便是为什么当初我从《故宫周刊》上只感觉到"至美",而现在从原作中才体会到"至真"的缘故。尤其是贾师古的《岩关古寺》,我曾多次从《故宫周刊》上摹习过,这一次见到原作,简直是受到了震撼!尺方一帧,苍雄刚劲,气吞千里。那山石不用皴擦,全使笔锋削斫,宛如利斧剁石,细看每一笔似乎都用了千钧之力,铿锵干脆,非此不能达到满幅画面的坚硬之感。这是当初在印刷品中绝得不到的体验。于是想起在中学时代在京师惠孝同先生家临摹宋人《寒林图》和王诜《渔村小雪图》的真迹时,惠先生再三说:"临画必临原作。"始信此话是一真理。世上的真理有大有小,大真理可望而不可即,小真理则应该牢牢抓在手中。

看到此时,已觉自己不是在宋画之中,而在身在宋人的精神天地里。中国绘画始唐至宋,社会进步,生活充裕,艺术家很少避世的向往,多做现实的参与,因对人间故事充满兴趣,画法则趋向写实。然而宋人的写实并非客观冷静,而是充满主观热情,于是宋画对大千世界、人间百态、世上万物,无不关注,无不亲爱,无不描绘得精妙真切。我不由得对同来参观的北京画家王明明与詹庚西说:"宋人已经把写实手法发展到极致了,逼得元人只好走走写意的路子。"

从宋人的绘画中,我们已经看到了自从元代画风骤变的根由。

当一个时代把一种流行的审美,一种美妙的方式,一种大众宠爱、令人痴迷的形态,发挥到了无以复加、到了尽头,事物便会折返回来,向相反的全然不同的天地走去。但人类不会简单地重复这种往返。每一次看似重返,看似复旧或复古,实际上都注入了自己时代的成分。这成分中包含着一种精神的新需求,一种从变换的角度里去获得新发现的渴望,一种在更新中创造的追求。正像意大利文艺复兴运动所表现的那样。艺术史家的使命则是从这时代的新成分中,去寻找人类前行的足痕……

哎,如果我们每次看画,都能获得比画的本身多得多的东西,那么看画该是件多有意味的事啊!

1995.11.28《今晚报》首发

丝绸之路上的敦煌

（电影文学）

十九世纪末，中国西部绝无人迹的"死亡之海"，忽然出现一个个西方探险者的身影。这些身影时而被卷入剧烈的沙暴中。（在干涸的河谷中艰难跋涉的斯文·赫定、揉着被风沙迷了眼的勒柯克、在汉长城烽火台下挖掘灰堆的斯坦因）

在那些荒芜倾圮的古城和寺庙的遗址中，他们可以到处捡拾到古代的遗珍。历史曾经达到怎样的辉煌，并在匆匆离去时把这些天价的珍宝连同一个巨大的谜扔在这里？（高昌、楼兰、尼雅。伯希和在吐木休克废墟中，不经意间用鞭杆掘出一尊希腊风格的佛像）

他们自西而东。一条漫长的无头无尾的古道在他们的脚下依稀可辨。其中一段路竟然深陷下去一尺多深，令人惊异。这样荒僻的地方怎么会有如此一条道路。多少人多少车辆在这道路上走了多少年，才能留下如此深刻的奇观。这条路从哪儿通向哪儿。

（荒漠中丝路的遗迹）

从公元前250年到公元1000年，地球上的几大文明同时发出耀眼的光彩。中国的汉唐盛世，西方的罗马帝国，还有中亚的波斯

和印度。(动画图示丝绸之路及其走向)

鼎盛期的文明具有巨大的张力。输出与吸收的同时,带来交流与传播。在航海时代到来之前,地球上的交流在陆地。几大文明之间经过长久的相互的寻问与摸索——

尼罗河文明、两河流域文明和欧洲大陆文明穿过伊朗高原和印度大地蜿蜒向东;

中华文明一直强劲地向西。文明与文明之间好像是有"第六感"的,我们对遥远的西边那些奇异而未知文明似乎早已感应到了。后来最著名的行动是汉武帝派张骞出使西域。

几大文明渐渐拉起手来。形成了这条人类共同开拓出来的一条贯穿欧亚大陆伟大的路——丝绸之路。

最早使用"丝绸之路"这一概念的是德国地理学家李希霍芬。他把往返于西域的各国商队所走的路叫作"丝绸之路"。他之所以用"丝绸"称呼这条路,可能源于最早到达西方并使之倾倒的,就是中国的丝绸。(公元前48年的罗马,凯撒大帝在战胜庞培的祝捷宴上,突然脱去外套,露出华美轻柔的丝绸长袍,令所有人惊呆)

这条路,曾使几大文明互通有无,彼此受益,共同发展。(耀眼的绿洲、狂奔的野马、清澈的河流、金色的胡杨和慢吞吞的商旅)

迢迢数万里的丝绸之路抵达当时中国的第一个入口就是敦煌。

一座大名鼎鼎的西部边城。早在公元前111年就是汉王朝扼守河西走廊最前沿的重镇。经常出现在古代诗篇中充满魅力的两个地名——阳关和玉门关都在敦煌。

无论是从西域而来的异国奇珍,还是从中原输出的华夏瑰宝,都从这里进出。

(情景再现。当时的阳关、玉门关和敦煌)

从文化上说,这里一定是中外文化碰撞出火花的地方。

如今,我们在什么地方还能看到这些几千年前的历史火花呢?

(首次隐约地出现敦煌莫高窟形象)

最灿烂的火花是精神的火花。丝绸之路给中国人最深刻的精神影响是佛教。早在公元一世纪,来自印度和尼泊尔的商旅就把佛教带进中国。继而传教活动随之而来。(丝绸之路的"情景再现",驼铃和中亚风格的音乐声中的胡商、各国使臣、蒙着面纱的僧侣沙门,以及驼背上的织物、葡萄、石榴、琵琶、动物和佛像等)

缘自信徒们对礼佛场所的需求,丝路沿途开始兴建寺观和开凿石窟,纷纷为佛造像,以壁画弘扬佛教的精神。(克孜尔石窟、库木吐石窟、新疆古城中的寺庙遗址等)

公元366年。一位名叫乐傅的和尚,登上敦煌南面的鸣沙山。他被这里神奇的山水吸引住。忽然,他看到眼前的三危山顶放射金光,好像千佛降临,他感到一种神示。认定这里是一块佛教的圣地。

于是,他在鸣沙山沿河的陡壁上开凿第一个洞窟。由此,人类历史上规模最宏伟的艺术宝库就此诞生。

(再次隐约出现敦煌莫高窟的形象)

佛教及其艺术从它的本土印度一步入中国,就开始了中国化的过程。

先是在西域,接受了那里的多民族共有的地域文化的改造。形成其特有的西域风格的佛教艺术。

然后进入敦煌,立即就遭遇到更加巨大又强劲的文化碰撞,迸发出无比璀璨的艺术景象。

敦煌的文化本身就是奇特的;一方面是源源不断来自中原的汉文化,一方面是那些驰骋在辽阔的西北大地上气质独特的少数民族的文化。比如鲜卑、党项、吐蕃、回鹘、蒙古等等。他们多数曾称雄于敦煌。

(莫高窟285窟的西魏王族、莫高窟61窟的于阗王后、榆林窟39窟的回鹘贵族、莫高窟454窟的吐蕃贵族、榆林窟29窟的西夏武官等)

这种多民族的、北方气质的中华文化对舶来的佛教文化一边改造一边融汇。外来的文化只有被改造,才能被融汇吸收。就像食物只有被消化,才能进入到我们的肌体里。(带一些印度元素的盛唐的壁画与雕塑)

原本是僵硬地在佛天奔突的天龙八部中的乾闼婆、紧那罗,到了敦煌的洞窟便渐渐演化成千姿万态轻盈飘逸的飞天了。(各个时期和各种飞天的形象飞舞飘翔)

原本有些木讷的男性菩萨,经过数百年的改造,胡子被摘去了,竟然演变成带着微笑的仁慈的女性菩萨了。(从南北朝、隋、唐到宋代的菩萨形象)

连佛的形象也渐渐善解人意。陌生的佛陀面孔日益为人们熟悉、所接受。(众多佛陀的塑像)

当佛教的中国化完成了,佛教便成了中国的宗教。

佛教的中国化,实际上是中国人对佛教的理想化。在中国,这

莫高窟全景

种佛国的理想,最终是人间理想的一种极致。

这一切,在敦煌石窟都看得一清二楚。

于是,极尽想象、美轮美奂、西天佛国的极乐世界在一个又一个洞窟中被创造出来。(莫高窟220窟、145窟、172窟、158窟、112窟等)

出于一种将自己与理想的天地拉近的心理。现世的生活,人间的礼俗,舶来新奇的事物,都被有意无意地画到画中。(壁画中的耕地、播种、扬粪土、收割、舂米、归仓、各种牲畜、各种武器、各种工具与机械、各种车辆、各种习俗、各种服装、各种乐器,以及无穷无尽的众生相)

谁能说出敦煌壁画中记载着多少历史信息、宗教信息、经济信息、地理信息、中外交流信息、科学发明信息、生活百科信息?(重点细节:牙刷、胸式挽具、马蹬、榆林窟第三窟"千手千眼观音变"和玄奘西行)

外边是烈日炎炎的戈壁大漠,洞窟里边漆黑一团。

一支毛笔在依稀的灯光里流畅而下,一条长长的神奇美妙的线条从笔尖吐了出来。在敦煌石窟里,画工们一手端着油灯和颜料石,一手执笔作画。

敦煌最伟大的功臣是民间画工、塑工和石匠。然而,他们之中除去几个偶然和不经意间留下姓名,其余全是默默无闻。你现在看到整个洞窟的画,是因为洞里打了灯光。你是否知道,当初在洞窟里作画的画工,谁都不知道自己画满了的洞窟是什么样子的?(壁画上史小玉、平咄子、温如秀、汜定全、雷祥吉的名字)

自南北朝以来,一代代画工,总共多少画工在这里作画,谁能说清?

然而,就是这些纯粹的草根天才,成千上万具有绝世才华的画工塑匠,给我们留下了这样一座放满艺术极品的无与伦比的艺术圣殿。

敦煌石窟包括莫高窟、榆林窟、东千佛洞、西千佛洞、老爷庙五处石窟群。流传至今812个,彩塑2000多身,壁画45000平米,如果放在大地上展开,得有几十公里!世界上什么地方还有如此浩瀚的绘画?历经千年,多经战乱,特别是到了十五世纪后,人类的文明交流转移到波涛汹涌的大海,陆地上的丝绸之路走向消亡。莫高窟渐渐淡出人们的生活甚至记忆,不少洞窟已经被黄沙埋没了。(蓝色的大海淹没丝路。老照片上荒废的莫高窟)

直到二十世纪初,由于传奇性的藏经洞事件,它才重现于人们的视野中。那时候,人们感觉它像是从天上掉下来的。然而,它能如此超大规模、完美地保存着,真是一个莫名的奇迹,一个无边的幸运,一个梦一样的现实。(这一次,敦煌莫高窟呈现出清晰而夺目的形象)

无法数计的艺术杰作,大量的历史经典,浩如烟海、浪漫迷人的艺术形象,以及它们体现的深邃的宗教思想、厚重的文化背景和难以穷尽的历史信息,使得它永远在地球东方散发着文明的光彩。

人类永远因它而骄傲。它是全人类共有和共享的遗产。

2010.5.22

敦煌的艺术样式

——为纪念藏经洞发现百年而作

一

在我中华博大和缤纷的壁画宝库中,敦煌壁画特立独行,风格殊异,举世无双。它既与中原壁画,无论是寺观还是墓室壁画的面貌迥然殊别;亦与西域各窟的画风相去甚远。这区别不仅是文化意蕴的不同,地域风情的相悖,更是一种极具个性的审美创造。只要我们的目光一触到敦煌的画面,心灵即刻被它这种极其强烈的独特的审美气息所感染!从艺术上说,敦煌壁画是东方中国乃至人类世界一个独有的样式,这便是敦煌样式。如果我们确定这一个概念,我们就会更清晰地看到它特有的美,更自觉地挖掘其无以替代的价值,并甘愿被征服地走入这种惟敦煌才富有的艺术世界中去。

然而,敦煌样式源自何处?它经历怎样的形成过程?哪些是它的审美特质?谁又是它的缔造者?

写到这里,我便感到自己已然置身在一千年前茫茫戈壁滩那条响着驼铃的丝绸古道上了。

二

在海上丝路开通之前,中国面向外部世界的前沿在西部,其中一扇最宽阔的大门便是敦煌。博大精深的中华文明自神州腹地中原喷涌而出,经由河西走廊这条笔直的千里通道,穿过敦煌,向西而去,光芒四射地传布世界。同时,源自西方的几大文明,包括埃及文化、希腊文化、西亚文化,以及毗邻我国的印度文化,亦在同一条路线上源源不绝地逆向地输入进来。东西文化的交汇与碰撞,便在这里的大漠荒滩上撞出一个光华灿烂的敦煌。

然而,敦煌却不是东西方文化的混合物与化合物,也不是多种文化相互作用后自然而美丽的呈现。它有一个主体,就是中华文化。我们可以从莫高窟壁画史清晰地看到外来文化——主要是佛教文化和希腊化的佛教艺术渐次中国化的奇妙过程。但是中华文化只是一个大主体。它中间还有一个具体的强有力的地域性的文化主体,便是敦煌一带的历史主人——北方少数民族。

北方民族在中国历史上一直扮演着非凡的角色。从秦代到清代,统一的王朝总共有七个朝代,其中有两个朝代——蒙古族建立的元朝和满族建立的清朝就是北方民族政权。这两个朝代在中国历史上共占据了429年。但这还只是少数民族入主汉地建立的政权。如果再算上一些少数民族在北方割据性的地方性政权,他们在中国历史上发挥重要作用的时间至少六个半世纪。如果单说敦煌,它可从来就是北方民族专用的历史舞台了。

敦煌内外,除去祁连山和天山两大山脉,余皆一马平川的荒漠与渺无人迹的沙海;这里,骄阳似火,寸草不生,了无生息,寂寥万里;然而强烈的阳光却溶化了山上的积雪,晶莹地渗入山脚的荒滩与沙碛,形成一个个鲜亮耀眼、充满生气的绿洲。这便成了游牧民族生息与传衍的地方。自先秦的戎、羌、氐、大夏,到两汉时期的塞人、月氏人、匈奴人、乌孙人,都曾轮流地称霸于此。在莫高窟的开凿期,柔然鲜卑和铁勒突厥就是在这里当家的主人。而整个莫高窟的历史中,吐蕃、党项、回鹘、蒙古,都曾做过敦煌的统治者。中国的古城很少有敦煌这样的多民族都唱过主角的斑斓的经历。艺术是生活最敏感的显影屏。我们自然可以从莫高窟的壁画上找到这些昔日的主人们形形色色奇特的音容笑貌,精神气质,以及他们独有的文化。

首先是洞窟惟一的写实人物——供养人,照例一律都是当时流行的装束与打扮。于是,我们便能看到这些北方各族虔诚的信徒,侍立在他们所敬奉的神佛一侧最真切的模样。倘若仔细端详,在不同民族称雄敦煌的时代,那些神佛的形象也微妙地发生了变化。人们信手画出的人物,总是与自己所熟悉的民族的、国家的,乃至地域的人容貌相似。故此,这些神佛的面孔往往也带着自己民族的印记。比如西夏时代那些长圆大脸、高鼻细眼、身材健硕的菩萨,倘若换上凡人衣履,干脆就是纵马狂奔的强悍刚猛的党项族的壮汉。

这样,无论是鲜卑、吐蕃、党项,还是回鹘与蒙古,都曾给敦煌带来一片崭新的风景,注入新的活力以及独具的文化内涵。习惯于绕行礼佛的吐蕃人,不仅带来一种在佛床后开凿通道的新型窟式,带来《瑞象图》,带来了日月神、如意轮观音和十一面观音,更带入藏传的佛教文化;党项人不单给敦煌增添神秘的西夏文字、龙凤藻井和绿壁画,而是注入了一种带着女真族和契丹族血型的西夏文化;在敦煌听命于蒙古人的时代,窟顶上布满的庄重肃穆的曼陀罗只是一种异族风情的表象,关键是这一时期,忽必烈为莫高窟进一步引进了源自印度、并被藏族发扬光大的密宗文化。

北方民族之所以都为莫高窟做出贡献,是由于他们全部信奉佛教。他们身在华夏之西端,最先接受外来的佛教并将其中国化。在酷烈和恶劣的自然环境里,这些游牧性质的民族,生命一如荒原上的飞鸟走兽,危险四伏,吉凶未卜。对命运的恐惧时时都在强化着他们对神灵的敬畏与企望,信仰便来得分外虔诚。这一份至高无上的心灵生活就被他们安放在莫高窟中。尽管敦煌的权位常常易主,莫高窟却永远是佛陀的天下。在这里,人最绝望的痛苦——死亡得到了最美好的解释,世间的折磨得到抚慰,不安的灵魂归宿于绝对的宁静。这佛陀的世界不是上古时代各族先民们共同的理想国么?

同时,共同的理想也在融会着他们彼此相异的文化,而这最深刻的融会成果,是凝结成一种文化精神。

那么在这个层面上,我们所要注意的不再是壁画上各个民族特有的形象、方式与文化符号。而是他们共同的一种气质。不论他们各自是谁,他们全都在河西、西域,以至连同中亚的广阔而空旷的大地上奔突与驰骋。他们和他们拥有的马群与羊群混在一起,追逐着鲜美的青草与甘洌的溪水,以及丝绸之路上的种种机遇,从而获得生命的鲜活与民族的延续。他们彼此之间一直是一边友好交往,一边为夺取生存条件而相互厮杀;相互依存又相互对抗,相互学习又相互争夺;他们的精神彼此影响,性情彼此熏染,热辣辣并虎虎生气地混成一片。相异的历史形成他们各自的风习,相同艰辛的生活却迫使他们必备同样的气质,那就是:勇猛、进取、炽烈、浪漫、豪放,与自由自在。

就是这种北方各民族共有的精神气质与文化特征,形成了敦煌样式深在的文化主体。

三

北方民族的这种文化主体,不是一种实体性质的文化。它不具备中原的汉文化那样的系统性和完整性,也不像汉文化吸纳外来文化时,表现出那么清晰和有序的演变过程。但是作为北方民族一种共有的和整体的精神气质,却顽固地存在着。不管来自域外或中原的文化如何强劲,这种精神气质却依然故我。

从莫高窟历史的初期看,域外文化与中原文化的影响总是交替出现。有时是由西域石窟直接搬来的域外的面孔(如北魏和北周一些洞窟的彩塑与壁画),佛之容颜全是外来的"小字脸";有时则是本地魏晋墓室壁画固有的那种中原作风(如西魏和隋代一些洞窟壁画),连佛本生的故事看上去都像中原的传说。但,即使在这一时期,我们也能看到两条脉络:一是中华文化主体的渐渐确立;一是西北民族的主体精神渐渐形成。若说中华文化,即是世俗化、情感化、审美的对称性,雍容大度的气象,以及线描;若说西北民族的精神,则是浪漫的想象、炽烈的色彩、雄强的气质,辽阔的空间,还有动感。

敦煌样式的成熟与形成是在莫高窟的鼎盛期——也就是从初唐到盛唐。到了这个时期,中华文化的主体牢牢确立,西北民族精神气质从中成了敦煌的主调。

这首先应归功于大唐盛世。当大唐把它的权力范围一直扩展到遥远的中亚,客观上敦煌就移向了大唐的文化中心。唐代是中原的汉文化进入莫高窟的高潮,从儒家的入世观念到艺术审美方式,全方位地统治并改造了莫高窟的佛陀世界。

只有自己的文化处于强势,才能改造乃至同化外来文化。对于外来的佛教来说,中国化就是文化上的同化。所以佛教的中国化和佛教艺术的中国化,都是在大唐完成的。这个中国化的结果便是敦煌样式的形成。但关键的是,确立起来的敦煌样式极其独特,它与中原的大唐风格全然不同。如果把莫高窟第45窟的壁画与陕西乾县章怀太子墓和永泰公主墓的壁画相比较,竟如天壤之别,完全是两种不同的模样!这不仅是儒家和佛家境界的区别,绘画传统与审美习惯的差异,更是汉族与西北少数民族的精神气质的迥然不同。

应该说,在强盛的大唐文化融化了莫高窟,并且进行再造的同时,西北民族把自己的精神溶液兑了进去。这样,如果我们再去看榆林窟3窟的《普贤变》与莫高窟3窟的《千手千眼观音》——这两幅标准的地道的中原风格的壁画,反觉得它们有些异样。尽管这两幅中原式的壁画当属超一流的杰作,但它们身在敦煌,却好似孤立在外,缺乏敦煌壁画一种特有的东西——那种独一无二的敦煌样式与敦煌精神,还有敦煌的冲击力和魅力。

四

在莫高窟作画的画工总共有多少人?从来无人计算,也无法计算。敦煌石窟的历史上下千年,壁画的面积四万五千平方米。历代画工的总数自然是成千上万。他们都是从哪里来的哪个族的画工？来自中原还是西域乃至遥远的印度，抑或是本地的丹青高手？回鹘族？党项族？藏族？蒙古族？还是汉族？在漆黑的洞窟中，偶然被我们发现到的写在壁画上的画工的名字，也不过十来个而已。从这些由画工们作画时随手写上去的自己的姓名看，如雷祥吉、温如秀、史小玉等，多半是汉族；但平咄子、氾定全等显然是北方民族的画师了。这些奇特的姓氏在中原是绝对见不到的。

从河西到西域那么多石窟，壁画的需求量极其浩大。而且它们地处边远，绝少人迹。在那个最多只有驴马和骆驼代步的中古时代，决不会有大批中原画家来"支边"。故此敦煌的画工主力一定源自本土；既有汉族的，也有各少数民族的。北方民族的画工对于敦煌的意义，是他们亲手用画笔来把自己的人生梦想与审美追求形之于洞窟中。至于那些生活在当地的汉族画工，也自会去努力投合本地的窟主——那些富有的供养人的习惯与偏好。这在客观上，就与北方民族画工的精神风格"主动地"保持一致了。

然而，这个由始以来就处在东西方文化交汇处的敦煌，对外来的新事物一直保持着高度的敏感与好奇，很少保守和排斥。从不断进入莫高窟的东西方的两方面的画风看，来自西域乃至印度的风格一直是固定不变的，而来自中原的画风却常常随同时代的更迭而花样翻新。这些变化在洞窟中留下划时代的美的变迁。但是由于供养神佛的窟主往往是西北民族，画工常常又是西北民族，中原文化进入莫高窟的同时，便被改造了，变成一种"敦煌"味道的壁画。在文化的传播中，只有被当地改造并适应当地的文化的才能驻留乃至扎下根来。这便是敦煌样式形成的深层过程。

等到敦煌样式真正成熟之后，后代画工便会自觉或不自觉地依循这个样式来作画。即使是最优秀的中原的绘画技术，如唐代的大青绿画法,宋代山水技法以及唐宋人物画的线描技法等等,也不能取而代之,必须以迎合的姿态融会其中。至此,敦煌的样式才是真正的独立于天下。

五

我们若用西北民族的精神语言去破译敦煌,一切便豁然开朗。

敦煌艺术的冲击力,首先来自那些在大漠荒原上纵骑狂奔的西北人不竭的激情。这激情在洞窟内就化为炽烈的色彩和飞动的线条,以及四壁和穹顶充满动感的形象。比起山西永乐宫、河北毗卢寺、北京法海寺、蓟县独乐寺那些中原壁画,后者和谐雅丽,雍容沉静;前者浓烈夺目,跃动飞腾;神佛也都富于表情,个个神采飞扬,不像中原壁画中的那些面孔,大多含蓄与矜持。至于在敦煌的壁画上处处可见的飞天,则离不开西北人对他们头顶上那个无限高远的天空的想象。那里的天宇,比起中原内地,辽阔又空旷,浩无际涯,匪夷所思;在这中间,再加上他们自由个性的舒展,佛教中的乾闼婆和紧那罗,便被他们发挥得美妙神奇,变化万端。他们还把这神佛飞翔的天空搬到洞窟里来,铺满窟顶;世界任何石窟的穹顶也没有敦煌这样灿烂华美,充满了想象。西北人如此痴迷于这窟顶的创造,是否来自他们所居住的帐篷里的精神活动?反正那些源自印度犍陀罗窟顶的藻井,早已成了西北民族各自心灵的图案了。

习惯于迁徙的西北民族,眼里和心中的天下都是恢宏又浩大。为此,在华夏的绘画史上,他们比中原画家更早地善于构造盛大的场面。兴起于隋代和初唐的《阿弥陀净土变》《观无量寿经变》和

《西方净土变》,展现的都是佛陀世界博大又灿烂的全貌。我们暂且不去为画工们的构图与绘画的杰出能力而惊叹。在此,我们应该看到的是,这种对理想天国热烈和动情的描绘,恰恰表现了在艰辛又寂寥的环境生存着的西北民族的精神之丰富和瑰丽!

饱满华美,境界宏大,充满激情,活力沛然,想象自由,情感浪漫,以及它无所不在的动感与强烈的装饰性,都是西北民族的整体个性的鲜明表现。它对外来文化的好奇与吸纳,表现了地处中华丝路前沿的人们文化的敏感性;它种种图案乃至花边与花饰,虽然各有特色,并都是各民族自己的文化符号,但在汉人眼里他们却是同一种异样的形象;至于敦煌壁画分外有力的流动感与节奏感,叫我们联想到那些响彻从中亚到我国西北的那些异域情调的胡乐。敦煌不是浓浓地浸透着这种西北民族独有和共有的文化么?

一般看上去,西北民族比较分散,各有各的历史及民族特征,谁也没在敦煌石窟中形成自己的气候。而且它们又处在中原文化强势的笼罩中。这样,我通常只把敦煌艺术当作中华文化中的一部分,最多仅仅是带着一种地域风格而已。

现在应当确认,敦煌艺术是中华文化的一部分,但它不是一个派生的和从属的部分,而是其中一个独立的艺术样式与文化样式。对于丝路上东西方的文化交流,整体的中华文化是敦煌石窟的文化主体;对于中华文化范围内各个民族和各个地域之间的多元交流,西北民族是敦煌石窟的主体。只有我们确认这个主体及其独具的样式,我们才是真正读懂了艺术的敦煌。

元代的敦煌留下一块古碑,它刻于 1384 年(元至正八年)。名为"六字真言碑"。所谓六字真言碑即碑上所刻"唵、嘛、呢、叭、咪、吽"六字,分别为汉文、西夏文、梵文、藏文、回鹘文、八思巴文六种文字。这六种文字在当时都是通用的。

石头无语,文字含情。它无声却有形地再现了敦煌当时生动的文化景观。那就是西北民族在历史舞台上的活跃与辉煌。

站在这个意义上,我们就会更自豪地说敦煌艺术天下无双。

六

促使本文写作冲动的直接缘故,当是书中这些迷人而珍奇的照片。这些堪称佳作和力作的照片,全都出自摄影家吴健之手。穿过他那个"非常专业"的摄影镜头,我们强烈地感受到大西北雄奇的风物和灿烂的历史创造,并且不知不觉沿着他的摄影路线往下走去——我们始发于唐代故都西安,途经扶风天水,翻越崆峒六盘,直穿河西走廊,抵达安西敦煌,再出阳关玉门,远涉西域诸城……这样一路下来,已是满目璀璨;处处山水,别有奇丽,人文风景更是异变无穷。我忽有所悟,这路线不正是当年张骞、法显、朱士行和玄奘的西征之路么?待要从中寻找卜古先贤们那些英雄般的足迹时,又有所悟,吴健这一路所拍摄下来的遗址与石窟,不就是昔时东西文化交流留下的一个个清晰的见证么?

在这些照片上,风物仅仅是自然环境,人文历史才是它的主题。稍稍留意,就会发现,吴健的摄影路线就是依循着千年之前东西文化往返传播的路线。当我们的想象在这条路线上缤纷地展开时,吴健才不慌不忙地为我们捧出了美丽的敦煌。没有辽阔的横向视野,就没有纵向深入的思维的穿透力。显然,吴健的镜头里有一种大气磅礴的历史观了。

也许由于我从事创作的习惯,画面形象最能调动我的灵感。

我一看吴健这些表现西域和河西的空间浩博的照片，眼前即刻全是纵骑狂奔的西北民族轮廓坚硬的面孔。比起对敦煌样式的本质认识得更早，就已经从石窟中看到了那种属于西北民族的剽悍又浪漫的精髓了。

谁的摄影作品能启发出这种理论思考？

吴健首先是一位颇具才气的摄影家。他天性豪爽重义，又耽于思索。大西北这片无边无际的荒沙大漠，正契合了他放达又含蓄的天性。在这片天地里，没有复杂的构成，没有过多的细节累赘，没有暧昧的光线。它开阔、明朗、流畅，又宁静和清纯，有时还略带一点忧郁；这既是西部的风格，也是他作品的风格。两种风格的重合——也许正是这位出生内地的摄影家，偏偏定居在千里之外的边地敦煌的真正缘故。

然而，这位供职于敦煌研究院的摄影家，又是一位敬业的敦煌文化工作者，他那终日在壁画上流连的镜头，不仅是对美的寻觅和记录，更追求一种发现。这发现不仅仅停留在壁画表层，还进入思考的深层。这样，他才奔波万里，历尽辛苦，为我们拍摄下关于敦煌的浩瀚的版图，使我们能从中来认识敦煌更巨大与深在的价值。

那么，读者从中是否也会另有心得与发现？吴健和我，都期待着。

2000.4.6

中国雕塑史四题

我国是雕塑大国,其历史成就堪与古希腊以来的西方雕塑比肩并立。但是在数千年历史进程中,中西雕塑相对封闭,除去在丝绸之路和佛教东渐时期,中国雕塑间接受到"西来"的影响,然不论其宗旨、法则、技艺、造型、审美语言,还是历史嬗变的历程,皆自成体系。本文设四题,对中国雕塑自身的一些特征进行探讨。

一、没有雕塑家的雕塑史

中国雕塑史始自远古,及至近代;数千年来景象万千,遗存杰作浩如烟海,然而若要从中寻找几位雕塑家,一定落得空茫。不像西方,从古希腊的菲狄亚斯、波利克里托斯、利西普斯到文艺复兴的米开朗基罗、多那太罗,再到贝尼尼,及至罗丹,大师巨匠如满天星斗。西方的雕塑史既可以其名作串联起来,也可以雕塑家的名字贯穿;中国的雕塑史则不然,所有经典作品,几乎都没有作者姓名;那些史书上偶见人名者,却不见其作。我们的雕塑史只是作品史,或是佚名的作品史。原因是什么?

其实艺史伊始,画工塑手全都是芸芸众生,渐渐才显露出声名。在我国由魏晋至唐,社会文化繁盛,楼阁寺观勃兴,一些擅长绘画与雕塑的人有了用武之地，才华如花绽放，颇受社会尊崇，他们的"大名"也为世人所知，如顾恺之、展子虔、陆探微、张僧繇、曹仲达、戴逵父子、僧佑、吴道子、周昉、杨惠之等，这中间有"光耀古今"的大画家，也有大雕塑家，不少人还多才多艺。有的是民间画师雕工中的佼佼者，也有的通晓诗词音律，本身就是文人。在那个时期画家和雕塑家是平起平坐的，彼此不分高低。《五代名画补遗》中是将绘画与"塑作门"和"雕木门"并列的，各种艺术互相影响，这情况挺像意大利文艺复兴时期。

可是，有一点值得注意，我们与意大利文艺复兴有一点不同——

宗白华先生在谈到文艺复兴时期时，说到一个重要问题，即西方的绘画与雕塑的关系问题。他说"西方的绘画受雕塑的影响"。这可能因为西方雕塑早在希腊时期就如日中天，其成熟先于绘画；在艺术上，成熟的一定要影响不成熟的。可是中国刚好相反——是绘画影响雕塑。比如，北齐时代佛造像出现的那种奇异又优美的"薄衣贴体"的风格，其来由一直令人困惑。我曾请教过钱绍武先生，他说"来自于中亚"。我想他对此肯定做过专题研究。因为北齐时代最具影响力的绘画语言是曹仲达的"曹衣出水"。曹仲达来自中亚的乌兹别克斯坦撒马尔罕（曹国）。正是这位画家从异域带来的时髦的画风，影响了风靡一时的北齐的雕塑风格。这是中国雕塑史上"绘画影响雕塑"一个突出的例证。

进而说，中国绘画对雕塑更本质的影响，主要在两个方面，一是中国雕塑强调线条，这因为中国绘画是以线造型；二是中国雕塑看重二维的正面效果，而不是三维的立体形象。二维效果正是绘画效果。

然而,西方文艺复兴与我们更"深刻"的不同的是对人性的解放和对个人的肯定(布克哈特),这样就把艺术从神权下解放出来,并使艺术家从芸芸众生中脱颖而出。相对之下,中国的雕塑主要是服务于宗教,只能去诠释宗教的本义,没有个人的思想精神与艺术精神,也就没有创造,真正意义的雕塑家从何出现?

这个问题到了宋代更加突出,宋代的绘画走向精英化。一方面是皇家建立画院,画家入朝封官,进入殿堂,身份由画工变为画师,个人才艺得到激扬,技术上日趋精熟;另一方面是文人画的出现,绘画在文人手中,渐渐成了个人心性与审美个性恣意抒发的文化方式,不再为神权也不为皇权服务,从而使绘画走上精英层面,真正意义的画家也就出现了,画家开始把自己的"大名"堂堂正正题写在画面上。

但在这方面,绘画却没能影响到雕塑,雕塑始终站在原地没动。原因之一是这种与砖石木工打交道的事很难进入文人的书斋文房,也为文人所不屑;原因之二是在长期封建社会中,中国雕塑绝少为人立像,故古代普通人的雕塑形象只有从"代人送死"的明器(俑)中寻找。古代中国造像的主题始终是宗教偶像。制作偶像的人是没有地位的。所以,雕塑作为一种行业始终在民间,从未进入过精英层面,再高超的雕工塑手也被视为皂隶之流,没有任何社会地位,何名之有?这便是中国雕塑史一直看不到雕塑家的缘故。

没有雕塑家的雕塑,本身就不会有个人艺术上的自觉,也无理论;在我们的美术史籍中,有卷帙浩繁的画论,却几乎没有雕塑的论著。当然,也就很难看到明确的个人风格。

故此,我国对雕塑的鉴定没有个人风格的判定,只是时代风格和地域风格的判定。从时代风格上判定是纵向的,比如唐、宋、元、明、清等;不同时代有不同的风尚与审美,这很明显。张大千先生当年对敦煌莫高窟的断代,就是从窟中壁画与雕塑的时代风格来划分;但往往在时代更迭期间,风格上就难以区分了。从地域风格上判定是横向的,如山西、陕西、四川、福建等;各地有各自特有的气质、传统与使用的材料,特征便彼此不同;可是由于地缘上的影响和交流,相互又难以辨清。至于那些湮没其中的无名无姓的无数的天才艺人更是无从得知!

中国雕塑史有一定的模糊性。

每次面对着云冈石窟我常常有两种感情,一种是民族文化的博大雄厚,成就之灿烂与巍峨,使我感到骄傲与自豪。同时,由于找不到曾经那些千千万万才气横溢的创造者——具体的个人,又感到历史的空寥与不平。然而,历史是无法补救的,这恐怕就是充满遗憾的历史的本身了。

二、传神比解剖学更重要

中国雕塑史最令我困惑不解的是秦朝的兵马俑。在那个公元前两世纪——中国雕塑的青春期,怎么会有如此庞大而纯熟的写实巨作贸然出现?那浩浩荡荡、真人一般大小的武士们,不仅面孔逼真,衣装如实,又性格各异,连脚上鞋履都各式各样。这种严谨的写实风格的雕塑是秦朝以前不曾有过的。这是一种写实主义潮流突然的崛起吗?可是此后再见不到如此写实的雕塑,连这样大体量的人俑也从此绝迹。进入汉代的汉俑,又回到原始社会以来的写意和传神的传统中去。看一看霍去病前那一组著名的随形石

《罗汉》石雕

雕和各地墓室中大量充满浪漫的意象色彩的画像石就清楚了。然而此后,中国的雕塑史的主流一直沿着这条道路走下去。秦兵马俑的写实风格居然只是这样昙花一现!中国雕塑与西方所走的是完全不同的道路。

决定西方古典雕塑本质的重要元素之一是解剖学。西方的解剖学在古希腊时代已经出现,经历了动物解剖到人体解剖,科学性上远远优于受制于长期封建社会及儒家思想的东方中国。

中国人在华佗之后就不主张开肠破肚,连医学也不问解剖。

在西方,直接受益于解剖学的除去医学,就是绘画与雕塑了。文艺复兴以来,达·芬奇、拉菲尔、米开朗基罗、丢勒、卢本斯等艺术史上领军人物都把解剖学切实引入绘画与雕塑,成为造型的根本和原理;达·芬奇本人还是对解剖学做过贡献的人。由是而下,西方的"艺术解剖学"油然而生。

中国的雕塑从来没有解剖学的成分,就像绘画没有透视学的成分。但是必须强调,不因为没有解剖学中国雕塑就不"科学",不"真实",就"落后"了,中国雕塑走的完全是另一条路,所建立的是"传神至上"的雕塑王国。在中国人看来,艺术的最高追求不是真实,而是传神。科学服从客观,艺术纯属主观。

上古时期,雕塑初始,人们手无技巧,如实摹写事物的能力相当有限,就将事物的特征与神态看作"艺术的根本与目的"。传神便成了中国造型艺术万古不变的宗旨。没有科学解剖学和透视学来支撑,反而帮了中国艺术的忙。不被事物的表象束缚,却可以舍末求本地去直取事物的根本——神。很早中国人就把为人画像称为"传神写照"(顾恺之);不屑拘泥于表象的"形似",明确提出了"作画求形似,见与儿童邻"(苏轼)的主张。

中国艺术的"神"字,很值得研究。这个神字,其实并非只是指客观对象的神态和神情;还有艺术家主观感受,这里边包括艺术家的神会(体验)、神示(感悟)和神采(个性化的艺术精神和审美精神)。

中国艺术所要传的神,是客观的神与主观的神融为一体的神,是广义的神,也是深层的神。

这样,中国艺术在本质上,一开始就具有主观性;艺术的关键不在对象上,而在作者自己一边;为此,中国雕塑的面貌便迥异西方。虽然在中国雕塑千千万万的历史杰作中找不到雕塑家姓甚名谁,它们却无不闪烁着创作者非凡的主观感悟与精神。

三、从造像时代到工艺时代

中国雕塑史上一个重大转折在明代鲜明表现出来。

这个转折的背景,首先是宗教在宋代大踏步地世俗化——这世俗化在大足石窟里展现得淋漓尽致。及至明代,鲜有大型的露天的石窟再动工开凿。外来佛教的初期(南北朝),富于神秘的氛围与魅力,所有造像都带着一种新奇的吸引,也充满创造性,然而当它们融入了本土的文化,成为人们日常生活的一部分,这种新奇感便渐渐褪去,造像变得日益模式化。同时,由于宋代以来的城市高度发展,宗教生活更多转向室(寺庙与家居)内,规模相对较小的木雕泥塑成为主流,大型石雕渐行渐远。在明代,较大体量的室外石雕只剩下极少的皇家贵族陵墓墓道上的石人石马,以及成双成对的门狮,而且也很程序化。宋陵前的翁仲个个有血有肉,明陵前石人石马只是一种大型的配置与符号;至于陵墓内随葬明器中的陶俑,也变得愈来愈少愈小。传统的雕塑空间日益萎缩。可是,雕塑并没有由于宗教需求的削弱而转向现实生活,它转向哪儿去了呢?

它转向了服务于生活的装饰与工艺。

在明代,随着城市经济的发展和生活文化的丰富,各种装饰性和工艺性雕塑迅速发展起来。在中国的雕塑史上,这种装饰生活的雕塑自古有之,甚至是雕塑史的源头之一。我们能找到的雕塑史初始的证物,不就是各种人头陶瓶、狗形鬶、鸟形壶、人面或兽面塌,以及人身上佩戴的各种雕琢的饰品吗?而且秦汉以前陶器、玉器、铜器、金银器等方面的造型、制作和工艺上,都已达到了极高的水准。装饰性雕塑是服从应用和满足需求的;应用要求愈高,制作工艺愈精。于是在明代,退下神坛的雕塑,在民间工艺上大放异彩。

明清两代是雕塑市井化、应用化、技能化而遍地开花的极盛时代。工艺雕刻的种类多不胜数。

可是由于我国民间生活事项过于纷繁,民间美术过于庞大丰杂,始终没有科学的标准的分类。2002年以来,我们在全国民间文化抢救性普查中也遇到这个问题。分类不清,就无法使调查和整理井然有序。2005年我们邀请一些国内民间美术学者共同研究民间美术的分类标准与方法,结果仍然没有取得一致意见,比方雕塑,除去单纯的雕塑作品,其它如建筑的内内外外、家居生活的各类物品、人身上的各种饰物,何处没有雕塑和雕刻?而且,各地的崇尚不同、审美有别、材料各异、工艺上各显其能,甚至各走极端,并在传衍已久中形成了各自的传统。这样,对其分类至今仍是一个无人能解的难题,同时也表明我国真是一个无比纷繁和绚烂的工艺大国;一个心灵手巧的国度。

在工艺时代里,雕塑的特点在于它的装饰性、精巧性、技能性、审美的地域性和审美心理的市井化。其负面的问题仍是与精英文化的脱节,与社会现实的脱节。因此在这样的时代里,更多是工艺名师的出现,却依然没有雕塑家站出来。

从根本上说,是长期封建社会不能为人立像的历史,在明代以后把疏离了宗教的雕塑挤进了生活装饰的大海中去。

这个历史不思考,我们就很难建立起真正意义的中国现代雕塑,并使它站立在时代文化的前沿。

四、乡土雕塑的另类价值

在谈论中国的雕塑史时,我们会经常忘掉了自己另一大块"世界",就是乡土雕塑。

乡土雕塑在广大乡间,与上述的城市中的工艺雕刻不同,乡土艺人为民间的精神和情感的需求而去雕塑。民间有高手能人,所以不乏精品。但这种人的姓名更加不为他人知晓,作品在民间或存或失,自生自灭。这也是所有乡土文化的生命方式。由于它过于草莽和草根,无人关切,所以乡土雕塑在艺术史上一直身处被遗忘的角落。

然而,它的历史最为久远,其源头直通远古。在原始社会,人们抟土凿石,雕塑偶像,表达信仰;或徒手捏造物象,抒发内心的情感。这种源发于心灵的艺术方式,在雕塑渐渐成熟、进而成为专业之后,却还有一部分如根 般深深留在大地中和乡野里,始终遵循着传统的自发与传神。特别是明代以后,城市雕塑走向工艺,乡土雕塑依旧如初。为此，我们把雕塑分为两大类，一是城市的工艺雕刻，一是乡野的乡土雕塑。这两类截然不同。

工艺雕刻在城市，材料考究，工艺讲求精湛与精致，题材为广泛的世俗生活，情趣世俗化，在市场中存活，雕工塑手推崇名师。

乡土雕塑一如远古，主要的题材是信仰的偶像。在民间，信仰并非真正意义的宗教。尽管有时也借用宗教偶像，那只是把它们拉来作为赐福给自己的神灵而已。由于生活与人生的需求广泛，民间自己创造的神灵偶像远远多于来自宗教的神佛。栾保群先生在《搜神》中收集到的古代民间神灵高达七千以上，我相信还远远没达到实际的数字。所谓古代的"泛神"产生的根由，即是每有一种实际的需求与向往，就造一个神灵。在没有进入现代文明之前，民间信仰并非"迷信"，更不是宗教，而是一种心灵企望的对象化，向天地索求而与之对话的一种依托的方式，一种面对强势的大自然的弱者的自我慰藉。在把这种偶像具象化时，就会有很大的想象空间；人们总是按照自己的需求，给它的职能、法力和形象以丰富的创造。

更有意味的是，民间信仰的偶像与宗教偶像不同，宗教偶像有定型和定式，民间的信仰偶像却不严格，可以自由发挥。宗教偶像庄严肃穆，信仰偶像与人亲和。在民间，人们在心理上担虑这些"掌控命运"的神灵与自己相距千里，求之不得，切望"神之格思"（诗经），所以在"造神"时主动将神灵与自己拉近，将神灵的形象人格化，平民化，亲切化，用以安慰自己。比如老虎是凶猛的，在民间崇拜中，人们借它来辟邪，保护儿童；但人们不是把它放得远远的，供奉它，而是把它戴在孩子头上（虎帽），穿在孩子脚上（虎鞋），叫阳刚的虎威和孩子的生命亲切地融为一体。再比如，民间所信仰中护佑儿童的娘娘要比送子观音平和与随意得多了。虽然送子观音也是中国民间的再创造,但菩萨终究是佛教角色,必须庄重不阿;民间的送子娘娘来自民间自己的想象,因此常常被雕塑得慈爱宽和,看似邻居大妈,娃儿绕膝,或爬满身,甚至有的娘娘还给娃娃把尿。民间信仰更接近一种生活理想,这便给乡土雕塑极宽阔的想象与创造的自由。

因此说,民间文化的本质是非理性的,自发的,情感化的,理想化的,由生命直接生发出来的。在艺术上它不需要理论,只凭天性中的感悟与直觉。这也正是民间文化本质上与精英文化的区别。为此,精英文化因时而变,民间文化始终保持它原始的根性。这正是在人类进入冷冰冰的工业化的机器时代,渴望回过头去寻生命的本真和源头时,为什么总是向远古求索,到民间寻觅。因为一直直通着远古的是民间,是乡土。乡土里保持着活着的文化源头。

乡土的雕塑不讲究材料的高贵,多是就地取材;山石多就刻石,树多就雕木,山西黄土多就遍地泥塑;山西人吃面不吃米,还遍地面花。徽州人刻当地的青石,曲阳人刻本地盛产的大理石,四川的乡间都用房前屋后的砂岩造像。长久以来,人们使用着本土的材料雕塑,经验渐渐转化特殊的技艺,再加上人们特有的地域气质,便成了乡土雕塑独有的魅力。这种魅力代代相传。艺术需要悟性,人的悟性有高有低,传到某一代,碰巧这代人天资和悟性高,技艺得到创造性的提升,一批才气洋溢的作品便留在大地上,也留在历史中。

然而由于过往的历史对民间生活的轻视,艺术史对民间文化的轻视,乡土雕塑无人关注,身世寂寞,境遇苍凉。它叫我想起俄罗斯作家契诃夫在小说《草原》中对那无比壮美又无比寂寞的草原心中充满不平的呼喊：

> "你坐车走上一个钟头,两个钟头,路上碰见一所沉默的古墓或一块人形的石头,上帝才知道那块石头是在什么时候,由谁的手立在那儿的。夜鸟无声无息地飞过大地。渐渐你回想起草原传说,旅客们的故事,久居草原的人们的神话,以及凡是你灵魂能够想象的事情……你的灵魂响应着这美丽又严峻的乡土的呼唤。然而,在这美丽中,透露着紧张与痛苦,仿佛草原知道自己的孤独,知道自己的财富和灵感对这个世界白白的荒废了,没有人用歌声称颂它,需要它,人们好像听到草原悲凉又无望的呼喊:'歌手啊！歌手啊！'"

乡土雕塑大量的存世杰作,千姿万态的美,以及它承载的大量和无形的文化信息,但它至今仍是没有真正揭开的雕塑史的一角。特别是那些反映着古代中国人精神向往的千姿万态、神奇又优美的民间偶像,在艺术上并不亚于那几大石窟的经典巨作,但是如今已多数无人识得,能叫雕塑史这一角成为永恒的空白吗？

2014.8.6

民间审美

那些出自田野的花花绿绿的木版画,歪头歪脑、粗拉拉的泥玩具,连喊带叫、土尘蓬蓬的乡间土戏,还有那种一连三天人山人海的庙会,到底美不美?

自古文人大多是不屑一顾的。认为都是粗俗的村人的把戏,难入大雅之堂。故而这些大多为文盲所创造的民间文化一边自生自灭,一边靠着口传心授传承下来。

当然,在古代也有一些文人欣赏纯朴天然的民间文化,大多是些诗人。他们的诗中便会流淌着溪流一般透彻的民歌的光和影。从李白到刘禹锡都是如此。但是,古代画家则不然,他们崇尚文人画,视民间画人为画匠,很少有画家肯瞧一眼民间绘画的。美术界学习民间的潮流还是在近代受到了西方的影响。西方的绘画没有"文人画",所以从米开朗基罗到毕加索一直与民间艺术是沟通的。在他们的心里,精英的绘画是"流",而民间艺术却是一种"源"。

在人类的文化中,有两种文化是具有初始性的源。一种是原始文化,一种民间文化。但在人类离开了原始时代之后,原始文化就消失了。民间文化这个"源"却一直活生生地存在。

精英文化是自觉的,原始文化与民间文化是自发性的。"自觉"来自于思维,而"自发"直接来自生命本身。它具有生命的本质。所以,西方画家总是不断地从原始与民间这两个"源"中去吸取生命的原动力与生命的气质。

所以说,生命之美是民间审美的第一要素。

可是,民间文化从来都只是被使用的。被精英文化作为一种审美资源来使用。它的本身并没有被放在与精英文化同等的位置。

在近代,人们对民间文化所接受的一部分,也都是靠近"雅"的一部分。比如戏剧中的京戏,由于趋向文雅而能够受宠,而许多土得掉渣的地方戏仍然被轻视着,因而如今中国一些地方戏种已经到了濒死的边缘。再比如在民间木版年画中,比较城市化而变得精细雅致的杨柳青年画容易被接受,一些纯粹的乡土版画很难被城市人看出美来。

民间文化有自己独特的审美体系。包括审美语言、审美方式与审美习惯。陕北的那些擅长剪纸的老婆婆在用剪子铰那些鸡呀猫呀虎呀娃娃呀的时候,一边铰一边会咧开嘴笑。她们那种无声的"艺术语言"会使自己心花怒放。民间文化与精英文化的另一个不同是,民间文化是非理性的,纯感性的,纯感情的。这种感情是一种鲜活的生命和生活的情感。有生命的冲动,也有生活理想。有精神想象,也有现实渴望。他们这种语言在广大的田野与山间人人能懂。一望而知,心有同感,互为知音。

因此民间审美又是一种民间情感。懂得了民间的审美就可以感受到民间的情感,心怀着民间的情感就一定能悟解到民间的审美。我们为什么只学英语,与洋人交流;偏偏不问民间话语,与自己乡民村人交谈,体验我们大地上这种迷人的情感?何况这是一种优美而可视的语言。这种语言坦白、快活、自由、一任天然。没有任何审美的自我强迫，全是审美的自发。它们不像精英文化那样追求深刻，致力创新，强调自我。它们不表现个性，只追求乡亲们的认同；它们追求的实际上是一种共性。至于某些民间艺人的个性表露也纯粹是一种自然的呈现。他们使用的是代代相传的方式。纵向的历史积淀的意义远远超过个人超群的价值。它们最鲜明的个性是地域性，它们的审美语言全是各种各样的审美方言。所以民间审美的重要特点是地域化，也就是审美语言的方言化。这便使民间审美具有很浓厚的文化含量。

写到这里，我便弄明白了——过去我们判断民间艺术美不美，往往依据的是精英文化的标准。这样，我们不但只接受了民间艺术很小的一部分，而且看不到民间艺术中的文化美，也就是民间审美的文化内涵。

今天，我们正处在农耕文明时代向工业化的现代文明的转型期。农耕时代的一切创造渐渐成为历史形态。我们应该从昔时的看待民间文化的偏见性视角与狭义的观念中超越出来，从更广更深的文化角度来认识民间文化，感受民间独特的审美。从而将先人的创造完整地变为后世享用的财富。

2002.12

以假当真

那年,在伦敦街头巷尾一家小小饭店与当地的几位作家聚谈,有两件事至今犹然记得。一件是这家小店的外墙如同室内那样粉刷成白色,而店内的墙面反而是砖砌的,一如外墙,从外边走进这家小店,反倒像由屋内走到大街上坐下来吃饭,这感受甚是奇异!另一件是这几位作家中,滔滔不绝者所说的话,过后叫我一句也记不得;但其中一位下巴蓄着小胡、死守着缄默的老头儿,忽然蹦出口的几句话,倒叫我深记难忘。后来从报上才知道他得了诺贝尔文学奖,便是写《蝇王》的威廉·戈尔丁。

他忽然问我:

"中国画家为什么用黑颜色作画?"

黑颜色,中国人谓之墨。他所说的便是水墨画。我答道:"因为黑色是一种语言,就像黑白照片……"他听了似乎不以为然,我又说:"因为黑色是最重的颜色,与水调和能调出深浅不同最丰富的色调,其他颜色很难调出这样多的色调……"他的神情依然肃穆不动。我想了想再说:"因为中国人从来不把画当作真的。怎么……你不能理解吗?"

他像被什么打中了那样,身子一震,眼睛放光,声音好似更亮,他说:"不不,中国人真棒,真是棒极了!"他摇头晃脑,赞叹不已。

无需我再多说一句,他已经理解了,而且一下子也理解了中国艺术最伟大的特征之一——以假当真。东西文化的不同,被他以一种感悟沟通了。艺术的道理对于他这种人,一点即透,无须多言,我朝他欣赏地点点头,他也会意,一笑便了。

墨之黑,本来只是缤纷世界千颜万色中的一种,但中国人用它描绘一切。为什么不失却真实,也决不会引得人笨拙地问:这树为什么是黑的?荷花为什么是黑的?麻雀为什么是黑的……难道人的嘴会是黑的吗?

在中国的章回小说中,每回结束必写一句话,"欲知后事如何,且听下回分解"。难道同样,在京剧《三岔口》中,任堂惠与刘利华的全部"夜战",竟然都是在灯火通明中进行的。为什么没有观者指责这种不真实已经近乎荒唐,反倒看得更加津津有味。在中国的戏曲舞台上,一根马鞭便是一匹千里神骏,几个打旗的龙套便是浩浩三军;抬一下脚便是进一道院或出一道门。西方人面对这些可能惊奇莫解。中国人却认可这就是艺术的真实。

中国艺术家为什么敢于如此大胆地以假当真,将读者与观众"欺弄"到这般地步,非但不遭拒斥,反而乐陶陶地认同?我想,中国的艺术家更懂得读者与观众的欣赏心理——假定这是真的。

其实,无论是东方还是西方,没有任何一个读者或观众会把一部小说当作真实的事件,把一幅画当作真实的景物,把一出戏当作真实的生活场景,只不过东西方艺术家对此所做的全然是背道而驰的罢了。

西方戏剧家从易卜生到斯坦尼斯拉夫斯基,都在努力使演员进入角色,演员在舞台上必须忘掉自己,舞台不过是"四面墙中抽掉一面"的生活实况,观众好像从钥匙眼里去看别人家中发生的事;然而在中国的戏剧舞台上刚好相反,《空城计》中诸葛亮唱完后,轮到司马懿唱时,诸葛亮可以摘掉胡子,使手巾擦擦汗,喝口茶水润润嗓子,因为他完全清楚观众知道这是唱戏。戏是假的,只有演员的艺术水准和功夫才是货真价实的。这样,东西方的剧场也就截然不同。在西方的剧场里,观众不敢响动,甚至忍住咳嗽,怕破坏剧场的气氛,影响真实感;但在中国的剧场里,观众却哄喊叫好,以刺激演员更卖力气;对于中国观众来说,这种剧场高潮往往比戏剧高潮,更能得到满足。

西方的古典画家同样把真实视为最高的艺术法则。他们采用焦点透视、光线原理与人体解剖学来作画,尽力使观众感到物象的逼真如实,而中国画家却用黑色描绘山水、花鸟和人物,为了表达的自由,他们将"泰山松、黄山云、华山石、庐山瀑"超越时空地集于一纸,这种透视不依据眼睛,而是依据心灵(现代美术理论家称之为"散点透视"),他们甚至还把诗文图鉴都搬到画面上来,与画中种种形象相映成辉。因为中国画家知道观者要看的,不是生活的,而是生活中没有的。比如画中的意境、品格、情趣以及笔墨的意蕴。

至于小说,更是如此。

西方的小说家着意刻画他笔下人物皮肤的光泽、衣服的质地与眼神种种细微的变化,努力把他的读者导入如实的感受和逼真的情境中;中国人的小说家则只用"沉鱼落雁之容,闭月羞花之貌""熊腰虎背,声如洪钟,力能扛鼎"之类的套话来形容一位美女或英豪。因为中国的小说家知道读者更关注的是这些人物超乎意料的行为,以及故事怎样一步步更牢牢地抓住他们向前发展。

以假当真,不是艺术家非要这么做不可,而是读者与观众需要这么做。

中国的艺术自始就立在这一点上。因为艺术家深知艺术不是重复生活,而是超越生活。艺术,也正因为它是生活中没有的,所以才更有存在价值。

音乐不是大自然的声音,诗不是生活用语;小说当然不是生活的记录,画当然不是现实事物或景物的重现。人们日日生活在现实里,何须你再来复制一个现实?这也正是自然主义最没有艺术价值的缘故。

西方的写实主义蓬勃于没有摄影和电影的时代。自从人类发明了照相机和摄影机,写实精神在西方艺术中便不是至高无上的了。而中国人就像明白罗盘的原理那样,早早地就明白了艺术不是复制生活的法则,从不崇拜写实,从不顺从器官的感受,而听凭心灵的感受,大胆地以假当真,创造了高明又伟大的东方艺术。倒是当代的中国人陷入愚蠢,把自然主义和摄影现实主义奉若神明。于是,文学只剩下表面上杂乱不堪的"感觉真实",绘画坠入了模仿照相的技术主义。当毕加索、克里姆特、马蒂斯等人从东方中悟到艺术的真谛,从而使西方的艺术更"艺术",但他们哪里知道如今的东方艺术正在退化?

艺术由于它给予人们的都是生活中没有的,因故才叫创造。

创造都是由无到有,创造都是为了需要。

人们需要艺术,除去认识上的启迪,审美的享受,心灵的慰藉,闲时的消遣,还有好奇、娱悦、消解、释放,以及对生活和生命的种种的补充。

艺术家一旦明白这一艺术原理,现实生活就变得有限。艺术家在复制生活时常常陷入被动和无能,超越生活时才进入放纵和自由。诗人更加浪漫,小说家更富于想象。为此之故,中国古典小说的主要特征和主要魅力是传奇。

再说京剧《三岔口》,它不是依据漆黑的夜色——这视觉上的真实,而是抓住人们在黑夜里的动作特征——摸索和试探,这样不仅将灯火通明中的夜战表现得巧妙又可信,人物面对面的探头探脑和摸打滚爬反而更加妙趣横生。一招一式,惊险机智,又富于幽默,倘若把舞台的灯光完全关闭,一片漆黑,虽然真实了,却什么也看不见了。中国戏曲正是这样把戏当作戏,艺术创造上才能更自由。

至于中国戏曲舞台上的演员和角色,它们既是"合二为一",又是"一分为二"。演员有时进入角色而表现角色,有时跳出角色表现自己。演员的技艺刻画了角色的能耐,演员的功夫又加强了角色的魅力。观众既欣赏到角色的本领,同时也欣赏到演员超凡的功力,得到双重的满足。演员与角色,真真假假,浑然一体。艺术家所能发挥的天地是双倍的。

那些"不求形似"的中国画家,更是水墨淋漓,满纸云烟,信手挥洒,尽情张扬自己的意趣与个性。对于这些画家,"眼中之竹不是手中之竹,手中之竹又不是心中之竹也"。这"眼中之竹"便是属于大自然的,"心中之竹"是超越自然而属于艺术家主观的、理想的和艺术的。于是,郑板桥的清灵潇洒,朱耷的悲凉寂寞,王冕的高洁脱俗,都不是来源于自然风物,而是活脱脱的深刻的自己。然而中国观众要看的也正是这些。

写到此处,方应说道,中国人真是懂得艺术。正像我曾对威廉·戈尔丁所说:"中国人从来不把画当作真的。"艺术家才获得天宽地阔的创造自由。东方艺术的特征,东西方艺术的区别也就因此而生。任何艺术的形成,一半靠艺术家的天才创造,一半靠富于悟性的读者与观众的理解。艺术史往往只强调前一半,可是谁来写一部读者史或观众史?

1995.8.8《文汇报》第七版

女扮男装和男扮女装

近两年,冷了许久的越剧在大陆忽然热了起来。这大概由于商海惊涛骇浪,人际虚实莫测,越剧这种情真意切的纯情艺术,给世人心灵以慰藉,因故老干新枝,重新走红。于是那争说已久的"女扮男装"又入话题。

长期以来,大陆的文化界一直有人把传统戏曲中的女扮男装和男扮女装视为一种封建落后、畸形变态的产物。在封建时代,男女授受不亲,怎能同台演出?更不能一起要死要活地表演爱情,只好女扮男装或男扮女装。对这个传统的特殊的戏曲现象,给予批评最激烈者当属鲁迅。鲁迅的批评似有一锤定音的意味。因而五十年代以来,女扮男装和男扮女装便有渐渐退出戏曲舞台之势。尽管京剧的四大名旦作为一种历史成就受人尊崇,后来者则几乎绝迹;越剧界曾经尝试一种自我革命,组织"北方越剧团",小生与老生一律改由男性演员扮演,性别合乎天然,台上男女分明,一改传统,面目一新,不料这一来,越剧的魅力与光彩却顿然消失。艺术在失去魅力的同时失掉观众。最后这种北方越剧团只好关门散伙。而今日,依然还是这种女扮男装的越剧竟然在现代大陆舞台上重放光彩,是何缘故?

我想,关键还是女扮男装。

往深处一想,女扮男装乃是一种女性的角度,正像京剧中的男扮女装是一种男性的角度。一个演员在表演与自己同种性别的角色时,不会想到性别,更不会把这种性别对象化,但异性演员却能做到。因为他演的不仅是一个角色,还是一种异性。他的角度必然是异性角度,而不是同性角度。这样,对角色的性别特征和性别魅力就变成一种追求、一种强调、一种凸化,显露出性别的异彩。比如宋长荣表演的红娘,既有热情仗义、爽直泼辣、聪明伶俐的人物个性,又有妩媚妖娆、羞涩亲昵等女性魅力。后者则是男性演员充满爱意地强调的,人物形象便更加饱满迷人。这是女性演员很难达到的一种境界。因为这种男演员扮演的女性,都是男性眼中和心中的女性,只有男演员才能把它强化出来。

同样,在越剧中,女扮男装的小生都是女性心中理想的男人形象。京剧的小生与越剧的小生区别很大。京剧的小生多是文弱迂腐的书呆子,常常是丑行调侃揶揄的对象。在越剧中就不同了。越剧小生一律是英俊潇洒,风流倜傥,儒雅多才,品行端正,尤其对爱情的忠贞不渝,都是女性美好的向往。因此,在这清一色的女子戏剧中,主要都是小生戏。台上是女演员,台下多半是女观众,男性形象却在这中间大放光彩!这真是一种奇特的戏曲现象!应该说:越剧是纯粹的女性的艺术。它的特征正是用女扮男装体现出来的。

艺术的背景与艺术的精神往往相辅相成。中国大写意画艺术的高度发展,正是在清代中期随着城市崛起而书画走向商品化的时代。由于买卖方式(如按尺寸定价)的迫使,反而造就了大写意画的笔墨洗练,高度概括,三笔两笔,意味无穷。再比如,民间戏曲在早期的流动性演出中,不便携带和安装布景,反而促成了中国戏曲景物的虚拟性、空间的抽象性、人物动作的以假当真等艺术特征。至于女扮男装和男扮女装，尽管它由于封建伦理的逼迫所致，非但没有削弱了戏曲的表现力，反倒使角色的性格魅力得到张扬，乃至创造出越剧——这一最充分的女性戏曲艺术来。其实，最优秀的艺术都是在限制中表现自己的。限制愈严格，艺术愈高超，古老的中国艺术的奥妙往往就在其中。现在，对传统戏曲中这个特殊而非凡的艺术现象，应该从理论上认真加以再认识了。

1995.7.28《中国艺术报》首发

飞来的火种？

许多往事自己会渐渐化作一幅画。这画一旦形成,就挂在你的心上。叫你常常把它想起,令你神往。比如中学时代夏令营的篝火晚会,嘿!不用细说,只要你有过那种生活,保准你一闭眼,它就立即像画一样清晰地显现出来。那闪光夺目的篝火,会一下子把留在你心中的轻快的青春脚印照亮,甚至惹起你一阵怀念的、痴迷的、甜蜜的冲动。你纠缠满身的琐杂世事会不知不觉地抖落,重新感受到无忧无虑的少年生活的那种醉人的气息;就像拨开厚厚的浮萍,看到那晶亮、幽蓝、清冽的湖水一样……

我记得好清楚。那夜——

被夜爱抚的原野多迷人!它丢开白天那些五颜六色、明丽鲜亮的色彩,变得朦胧、神秘、广袤和不可思议。月光倾尽全力,也无法把大地照耀得像白天那样清清楚楚。它只能将黑暗的树丛勉强地分出层次,将这里或那里的河沟水塘,碎银样地映亮;让平坦而弯曲的村道显出它大致的、隐隐发白的形体。大地也就因此变得更加美妙和奇异。万物都像捉迷藏那样:你藏在我后边,我藏在它后边。连那些鱼儿、鸟儿、虫儿、蝶儿,都不知跑到哪里去了。如果你屏住气仔细去听,这个被宵禁的万籁,只剩下轻风和草尖的絮语,沟渠里的涓涓流响,远处不知什么地方磨坊发出的单调的声音,以及偶尔传自村头那边的几声犬吠……但我们谁也不会去听这声音,我们这些孩子只是急于用篝火把这黑茫茫的原野点亮。哪管这月色、这夜景、这静谧得有点寂寞的天地!

在黑乎乎、湿漉漉的夜气里,我们分散开来,忙着去寻找干枝干草。夏天总是缺少这东西的。因此无论谁找到了,就大喊大叫,手舞着一根干枝或一绺干草,连蹦带跳跑去扔在已经堆积起来的草堆上。殷蕊——我们的大队长,一个小巧又能干的姑娘,她在远处喊我。我跑去一看,哦!原来她在这水塘边发现大半个被废弃的带齿的木轱辘。有了它,我们的篝火肯定能烧得又高又旺!当我俩把这木轱辘抬过去时,伙伴们不约而同用那小雏鸡般的尖声欢呼起来。

这欢叫在黑蓝色透明的空气里扩散得很远。它肯定把正在做梦的原野吵醒了。没错!孩子像春天。因为它到处用快乐、用活力、用旺盛的兴致,把一切入睡的吵醒。

月光下,一大堆树枝、茅草、木块架得高高的。殷蕊从背包里拿出一罐煤油浇在上边。她真有主意,真用心,真好!大家围在周围,就等着曹老师来点火了。紧张和兴奋使我有些心跳了。然而,非常糟糕的事出现了。我们的曹老师,一向谨慎又周到的人,竟然忘记带火柴来。他焦急地问同学谁有火柴,哪个学生会有火柴?昨天说好火柴由他带来。难道老师也会出错?

怎么办?这里离家、离商店、离市区好远。到附近的村子里去借吗?村子在哪儿?哪里有人家?谁认识?没人回答。大家毫无办法地东张西望,四处黑魆魆,一时原野好像又罩上一层浓重的夜幕。黑暗似乎是不可抗拒的。

大家的心顿时冷下来。黑暗中虽然看不见别人的脸,我相信个个都是愁容满面。素来有主意的殷蕊,也只能提出要去很远很远的公路上去等候路人来援助。

曹老师没吭声。他大概不放心孩子们穿过荒野跑那么远,或许是给强烈的自我责备弄得心思全乱,没有主意了。

一种沮丧感压着大家的心,全都默不作声,好像等待什么。等待什么呢?我觉得,我们就像人群中间那堆架得高高、洒了油的干柴,是在期待火,哪怕是一个蚂蚁大的火星子就行。它从哪里来呢?大概这时我们每个人脑袋里都生出一些美好又奇异的幻想。然而想象是点燃不了这堆干柴的……

忽然,不知谁"呀!"一叫。黑乎乎只见几条胳膊抬起来指着东边的天空。旷荡透明的天空愈看愈远,除去几颗极远的淡淡的星辰,还有什么?噢,看见了,明亮的火星,不,不是!不是星星!一个殷红殷红的软软的莫名其妙的东西,一闪一闪发亮,飘飘忽忽,竟朝我们这边直飞而来,而且愈飞愈低,未等我们弄明白是什么,它飞过我的头顶,像鸟儿一样降落到我们的草堆上,就这一瞬,"嘭"地一响,眼前夺目地灿然一亮,立即像有许多神话中那种金光闪烁的火鸡,拍着翅膀从这草堆中间拼命地向上蹿飞;同时,一阵好似酷夏中午打开炉门那样——灼人的热气"呼"地扑在脸上,呀,我们的篝火烧着了啦!

随着突然爆发的惊喜若狂的呼喊,大火已经猛烈燃烧。登时,它把四周的黑暗赶跑,也把我们心里的黑暗赶跑,并把我们浸泡在夜色里的脸一张张全照亮,照红。人人胸前的给热风吹得飘动的红领巾更是红得耀眼。好像我们每个人胸前都有一个小火苗,随着这熊熊篝火一齐燃烧起来,我们跳呀,笑呀,喊呀,好奇地瞅着这大火堆呈现的奇特壮观的景象。在一片劈劈、啪啪、呼呼的响声中,一层层柴草给凶猛的烈焰席卷一团,长长的大火苗宛如妖魔的巨舌,扭转万状,向夜空伸去。

几只睡在草丛中的鸟儿被惊醒,惶恐中竟扑向火堆,跟着又从火焰上飞掠而过,嘎嘎惊叫几声,便失魂落魄地消失在黑暗里。

我们富于无穷乐趣的野外篝火晚会就这样开始了。

凝望这忽红忽绿、忽黄忽蓝的迷人的火,我一直甩不开脑袋里的疑问。引起这大火的那个奇异的火种是从哪里来的?后来,曹老师断定,那是从远处农家的烟囱里冒出来的火星子,随风偶然飘落这里。真的有这样巧,这样偶然?偶然间竟能达到尽如人意的效果?

然而,这一堆浸了油的干柴,这些充分准备好了的燃料,毕竟是在等待这个火种吗?没有它,一切都是寂寞的、无生命的、无光彩的;有了它,就会发热、发光、燃烧!

就是这偶然飞来的火种,把我们的切盼,我们的期望,我们的快乐,我们生活中瑰丽的一幕,全都点燃了。

生活不是充满了必然,也充满了偶然么?必然不是常常由偶然触发的么?

那么,在另一些时候,另一些情景中,在那个复杂得像一个世界,也有许多与生活现象十分相似的艺术创作中,是不是同样存在和需要这种珍贵的、必不可少的偶然呢?

当我们的大脑里盈满实实在在的生活感受,重叠着多不可数的深刻印象,堆积着无数事件、细节和生动的对话,时时还掠过思考中得来的精彩的哲理性的判断和见地,这就像那堆得高高的干枝茅草,它不会自燃,需要一个意外的火种,一个意外的外力的碰撞。否则它将永远默默的、死气沉沉的堆积在那里,不会燃烧而熔成一个闪光的、火热的整体。

这一碰撞,首先是情感的爆发。情感是人体上一种特殊的电,瞬息间传遍全身。于是你的创作欲就像张开的饥饿的大嘴,想象力举起翅膀。你心中所有的积存,无论崭新还是陈旧的,形象还是抽象的,整块还是零碎的,都被调动起来,运动起来;它们变软了,液化了,甚至雾化了,有了可溶性和磁力,迅速地发生连锁的又是相互作用的反应。许多本来无关的东西,给这情感的火焰烧化,活喷喷地交融一起……

托尔斯泰在路途中偶然发现了一朵受伤而依旧倔强开放的鞑靼花,为什么会陡然燃起描写那个高加索一次悲剧结局的农民起义中的英雄哈泽·穆拉特的创作冲动?这个故事他不是早已听说,并不止一次地闪过写作的念头。但如果没有这朵伤残却强劲的鞑靼花,那些听到和看到的故事、传记、材料,也许就像放在档案馆柜中的文字资料,不会质变为有声有色的形象、动感情的冲突、色彩明晰的图景,最终被托尔斯泰无形地带走……

创作是一架巨大的艺术加工的机器;大量的生活素材是填满这机器中的原料。机器的启动开关却不知在哪里。这偶然的触发却是恰好碰上了开关链。于是,掌管一个世界的机器被启动了。

这朵鞑靼花就是偶然的触发,就像那一颗飞来的火种!它一下子点燃了托尔斯泰的心,也点燃他那凝聚着深刻思想和伟大艺术的笔!

沉积在高山上的白雪,怎样会发生漫山遍野的雪崩?翻滚在火山腹内的熔岩,怎样能爆发那辉煌又恐怖的奇观?埋藏在地球深处的板块,被哪来的一股劲引发,才使人间万物朝着毁灭疯狂地抖动？拥挤在天上的暖暖的云，又是给哪一股凉风吹拂，哪一道闪电穿击，便骤变成洗刷大地的淋淋大雨？

必然的变化，就往往来自一个偶然的触发。

许多青年来信问我，《酒的魔力》的构思是怎样完成的。我不肯说，因为这篇小说的的确确是在酒醉时想到并想好的。我担心这样简单告诉青年们，会使他们对严肃又崇高的文学发生误解而当作儿戏。

那是当年我陪一位年轻的女记者拜访某大人物（他是位大作家）。这大人物一举一动都表现出与其身份同等的尊贵感，弄得我们像浑身缠满绳子那样不舒服。以致他留我们便饭时，我们不敢随心所欲地去夹菜，这位大人物偏偏不习惯给客人夹菜，我们就只好吃白饭。那种别扭的感觉使我恨不得拔腿离去。后来他忽然来了兴致，要喝酒，大家酒量都不大，很快就全醉了。这位大人物便变得有说有笑，又叫又唱，任我们酒后放纵地胡说胡闹，也毫不介意，简直变成孩子那样可亲可爱了。我们之间洋溢着自由自在、亲切平等的气息。我忽然感到，好像忽然有一个东西"当"地碰响了我的心中那根最容易又最不容易碰到的神经——创作的神经。我迷迷糊糊又甜蜜地想到：如果酒真有这样的魅力，能够恢复人的本色，消除社会各种各样等级的墙，大家真应该都多喝上几口！我便掏出笔和纸，歪歪斜斜写了一行字："酒的魔力，一篇好小说，写！"塞进口袋里。尽管在醉意中，脑袋里已经有了这篇小说的立意和朦胧的轮廓。

喝醉酒也能写小说？

不，仅仅是一个偶然的触动。

创作难道如此神秘莫测？

不不，如果我不是生活中常常感到等级观念造成令人别扭的心理上的隔膜，如果我不是那样强烈地憎恶这腐朽的旧意识，如果不是多少次产生以此为主题而写一篇小说的动念，即便我那天喝得烂醉如泥，也不会涌起创作的冲动。就像那个夏令营之夜，倘若没有堆积起来的并洒上油的草堆，那飞来的火种便会兀自飘落在原野上，寂寞地渐渐熄灭。

然而，我们不能轻视这偶然的触发。创作思维的启动，往往缘于这种意外、微小，因而常常被忽视的偶然因素。说它偶然，实际上是生活提供给我们的一个独特的、别致的、新鲜巧妙的艺术角度，使我们能把大量的生活积累开掘出来。

这看上去有些神秘、有些侥幸的偶然因素，正是生活在给了我们大量的柴草之后，又给我们一个点燃柴草的奇妙的火种。

对于艺术来说，生活真是又富有，又万能啊！

那么，这引起创作冲动的偶然因素，并不产生于苦思冥想。它必须到处充满各种信息、各种变化、各种意外的大千世界中去寻求。在温暖的书斋里，最多只能等待曙光和夕照；在大自然中，乌云会把你包裹起来，冰雹会落在地上又弹进你的嘴里，小鸟会毛茸茸扎进你的怀间……

于是，我想，我每天都像那个夏令营之夜，在人间拾捡有用的干柴，一堆堆垒积着，并且效法当年那小姑娘殷蕊往上边浇油。时而我也会瞥向如同夜空一样神秘辽阔的生活，期待着那奇异的火种。在渴望生活给我大量鲜活的素材的同时，更希求它给我能够点燃这素材的神灵般的启示——生活的启示。

1984.1

傲徕峰的启示

我早就耳闻泰山有座奇峰,人称傲徕峰,颇能入画。传说,在去之已矣的遥远年代,有位名叫傲徕的神仙,天性孤傲,世上几乎没有一件值得他瞥一眼的东西。一次他偶过泰山脚下,见到泰山这般巍峨壮观,颇不服气,遂立地化作一座百丈高山,但仅仅齐到泰山腰下,于是他口中念一声:"长!"又长高一丈,最多只在泰山腰处。他不觉大怒,连喝两声:"长!长!"又长高二百丈,不过齐到泰山的胸前而已。但他力气用尽,不能长高,也不能行动,只有呆在这里。千万年,眼巴巴瞧着泰山安然稳重地耸立在自己面前,无可奈何,但他那股傲岸的气焰犹存。凡到泰山作画的人,都要看看傲徕峰,从这妒贤嫉能、过分自负的象征物上,领略些山峰险峻峭拔之势。

头次登泰山,我就记着这件事,非要看看它不可。我由于从南路上山,走了一程,方知它在西路上,与五贤祠、冯玉祥墓、长寿桥、扇子崖等处于一线。看来只有从岱顶返回来后再去看它了!

攀至南天门,我爬上天门左边一个浑圆光洁、寸草不生的山头,俯瞰山下景物时,远远看见有座极其瘦削的山峰沉在下边。山民说,这就是傲徕峰。这可使我大失所望!看上去,它至多不过是一块巨石而已,瘦棱棱戳立在谷底;又好像从谷底升起的一股灰紫色的烟缕,升得不高便凝固了,成了这副窝窝囊囊的模样。它丝毫不像传说中的那样子,也激不起我作画的兴趣和欲望来!

伫立泰山之巅,环顾四处,大地上还有什么能超过泰山的?只有头顶上空洞无垠的天空、轻飘飘的云彩和朝起暮落的太阳吧!鸟儿都不敢飞上来!

傲徕峰,不过像巨人脚边一个矮小而不起眼的侏儒罢了。算了吧!傲徕峰,你不过徒有虚名!

但是转过两天,我却意外地遇到另外一番景象——那天清晨,乘着天气和阳光都格外好,我背负画夹,只身在西路寻找能够入画的景物。人说,扇子崖一带没有古刹名寺、亭台楼阁,却到处乱石纵横,杂木横斜,颇多野趣。对于我这种在城市生活久了的人,野趣是有特殊魅力的。我匆匆过了长寿桥,直奔扇子崖。越过一片片蓬草齐腰、坑坑绊绊的丘陵,跨过几道喷云吐雾、晦暗悄怆的峡谷,带着一身露水和野蒺藜,刚刚钻出谷口,顿觉天地大亮,面前竖着一座大山,我仰头一望,目光沿着一块万丈石壁向上望去,好像没有尽头,一直摩云钻天;它的峰顶真的在云彩里么?好一座峭拔奇兀的山峰!它不比泰山逊色吧!碰巧,这时从旁走来一位肩柴背斧、臂挽绳索的樵夫,问过方知,原来它就是傲徕峰呀!噢?噢!傲徕峰原来又是这个样子!

当我登上右旁一座小山时,可算见到它的全貌、它的真面目了!简直是一块顶天立地的巨石,下撑地,上扪天,可谓天柱。石上满是巨大而横斜的裂缝,到处披挂着枝枝蔓蔓,蒙络摇缀,裂缝里生出许多古松古柏,盘根错节,苍劲多姿。低处郁郁葱葱,高处迷离模糊,层层叠叠,仪态万方。它又极有气势,拔地而起,冲天而去,巅头稍稍扭斜,分明带着一股傲岸之气。泰山南天门在它的后边很远的地方,中间隔着一阵阵流动而明灭的云烟,猛一看,它似乎比泰山还高哪!由此可知,关于傲徕峰的传说极是贴切。瞧它,真美、真险、真神气!看到它,甚至觉得自己也生出一种自负感!我看过无数名山大岭,却从来未有过这种感觉!好一股充满自信又自命不凡的劲头,这才叫作"名不虚传"呢!于是我面对它,急忙打开画夹,铺纸,调颜料,确认它的特征与神态……这时一个问号跳进我的脑袋里:为什么我在泰山顶上看它时就无此感受呢?为什么两处所得到的感觉竟然截然不同?这是由于观察角度的变化吗?

是的,许多事物都是这样——在某个角度里,它可能黯淡和平庸;换一个角度,它的所有特征、所有美、所有光彩,一下子都能焕发出来。

摄影师在他拍摄对象面前,一会儿蹲下来,一会儿扭斜身子,他寻找什么呢?角度,合适的角度!

角度不同,你所看到的、感到的、获取到的、发现到的,就会全然不同。

为什么同样一个事件,有人能写出催人泪下的悲剧,有人能写出令人捧腹的喜剧?生活是个最复杂的混合体。就看你从哪个角度观察和感受它了。不同作家,由于经历、身份、地位、气质、信仰和观念的不同,观察生活(包括人)的角度必然不同。有人喜欢表现强者,有人的目光总盯在小百姓身上;有人视觉开阔,喜欢在生活中抓住最鲜明有力的粗线条;有人则用心良苦,细细透入对方的内心加以体味。角度往往也是作家风格的一个重要方面。

托尔斯泰好像坐在乌拉尔山的山头,俯瞰大地;巴尔扎克却像整天在巴黎的千家万户中间穿梭不已;陀思妥耶夫斯基则躲在一

《远望傲徕峰》

个阴影遮蔽的角落里看世界。换种方式说,巧合最能引起欧·亨利的写作欲;小人物的悲哀、自尊、真挚、委屈,最容易打动契诃夫的心;如果生活和历史不在雨果的头脑里凝聚成深刻的哲理,化为形象,他几乎就没有创作冲动……

世界上的角度千千万万。爱是一种角度,恨也是一种角度,同情是一种角度,卑视也是一种角度。然而对于作家,热爱生活却是共同的角度。陀思妥耶夫斯基对生活表现出的淡漠,恰恰是他对向往又无望的生活一种过度的情感;正如有时"恨"才是最有力的"爱"。

为什么人家在某些角度给你拍摄的照片,你也会感到不像?这表明,角度中包含着真实感。

有一部美国反战影片。在摄取一队即将开往前线送死的新兵时,镜头是透过伤员的一条腿和一只拐中间拍的。这角度中就凝结着编导者的思想。

从铁窗和从帆索中看到的蓝天是不一样的。一艘迎面开来的船和一艘离岸远去的船,便是不同的两句诗。角度中有内容,有情绪,当然还有格调,气氛,意境,等等。观察生活要找角度,表现生活也要找角度。

看上去,罗贯中写《三国演义》是面面俱到,写尽天下诸侯列强。其实他牢牢抓住蜀国的兴衰为着眼点,而写蜀国又抓住诸葛亮的一生成败为立脚点。因此《三国演义》很容易被改写为一部《诸葛亮传》。这样,小说便繁而不乱,庞而不杂,有条不紊,广阔浩瀚而又具体翔实。作家有了立脚点和着眼点这个确定的角度,才好去写刘表,写曹操,写张鲁,再写吕布,写天下群雄。有人称这叫"俯瞰法",一种居高临下的角度。古典作品大多用这种方法,也算是一种传统写法吧!

当小说从纯故事中脱出身来,作家们则开始注重多种角度。比如契诃夫的《葛里夏》,他把自己当作一个两岁的孩子。用这孩子的眼睛——重要的是以这孩子特有的感受来写周围生活。一切事物都美妙而可爱地变了形;平凡的生活也变得神秘莫解,显出迷人的魅力。契诃夫的另一篇有名的小说《卡西唐卡》,则是从一只狗的角度出发。即以狗的自我感受,写它如何不巧迷路丢掉了,如何流浪和受马戏班老板的捉弄,最后又如何找到了亲爱的主人。作家以狗的感觉描写生活,很不容易,也必然带有人格化。从而使读者把这只狗的遭遇与人生联系在一起,直接受到打动。屠格涅夫的《木木》、杰克·伦敦的《荒野的呼唤》、莫泊桑的《菲菲小姐》以及《白比姆黑耳朵》等,都是写狗的小说,同样感人,却毫无重复之处。这不单是故事内容的区别,也与作家所采取的不同表现角度有关。

如果伏尼契不是从亚瑟——牛虻这一人物的命运的角度来写,小说就难以收到这样打动人心的力量。大多数作家总是愿意站在他所同情的人物的一边来写生活的。生活中的种种人和事大多是通过这个人物的感受传递给读者,这个人物的思想感情就会饱满而充实。读者也会不知不觉地站在这个人物的一边,同时自然而然地接受了作者的观点和倾向。

如果换了一个角度呢?像梅里美的《卡尔曼》那样,作家不是从主要人物卡尔曼的角度来写的,而是从那个偶然与卡尔曼相逢而发生恋情的霍桑的角度来写。通过霍桑的眼睛,卡尔曼表演出一连串刚烈、刺激、突如其来、难以理解的行为,逐渐完成了这个酷爱自由、本性难移的吉卜赛姑娘的典型形象。倘若梅里美是从卡尔曼本人的角度来写的,形象就不会如此清晰完整。从人物本身出发,就会偏重于人物内心刻画;从旁人的角度来写这个人物,便会多于行动描写,并给人物身上留下许多空白。

选择角度,就是要从对象中更多地调动出自己所需要的内容。

小说演变到本世纪以来,一部分作家则更注重自己个人的角度。常常借助主人公的联想、思维、意识、情绪活动,展开人物的内心天地。大千世界也通过这面带有浓重主观色彩的内心镜子五光十色地反映出来。比如乔伊斯的《青年艺术家的画像》,就在那个虚构的艺术家达德格斯的意识银幕上全盘显现出乔伊斯本人对爱尔兰社会的理解。从这种"主观"角度写世界,世界感觉是什么样,表现出来就是什么样。它给人的感受则更为直觉真切。这是当前世界文学中某些作家常常使用的方式。

文学的角度是无穷的。就观察来说,对待一个人、一件事乃至整个社会,不同角度就会获得不同感受、理解和认识。就表现来说,对于任何特定的内容,则只有一个最适当和最有效的角度。仿佛一个画家,围着他的模特儿转来转去,最终会找到一个最佳的角度,能够充分地表现出这个模特儿的容貌和体态的特征。

一位生活感受十分丰富的作家,必须具有善于寻找各种角度的本领,他才能创造出色彩缤纷、互不雷同的作品。正如一位有才华的画家,根据不同内容,不断创造性地更新自己的构图,变换透视角度。如果某位作家有很多生动的人物和故事,却只有一个固定而单一的角度,他的作品就会愈写愈呆板和愈一致。读者不仅不喜欢相同的内容,也不喜欢重复的形式。作品忌讳与别人雷同,也忌讳与自己雷同,那就需要作家的艺术思维灵活一些。苏东坡有一首名诗,无人不晓,即所谓:

横看成岭侧成峰,远近高低各不同;

不识庐山真面目,只缘身在此山中。

有一次,天下雪,我滑了一跤,趴在松软冰凉的新雪上,抬眼忽然看见许多脚,穿着各式各样的鞋子。有时髦的筒靴,有打补丁的旧皮鞋,有军用胶鞋,有大棉鞋,有小孩子的虎头鞋,还有一双鞋子,一只底儿薄,一只底儿厚,大概他腿有毛病;那些鞋头呢——有方鞋头、尖鞋头、圆鞋头、扁鞋头、大鞋头;有的鞋头朝我,有的却能看见鞋后跟;有的步子快,有的颤颤悠悠,有的则站着不动……咦!我好像进入一个奇妙的脚的世界,不觉痴呆了。有位好心人弯下腰来问我:

"你摔伤了吗?"

我才惊醒。并更为惊讶的是:原来摔了一跤,趴在地上,也能获得一个新奇的角度。

1982.4.7

小说的眼睛

绘画有眼,小说呢?

在我痴迷于绘画的少年时代,有一次老师约我们去他家画模特儿。走进屋才知道,模特儿是一位清瘦孱弱的老人。我们立即被他满身所显现出的皱纹迷住了。这皱纹又密又深,非常动人。我们急忙找好各自的角度支起画板,有的想抓住这个模特儿浓缩得干巴巴的轮廓,有的想立即准确地画出老人皮肤上条条清晰的皱纹,有的则被他干枯苍劲、骨节突出的双手所吸引。面对这迷人的景象,我握笔的手也有些颤抖了。

我们的老师——一位理解力高于表现力因而不大出名的画家叫道:

"别急于动笔!你们先仔细看看他的眼睛,直到从里边看出什么来再画!"

我们都停了下来,用力把瞬间涌起的盲目的冲动压下去,开始注意这老人的眼睛。这是一双在普通老人脸上常见的、枯干的、褪尽光泽的眼睛。何以如此?也许是长年风吹日晒、眼泪流干、精力耗尽的缘故。然而我再仔细观察,这灰蒙蒙的眼睛并不空洞,里面有一种镇定沉着的东西,好像大雾里隐约看见的山,跟着愈看愈具体:深谷、巨石、挺劲的树……这眼里分明有一种与命运抗衡的个性,以及不可摧折的刚毅素质。我感到生活曾给予这老人许多辛酸苦辣,却能被他强有力的性格融化了。他那属于这生命特有的冷峻的光芒,不正是从这双淡灰色的眸子里缓缓放射出来的吗?

顿时,这老人身上的一切都发生了奇妙的变化。他皮肤上的皱纹,不再是一位老人那种被时光所干缩的皱纹,而是命运之神用凿子凿上去的。每条皱纹里都藏着曲折坎坷而又不肯诉说的故事。在他风烛残年、弱不禁风的躯体里,包裹着绝不是一颗衰老无力的心脏,而是饱经捶打、不会弯曲的骨架。当我再一次涌起绘画冲动时,就不再盲目而空泛,而是具体又充实了。我觉得,这老人满身的线条都因他这眼神而改变,我每一笔画上去,连笔触的感觉都不一样了。笔笔都像听他这眼神指挥似的,眨眼间全然一变。

人的眼睛仿佛汇集着人身上的一切,包括外在和内在的。你只要牢牢盯住这眼睛,就甚至可以找到它隐忍不言的话,或是藏在谎言后面的真情。一个人的气质、经验、经历、智能,也能凝聚在这里面,而又有意无意地流露出来。因此,作家、医生、侦探都留意人的眼睛。从此,我再画模特儿,总要先把他的眼睛看清楚,看清了,我就找到了打开模特儿之门的钥匙。

绘画有眼,诗有"诗眼",戏有"戏眼"。小说呢?是否也有一个聚积着作品的全部精神,并可从中解开整个艺术堂奥的眼睛呢?

小说的眼睛大有点石成金之妙

在短篇小说中,其眼睛有时是一个情节。比如邓友梅的《寻访"画儿韩"》。"画儿韩"邀来古董行的朋友,当众把骗他上当的"假画"泼酒烧掉,恐怕是小说一连串戏剧性冲突中最惊心动魄的一幕。邓友梅把小说里的情节全都归结于此。这是小说的悬念,也是作品情节的真正开始。这个情节就是这篇小说的眼睛。而这之后故事的发展,都是由这个情节"逼"出来的。读罢小说,不能不再回味"烧假画"这个情节,由此,对作品的内涵和人物的性灵,也会理解得更为深刻了。

再有便是普希金的《射击》和蒲松龄的《鸽异》。前一篇是普希金为数不多的短篇小说中最有故事情节性的。其中最令人惊诧的情节,是受屈辱的神枪手挑选了对手度蜜月的时刻去复仇。在那个获得了人间幸福的对手的哀求下,他把子弹打进了墙上的枪洞里。后一篇《鸽异》是个令人沉思的故事。养鸽成癖的张公子好不容易获得两只奇异的小白鸽。后来,他又将这对珍爱的小白鸽赠送给高官某公,以为这样珍贵的礼物才与某公的地位相称。不料无知的某公并不识货,把神鸽当作佳肴下了酒。这个某公吃掉神鸽的情节,就是小说的眼睛。它与前一篇中神枪手故意把子弹射进墙上的枪洞的那个情节一模一样,都给读者留下余味,引起无穷的联想。

这三篇都以精彩情节为眼睛的小说,却又把不同的眼睛安在不同的地方:邓友梅把眼睛安在中间,普希金和蒲松龄则把眼睛安在结尾。把眼睛安在中间的,使故事在发展中突然异向变化;而把眼睛安在结尾的,则是以情节结构小说创作的惯技。这样的小说,大多是作家先有一个巧妙的结尾,并把全篇的"劲儿"都捺在这里,再为结尾设置全篇,包括设置开头。

眼睛不管放在哪里,作为小说眼睛的情节,都必须是特殊的、绝妙的、新颖的、独创的。因为整个故事的所有零件，都将精巧地扣在这一点上，所有情节都是为它铺垫，为它安排，为它取舍。这才是小说眼睛的作用。如果去掉这只眼睛，小说也就不复存在了。如果换一只眼睛，便是假眼，成为一个无精神、无光彩、无表情的玻璃球，小说也成了瞎子一样。

另一种是把细节当作小说的眼睛，这也是常见的。莫泊桑的《项链》中的假项链；欧·亨利的《最后的藤叶》中的画在树上的藤叶；杰克·伦敦的《一块排骨》中所缺少而又不可缺少的那块排骨，都是很好的例子。再如在契诃夫的《哀伤》中，老头儿用雪橇送他的老伴到县城医院去治病，在纷纷扬扬的大雪里，他怀着内疚的心情自言自语诉说着自己如何对不起可怜的老伴，发誓要在她治好病后，再真正地爱一爱自己的一生中唯一的伴侣，然而他发现，落在老伴脸上的雪花不再融化——老伴已经死了！这是一个多么令人战栗的细节！于是，他一路的内疚、忏悔和誓言，都随着这一细节化成一片空茫茫的境界；可是一个冰冷的浪头，有力地拍打在你的心头上。

试想，如果拿掉雪花落在老太婆脸上不再融化这一细节，这篇小说是否还强烈地打动你？这细节起的是点石成金的作用！

因此，这里所说的细节，不是一般含意上的细节，哪怕是非常生动的细节。好小说几乎都有一些生动的细节（譬如《孔乙己》中曲尺形的柜台、茴香豆、写着欠酒债人姓名的粉板，等等）。但是，当作眼睛的细节，是用来结构全篇小说的。就像《项链》中那条使主人公为了一点空幻的虚荣而茹苦含辛十年的假项链，它决不是人物身上可有可无的附加物，而应该是必不可少的。莫泊桑在这篇作品中深藏的思想、人物不幸的命运与复杂的内心活动，都是靠这条假项链揭示出来的。这样的细节会使一篇作品成为精品。只有短篇小说才能这样结构;也只有这样的结构,才具有短篇小说的特色。

当然,在生活中这样的细节是可遇而不可求的,但如果作者不善于像蚌中取珠那样提取这样的细节,以高明的艺术功力结构小说,那么,即使有了这样珍贵的细节,恐怕也会从眼前流失掉。就像收音机没有这个波段,把许多优美旋律的电波无声无息地放掉了。

各种各样的小说眼睛

我曾经找到过一个小说的眼睛,就是《高女人和她的矮丈夫》中的伞。

我在一次去北京的火车上遇到一对夫妻,由于女人比男人高出一头,受到车上人们的窃笑。但这对夫妻看上去却有种融融气息,使我骤然心动,产生了创作欲。以后一年间,我的眼前不断浮现起这对高矮夫妻由于违反习惯而有点怪异的形象,断断续续为他们联想到许多情节片段,有的情节和细节想象得还使我自己也感动起来。但我没有动笔,我好像还没有找到一个能凝集起全篇思想与情感的眼睛。

后来,我偶然碰到了——那是个下雨天,我和妻子出门。我个子高,自然由我来打伞。在淋淋的春雨里,在笼罩着我们两人的这个遮雨的伞下边,我陡然激动起来。我找到它了,伞!一柄把两人紧紧保护起来的伞!有了这伞,我几乎是一瞬间就轻而易举地把全篇故事想好了。我一时高兴得把伞塞给妻子,跑回去马上就写。

我是这样写的:高矮夫妻在一起时,总是高个子女人打伞更方便些。往后高女人有了孩子,逢到日晒雨淋的天气,打伞的差事就归矮丈夫了。但他必须把伞半举起来,才能给高女人遮雨。经过一连串令人心酸的悲剧过程,高女人死了,矮丈夫再出门打伞还是习惯地半举着,人们奇妙地发现,伞下有长长一条空间,空空的,世界上任何东西也补不上……

对于这伞,更重要的是伞下的空间。

我想,这伞下的空间里藏着多少苦闷、辛酸与甜蜜?它让周围的人们渐渐发现世界上最珍贵的东西——纯洁与真诚就在这里。这在斜风细雨中孤单单的伞,呼唤着不幸的高女人,也呼唤着人们以美好的情感去填补它下面的空间。

我以为,有的小说要造成一种意境。

比如王蒙的《海的梦》,写的就是一种意境。意境也是一种眼睛,恐怕还是最感人的一种眼睛。

也许我从事过绘画,我喜欢使读者能够在小说中看见一个画面,就像这雨中的伞。

有时一个画面,或者一个可视的形象,也会是小说的眼睛。比如用衣帽紧紧包裹自己的"伞中人"(契诃夫《装在套子里的人》),比如拿梳子给美丽的豹子梳理毛发的画面(巴尔扎克《沙漠里的爱情》)。

作家把小说中最迷人、最浓烈、最突出的东西都给了这画面,使读者心里深深刻下一个可视的形象,即使故事记不全,形象也忘不掉。

我再要谈的是:一句话,或者小说中人物的一句话,也可以成为小说的眼睛。

《爱情故事》几次在关键时刻重复一句话:"爱,就是从来不说对不起的。"这句话,能够一下子把两个主人公之间特有的感情提炼出来,不必多费笔墨再做任何渲染。这篇小说给读者展现的悲剧结局并不独特,但读者会给这句独特的话撞击出同情的热泪。

既然有丰富复杂的生活,有全然不同的人物和故事,有手法各异的小说,就有各种各样的眼睛。这种用一句话作为眼睛的小说名篇就很多,譬如冈察尔的《永不掉队》、都德的《最后一课》等。这里不一一赘述。

年轻的习作者们往往只想编出一个生动的故事来,而不能把故事升华为一件艺术品,原因是缺乏艺术构思。小说的艺术,正体现在虚构(即由无到有)的过程中。正像一个雕塑家画草图时那样:他怎样剪裁,怎样取舍,怎样经营;哪里放纵,哪里夸张,哪里含蓄;怎样布置刚柔、曲直、轻重、疏密、虚实、整碎、争让、巧拙等艺术变化;给人怎样一种感受、刺激、情调、感染、冲击、渗透、美感等,都是在这时候考虑的。没有独到、高明、自觉的艺术处理,很难使作品成为一种真正的艺术佳作。小说的构思应当是艺术构思,而不是什么别的构思。在艺术宝库里,一件非艺术品是不容易保存的。

结构是小说全部艺术构思中重要而有形的骨架。不管这骨架多么奇特繁复,它中间都有一个各种力量交叉的中心环节,就像爆破一座桥要找那个关键部位一样。一个高水平的小说欣赏者能从这里看到一篇佳作的艺术奥秘,就像戏迷们知道一出戏哪里是"戏眼"。而它的制作者就应当比欣赏者更善于把握它和运用它。

谈到运用,就应当强调:切莫为了制造某种戏剧性冲突,或是取悦于人的廉价效果,硬造出这只眼睛来。它绝不像侦探小说中故意设置的某一个关键性的疑点。小说的眼睛是从大量生活的素材积累中提炼出来的,是作家消化了素材、融合了感情后的产物,它为了使作品在给人以新颖的艺术享受的同时,使人物得以更充分的开掘,将生活表现得更深刻而又富于魅力。它是生活的发现,又是艺术的发现。

当然,并非每篇小说都能有一只神采焕发的眼睛。就像思念故乡的可怜的小万卡最后在信封上写:"乡下,我的祖父亲收。"或像《麦琪的礼物》中的表链与发梳,或像《药》结尾那夏瑜坟上的花圈那样。

小说的眼睛就像人的眼睛。

它忽闪忽闪,表情丰富。它也许是明白地告诉你什么,也许要你自己去猜去想去悟。它是幽深的、多层次的,吸引着你层层深入,绝不会一下子叫你了然大白。

这,就是小说的眼睛最迷人之处。

还有一种闭眼的小说

是否所有的小说都可以找到这只眼睛?

许多小说充满动人的细节、情节、对话、画面,却不一定可以找出这只眼睛来。因为有些作品它不是由前边所说的那种明显的眼睛来结构小说的。例如《祥林嫂》中祥林嫂,结婚撞破脑袋,阿毛被狼叼去,鲁四爷不叫她端供品……它是由几个关键情节支撑起来的,缺一不可。那种内心独白或情节淡化、散文化、日记体的小说,它的眼睛往往化成了一种诗情、一种感受、一种情绪、一种基调,作家借以牢牢把握全篇。甚至连每一个词汇的分寸,也要受它的制约。小说的眼睛便躲藏在这一片动人的诗情或感受的后面。

如果小说任何一个细节，一段文字，离开这情绪、感觉、基调，都会成为败笔。

还有一种小说，明明有眼睛，却要由读者画上去。这是那种意念（或称哲理）小说。作家把哲理深藏在故事里，它展开的故事情节，是作为向导引你去寻找。就像一个闭着眼说话的人，你看不见他的眼珠，却一样能够猜到他的性格和心思。这是一种闭眼小说。手段高明的作者总是把你吸引到故事里去，并设法促使你从中悟出道理（或称哲理）。《聊斋》中许多小说都是这样的。如果作者低能，生怕读者不解其意，急得把眼睛睁开，直说出道理来，反而索然无味了。这个眼睛就成了无用的废物。

前边说，小说得需要那样的眼睛，这里又说小说不需要这样的眼睛。两者是一个意思，都是为了使小说更接近或成为艺术品，更富于艺术魅力。

1984.1.12《文学报》首发

细节,绘画的眼睛

无论文学还是艺术,作品的成功,细节具有决定的意义。尤其是绘画,由于它全部依托于一个平面,一起呈现出来,细节的意义更是至关重要。细节稀松平常,作品一定平庸;非凡的细节辄会救活乃至点亮一件作品。就像人的眼睛,倘若闭着,形同死去;如果睁开,就会神采焕发,充满表情,生命盎然。当我们回忆起记忆中的一幅绘画经典,首先不就是那些印象深刻的细节吗?

一幅画上有许多的细节,多种多样,但它们是相互关联的。一般观者看到的是情节的、形象的细节;专业的人所看的则是形式、技巧、笔墨和色彩的细节。因为一般人只看绘画的结果,画家则关注绘画过程中画家使用的方法与技能。然而,这两方面的细节却无法分开,任何绝妙的形象都是由别出心裁的形式和出神入化的技巧表现出来的;反过来,所有非凡的技巧一旦离开了精神内容,就会不知所云,毫无意义。最关键的是,这些细节在精神内容和形式技巧上有没有创造性的东西;只有富有独特性的见所未见的细节才能把人们的审美欣赏带入新的境界。

那么什么是这种新东西?表面看是技巧,本质上是个性。

艺术没有诀窍,却有真谛。成功的艺术都是个性在极致的发挥。在艺术的道路上,相同的风格一同失败,不同的个性各自成功。当然,不是所有个性都会成功。艺术需要的是有魅力的个性与气质。梵·高和八大所震撼我们的,只是非凡的画技吗?不,其根本在于他们的独异的个性——我倾向称之为天性。只有这种天性才会使他们的语言与形式绝无仅有,逼人般地呈现在每一幅作品最光彩的细节上。而更关键的是,这种个性化的细节必须在审美上能够成立,能够被广泛接受。当一个画家的个性在审美价值上站住了,成为一种艺术个性,这个画家才能站住。

细节还是一种神来之笔。

或许有人说细节是人为设定的,比如人物画中的深刻地表现人物心里的动作或神情的细节,风景画中表现一个有特殊意蕴的形态或空间的细节。然而,"手中之竹不是胸中之竹"(郑板桥语);不管画家在动笔之前想象得多么具体,一旦落笔,就进入了各种偶然之中。绘画是一半必然、一半偶然的。相比工艺美术——工艺美术是必然的,绘画更多属于偶然的。偶然之中,会有神来之笔。可是,这种神来之笔不是天上掉下的馅饼;它一方面来自画家的素养,所谓"长期积累,偶然得之",一方面源自画家的艺术感觉。在艺术中,感觉是一种天赋。如果要说清楚什么是艺术感觉,需要另写一篇长长的文章;在这里我只想说,如果没有艺术感觉,画上的一切都是死的。在一幅画上,最夺目的艺术感觉往往就表现在一两个或三两个细节上。

细节,是指那种最具画家天性、充满艺术感觉、若有神助的地方。一幅好画最多不过三两个细节。

在创作过程中,画家最渴望的是这种细节的出现。在创作完成后,画家最希望的是他这种特有的奇妙的艺术感觉被观者看到、接受、欣赏和认同。

《太行夕照》局部

为此,本画集按照上述的理念,采取一种特殊的文本与版式,即在每一幅画作的旁边,配上画中一个放大的局部和细节,提供给观者,以期关注。当然这些细节都是我本人自鸣得意的,其中有我的追求、我的性情,还有若有神助的几笔;我期待得到观者的注意,也想听到各种看法与意见。

　　这是一种试图介入观者观赏的做法,但愿这种做法不使观者反感;相反,如果观者感到这样做,可以与我进一步的交流,则使我分外快乐。

2015.4.8

艺术在哪里？

一

艺术在哪里？我问。

"这难道不是和星星月亮在哪里，鱼儿虾儿在哪里同样一个不值得回答的问题吗？你存心跟谁开玩笑？如果我问你鼻子在哪里，你也愿意认认真真地回答我？否则，提问者和回答者中间，准有一个缺心眼的傻子或刚懂事的儿童，如果你甘心当傻子，我就一本正经告诉你吧——艺术，它在舞台上，在乐池里，在银幕和屏幕上，在照片上，在画框中间，在录音带和唱片上，在博物馆的仓库与一间间展室里，当然别处也有，你去找吧！假如你不把马桶或烤鸭子当作艺术，你就很容易找到。"

"什么，你要说的不是这个？我先问你，你想寻开心，还是要故意找我难看。这你可打错算盘！艺术它如果不在画里，音乐里，戏里，照片里，电影里，在哪儿，说呀！"

何必着急。咱们不是谈艺术吗？艺术中和战场上可不一样，不是除去敌就是我，而且非得消灭掉对方不可。

二

深秋的夜晚,又凉又细的雨。不知多少诗人,写过这深秋夜雨的带点悲凉伤感意味的诗句。可眼前这情景却不同——

车子——丰田还是菲亚特?停在道旁,主人大概去看朋友,或者到小餐馆里吃点什么,空无一人的车厢内,凝聚着一种静谧、幽暗、昏昏欲睡的气息。与外边凉丝丝的秋雨相比,这里边还有种舒适的温暖。远处的灯光,隔着被雨淋湿的车窗模糊又炫目地亮着,同时映亮了挂在车窗玻璃上颗颗晶莹的水珠。最动人的则是,一些经秋风吹落的大片的叶子,粘在这宽展而湿淋淋的窗子上。这些叶子透过玻璃展现它们各自不同风韵的秋容:有的如火烧的艳红,有的憔悴般的枯黄,有的充满生命的绿意。如同不同命运、不同性情、不同心绪的一张张脸……

这是一幅感动过我的摄影作品。作品上没有署名,肯定是一位外国摄影师,却连哪国人都不知道……

"这是摄影艺术呵!我不是说过艺术在照片上吗?我说过呀!摄影难道不是艺术!"

我没否认你说过,我是想从中阐明我对艺术的理解。你不要一句句话地死抠,咱们不是研究法律。

你沉下心来听一听:

我想说,这深秋中再普通常见不过的景色,却被摄影师敏捷地捕捉了。当他把这一切在显影液中显现出来时,竟是一片迷人的境界。一种没有被别人发现并表现过的现代大城市生活中特有的诗意美。

艺术，有时确实是令人叹为观止的精工巧构。但无论怎么赞美它的精致、奇巧、高超、绝妙，它的本质却像酿蜜一样，是把普普通通的生活（绝不是别的）酿成甘甜而醉心的蜜。剥去艺术华美又炫目的外衣，内里却是土一样平常，水一样自然的生活。

齐白石笔下的蝌蚪，并不像骏马奔驰、孔雀开屏、鸳鸯戏水那样能够入画。它不过是一个拖长的圆墨点。在齐白石把它搬到纸上之前，不曾有人认为它值得一画，然而在《蛙声十里出山泉》中，显出多么蓬勃欢腾的生命力，多么畅快而宣泄的情绪，多么惊人而富于豪气的艺术想象！多么像李斯特《狂想曲》上的一个接着一个跳跃在线谱上的音符！真正的艺术大师正是在你什么也没看出来的地方发现了迷人的艺术。你不信，你再看看齐白石画的那些河柳、油灯、火炉、柴耙、水虾、算盘之类，难道这些东西不是也在你身边吗，你把它们看作了艺术的对象吗？希什金画了多少到处可见的树，但这些树到他笔下几乎没有做任何加工，就成艺术珍品，印在画册上，叫你一遍遍饶有兴致地翻看。契诃夫写了多少那种一辈子也没发生过什么故事的小人物？他是怎么把这些街头巷尾的凡人凡事变成揪扯人心的艺术形象的？到底因为这些艺术大师把非凡的哲理、动人的情绪和特殊的美，赋予了这些形象，还是他们像居里夫人那样，能够天才地从那些普普通通的乱石块中提取出比金子还要贵重的镭？

艺术的玄奥往往是谜一般的才能。这才能真正点石成金。

说到这儿，似乎可谈到的话题很多。诸如艺术的本质、生活与艺术的关系，某一个艺术规律，或者艺术家的主观因素问题，等等。我却想岔开，扯到一种非学术而纯感受上去说一说——我想，像齐白石这样的画家的一生是非同寻常的幸福的。因为，在他眼里，一切等闲事物都能变成充满魅力的艺术形象,正像万物在梵·高的眼里都是活生生运动着,在莫奈眼里都分解为无比丰富的色彩,在巴尔扎克眼里,任何富于特征的细节也别想送掉,就像老猎手目力所及的飞禽走兽。比如那个兼包客宿的伏盖公寓中,穷酸破乱的公共食堂墙角橱柜里的三样东西:瓶塞、脏餐巾和缺角的碟子……当然这三样东西在一般人眼里,多半是无生命的,无内容和无价值的,然而巴尔扎克靠着它使这公共食堂"活"了起来。想想看,在他发现了这些珍宝一般的细节时,曾经多么兴奋与幸福!

可惜,现在的眼科学还很落后,或者说眼科专家们还从来没想到研究艺术家眼睛的构造。如果在未来的一天,他们发现到艺术家眼里含着一种什么特殊的元素,仿制出来,注入所有人的眼球里,使所有人都具备这种眼力,那么人人都将活得幸福。因为,那时你不只是从别人制作出的作品中去享受艺术了。你自己就能随时随地把所闻所见的一切质变为艺术。那你就不仅仅从雄劲的山色、浓郁的花气、粼粼的水波,获得心灵上的快感。你还能从普通常见的事物,从眼前的一切,譬如光影中明暗斑驳的物象——或明洁、或深远、或华贵、或淡雅、或真切、或朦胧、或融融、或错落,获取丰富无比、一如艺术那样的感受。万物在你眼中掠过时,还时时呈现新颖的构图、画面和奇妙的境界。你能从欸乃的橹声,联想到上个世纪江上生活的画面,从云天、水波、木纹、鸟影、起伏的山脉,以及阳光中的浮尘,空信箱和废报纸中,悟到某一个深邃的人生哲理。从旧友邂逅时的一笑,从第一滴春雨凉丝丝落在脸颊,从婴儿挂在长长的睫毛上的纯净的泪珠,油然生出一句绝妙好诗。现实生活中的一切,与你一时的心境、情感、心绪相碰,都会不停地闪出艺术之光。这光犹如不停的闪电,时时把你的心中照亮。

自然,你不是画家、诗人、作曲家、摄影师、建筑师,你这些画呀、诗呀、旋律呀,也都是模糊不清的,片段不整的;你并没有纯熟的技巧和高超的表现力,把它们贴切又完整地表现出来。然而,你已经在进行任何一个杰出的艺术家所必要的第一步的工作:用艺术情感去感受生活。你将尝受到艺术创作所特有的快乐。你的思维、情感、感受,都将得到最美妙而神奇的抒发。你也会比普通人更多地获得生活的财富而更加热爱生活……

艺术原本在你心中。

三

这便是我要回答的:艺术在哪里。

"那咱们没有分歧。你也对,我也对。"

别这样,亲爱的。艺术不是调解民事纠纷,咱们不必打不赢对方就什么都认可。你可以就认为你对,我可以就认为我对。你吃牛肉,我吃猪肉。咱们不都挺带劲儿地生活在这个地球上吗?

1984.8 天津